葛菲——著

遇見你
是最美的意外

命的紅線，緊緊繫住兩個陌生的心靈

一場萍水相逢，讓本是平行線的兩人逐漸有了交集
交織的命運，讓他們闖入彼此的世界
愛情裡無法避免的酸甜苦辣
這一次，哪怕用盡此生所有力氣，他也不會再鬆開她的手

目錄

目錄

第二部分

引子

　　「夏筱筱，妳給我站住！」烈日下，一聲嘶喊劃破長空，所有人都回頭尋找聲音的來源，只見不遠處一個矮胖的中年男人穿著微緊的西裝在大街上狂奔著，而在他前面不遠處，同樣狂奔著的還有兩個女孩，其中一個手裡拎著高跟鞋，穿著酒紅色的禮服，臉上的妝容被汗水浸得花裡胡哨的，她一邊跑一邊委屈又抱歉地回頭看著身後的中年男子，但又不得不加快步伐和他拉開距離。

　　中年男人大汗淋漓，氣喘吁吁，矮胖的體型和過緊的西裝褲限制了他的速度，但他卻不願停下腳步，一邊使足十二分的力氣大喊：「夏筱筱，站住！我要扣妳薪水！」一邊加大了向前跨出的步伐。

　　嘶啦——

　　一聲清脆的聲響，在這炎熱的夏日裡像是明快的曲調一樣，增添了太多歡樂的氣氛，周圍的人全都放聲大笑，男人停下腳步尷尬地用兩隻手摀住屁股，翻著白眼看著漸漸遠去的兩人，嘴角的兩撇小鬍子隨著他的呼吸一起一伏，他咬牙切齒地嘀咕道：「夏筱筱，妳死定了！」

　　畫面一轉，狂奔中的夏筱筱和她的好朋友燕子完全沒有察覺到身後的狀況，她們在逃跑的過程中一次次不小心丟掉手裡的高跟鞋、衣服，然後又折回去撿起來繼續跑，路過的人看著她們紛紛露出鄙夷的神色，好像在說：這是哪家醫院跑出來的？細心的燕子察覺出不對勁，停下腳步轉身察看，遠處那顯眼的影子早已不在，於是喊住步伐凌亂的夏筱筱：「喂，筱筱，別跑了，沒追上來！」

　　夏筱筱一聽，趕緊停下腳步長吁一口氣，一邊俯下身休息，一邊拍著胸口嘀咕著：「要命啊，累死我了！」十幾秒過後，她抬起頭，燕子那張布滿雀斑的大臉出現在她眼前，她頓時嚇得一個趔趄，退後一步，雙手護胸問：「妳幹嘛？我可是良民！」

燕子白眼一翻：「我知道妳是良民！我就是在想：妳怎麼向王總交代啊？跑得了和尚跑不了廟！」

　　筱筱一聽，眉頭緊蹙，再回想剛剛王總的陣勢，星期一開會肯定挨罵，而且還不是普通的罵！怎麼辦？她越想越煩躁，索性扔掉手裡的高跟鞋，一屁股坐在街邊的臺階上，酒紅色禮服瞬間沾滿灰塵。燕子一個凌波微步飛奔過去抓起夏筱筱，義憤填膺地說：「請愛護這條裙子好嗎？為了幫妳買它，我差點跑斷腿，更何況妳還要靠它養家餬口呢，不想晚上在速食店多加兩個小時的班，就乖乖保護好它！」

　　夏筱筱無奈地撇了撇嘴，無比焦躁地伸手抓亂噴著髮膠的頭髮，嘴裡唸唸有詞：「怎麼辦？死定了！」然後茫然地朝前走去。燕子愣愣地站在原地，半天才反應過來，對著她的背影喊道：「喂，妳去哪裡？」

　　夏筱筱頭也不回地回答：「吃飯！」燕子瞬間滿頭黑線，她以為夏筱筱在為王總抓住她的現行可能丟掉工作而心煩，沒想到這個女人天塌下來也先想著填飽自己的肚子！

　　一家小餐館內，兩人要了小籠包加紫菜蛋花湯，夏筱筱狼吞虎嚥，嘴裡塞得滿滿的，燕子實在抵擋不住周圍人異樣的目光，便在桌子底下拿腳輕輕碰筱筱的腿以示提醒，結果夏筱筱張開塞滿食物的嘴，大聲問：「幹嘛？」一口小籠包的殘渣噴到燕子臉上，周圍的人全都強忍笑意，燕子慍怒地閉上眼睛，拿手抹去殘渣，睜開眼睛卻看到笑得前俯後仰的夏筱筱，她恨不得掐死夏筱筱，人家都說，人生得一知己，求之不得，而燕子卻是，人生得一損友，避之不及啊！但顧及形象，燕子還是假裝淑女笑嘻嘻地提醒筱筱：「慢慢吃，別著急。」

　　夏筱筱立刻止住笑，恍然大悟地舉起手機放到燕子眼前說：「看看幾點了，再慢慢吃，我真的要失業了！」

　　從餐廳出來，夏筱筱便奔上一輛計程車，對司機說：「司機大哥，去電視臺，麻煩開快點！」

第一部分

如果說邂逅
是形容非常美好的
第一次見面的情形，
那蘇辰逸和夏筱筱的邂逅，
簡直就是在活生生地摧毀了這個詞！

第 1 章
速食店「相遇」

　　夜色清涼，少了些許燥熱，晨海市的夜景還是非常美的，尤其晚上在海邊，可以一邊看星星一邊吹海風，一天的煩躁溼熱都會褪去。凌晨一點的海邊，還有不少情侶手挽著手秀恩愛，蘇辰逸和梁函韻也沿著沙灘緩緩散步，梁函韻穿著裸粉色長裙，赤著腳拎著高跟鞋，性感的腳踝時不時被海水輕輕拍打，裙角被海水打溼，越發美麗迷人。蘇辰逸看到她齊腰的長髮微微遮蓋著側臉，忍不住伸手去幫她撩起髮絲別到耳後，梁函韻轉頭看著蘇辰逸莞爾一笑，蘇辰逸便呆呆地愣在了那裡。

　　「辰逸，怎麼了？」梁函韻轉身嬌嗔地問呆站在原地的蘇辰逸。

　　蘇辰逸回過神來，看著梁函韻閃爍的大眼睛，忍不住上前擁住她纖細的身體，鼓足勇氣說：「函韻，我們 ——」

　　還沒等蘇辰逸說完，梁函韻便推開他，拿食指放在他薄薄的嘴唇上，輕輕搖了搖頭道：「我知道你要說什麼，辰逸，我也有話對你說，先讓我說吧。」

　　蘇辰逸滿眼疑惑地看著梁函韻。這麼多年了，每當蘇辰逸向她表白心意時，她都閃爍其詞或者拒絕回答，從十五歲到現在，蘇辰逸從未放棄，期間梁函韻也交過幾個男朋友，但都因為各種原因分了手。不過梁

函韻的身邊從來不乏追求者，所以對於分手和失戀，她也只是撒嬌地掉兩滴眼淚讓蘇辰逸陪她幾天就過去了，但蘇辰逸卻見不得她一點難過的樣子。他永遠記得，十五歲那年夏天，一個長髮齊腰的女孩背著書包走進教室，她的眼睛大而明亮，忽閃忽閃像在說話一般，他一發不可收拾地愛上了她，並發誓，梁函韻，就是他未來的女人！所以一直以來，他給梁函韻的承諾都是：除非妳結婚了，否則我會一直等妳！

而此時，他不知道梁函韻要對他說什麼，他的心隱隱有些擔憂但也充滿期待。

梁函韻輕啟朱唇，幽幽地吐出幾個字，蘇辰逸的心頓時像被潑了一盆冷水，徹底降到冰點，她說：「我交男朋友了！」

蘇辰逸蹙眉呆立在那裡，他本以為多年的等待可以換來她的真心，但沒想到依然是這樣的結果。他抬頭細細凝視梁函韻，她美麗的瓜子臉綻放出幸福的笑容，而這一切，卻像一把尖刀刺進他的心窩裡。

又是失敗，而這一次的挫敗感比任何一次都強烈，他以為他等到了，卻還是同樣的結局。他開著車狂飆在空無一人的馬路上，他想起剛剛送她回家時她看著手機曖昧而甜蜜的笑容，想起她對他說起另一個人時的那種嚮往和幸福，他終於不能再隱忍這樣的疼痛，突然一踩煞車把車停在路邊，呆坐在車裡獨自回憶那些傷。

不知過了多久，他忽然覺得口渴了，要是能來點酒精也許就能麻痺所有傷痛，但晨海凌晨的街頭已經一片漆黑，他下車向遠處眺望了一下，看見不遠處有一家店亮著燈，於是把車開了過去。

如果說邂逅是形容非常美好的第一次見面的情形，那蘇辰逸和夏筱筱的邂逅，簡直就是在活生生地催毀這個詞！在秀色可餐速食店兼職的夏筱筱並不知道在快要打烊時還能遇到這樣一位客人，他黑著臉進了速

食店，咣噹一聲關上了門，嚇得她微微一怔，但出於職業操守，還是很有禮貌地迎接客人：「您好，歡迎光臨秀色可餐，請問需要點什麼？」

男人沒有回答，只是斜眼瞟了一眼夏筱筱，便抬頭尋覓菜單上的食物，夏筱筱十二分的熱情遇上了零度的回應，立刻像被噎住一樣難受，她悄悄翻了個白眼，在心裡狠狠地鄙視了一把眼前這個自大的男人。

「啤酒。」男人說話了，低沉的嗓音渾厚而有磁性。

夏筱筱抬頭，看清了眼前這個猜想有一百八十五公分的男人，他穿著白得晃眼的襯衫，到胸口的兩顆扣子隨意地敞開著，露出健康的小麥色肌膚，結實的身軀噴薄欲出。他一隻手抓著脫下的外套，一隻手放在褲子口袋裡，褐色微捲的碎髮凌亂地覆蓋在額前，濃密的眉毛氣韻十足，一雙性感的單眼皮眼睛有點游移和焦躁，薄而潤澤的嘴唇時不時輕輕一抿，散發著無限的魅力。

夏筱筱從來沒有見過這樣好看的男人，於是有片刻失神，但很快她就被拉回殘酷的現實，她聽見男人邪氣而挑釁地質問：「看夠了沒有？」

夏筱筱立刻回過神來，雖然剛剛她的確有些失態，但這男人也太自以為是了吧？長得帥就可以認為全天下女人都喜歡他嗎？她鼻子裡輕輕一哼，開始在收銀機上算價格，一邊用力敲著鍵盤一邊問：「還要其他的嗎？」男人沒有回答，夏筱筱等了幾秒鐘沒聽見回應，於是抬起頭強壓怒火問：「先生，您還需要其他的嗎？」

蘇辰逸從來沒有見過這樣的服務員，動作慢不說，態度還極差，本來他今晚心情就不好，又遇到這麼離奇的人，讓他的糟糕心情雪上加霜，他極其不耐煩地回應夏筱筱：「我不回答就代表我只要啤酒，明白？」

夏筱筱懶得再跟他認真，報了價格，轉身準備從櫃檯裡拿啤酒，結

果那一瞬間，她無意中瞥見店門口停著的車，伸出的手立刻縮了回來，轉身對蘇辰逸說：「你喝別的吧，啤酒賣完了。」

蘇辰逸沒想到夏筱筱會這樣回應他，眼前這個個子不高、身體纖瘦但臉蛋圓圓的女孩子看似普通，卻一而再再而三地挑戰他的極限，但他在此刻卻詞窮，不知道該怎樣應對了，在他的記憶裡，除了梁函韻以這樣的態度對待過他，其他人都是畢恭畢敬的，女孩子們更是找機會親近他，而此刻，他卻被一個速食店服務員一再怠慢，他越想越生氣，於是提高嗓門質問夏筱筱：「喂，妳什麼意思？妳剛才不是說有啤酒嗎？怎麼又說沒有了？妳這什麼服務態度，我要投訴妳！」

夏筱筱停下手裡的工作，指著店門口的車說：「你的車吧？你多大了？不知道喝酒不能開車嗎？你為別人的安全考慮過嗎？」蘇辰逸一下被噎得半死，怒火中燒但又想挽回面子，大聲辯解著：「誰說我喝完酒會自己開車回去？我不會叫車嗎？不會叫朋友來接我嗎？妳為什麼要多管閒事？」

夏筱筱和蘇辰逸的爭吵將在後廚打掃環境的同事全都引了出來，蘇辰逸害怕夏筱筱控訴他開車還要喝酒，於是搶先一步說：「那現在給我可樂，我要喝可樂。」夏筱筱不知道他為什麼突然轉變，也懶得去想了，轉身裝了一杯可樂頭也不抬地遞給蘇辰逸，蘇辰逸的手剛剛碰到杯子，她就鬆了手，於是可樂杯在馬上要交接到蘇辰逸手裡時掉在地上，紅黑色的可樂濺了蘇辰逸一褲子。

接下來的事情可想而知，氣急敗壞的蘇辰逸無論如何都要投訴夏筱筱，即便為了不扣薪水夏筱筱已經低頭向他道過歉，但他也不願收回投訴，可憐的夏筱筱這一晚的忙碌白費了，值班薪水全部扣掉，還被經理口頭責備。看著低頭認錯的夏筱筱，蘇辰逸滿足地準備離去，但就在他

打開車門的那一瞬間，聽見身後夏筱筱的喊聲：「喂，先生。」聲音明顯溫柔很多，於是他立刻擺起架子，轉身昂著頭問：「什麼事？」

夏筱筱滿臉堆笑：「沒事，有些話不好當面說，就寫到紙條上給您，讓您慢慢去看，細細品味一下。」夏筱筱把紙條塞到蘇辰逸手裡轉身就跑回了速食店，蘇辰逸打開紙條一看，徹底被打敗了！只見紙條上寫著：反正我已經被扣了薪水，就在這裡毫不避諱地告訴你，你是一個心胸狹窄自私自利狂妄自大自以為是的小男人！對！小男人！

蘇辰逸氣得吹鬍子瞪眼，但也只能自認倒楣，他一邊開車門一邊憤憤地罵道：「不可理喻的女人！」然後開著車揚長而去。

第 2 章
奶奶，一切都會好的

　　被扣了薪水的夏筱筱心情極差，再回想起之前被王總抓了現行，她像待宰羔羊一樣等待著處罰結果，連上吊的心都有了，從車棚裡取了腳踏車，一個人慢慢走出來，結果看見她回家必經的馬路上有個人影，難道是那個小男人來報仇了？警惕的夏筱筱趕緊從背包裡拿出她每晚必帶的防狼噴霧，小心翼翼地走近一看，原來是沐澤。

　　「你怎麼又來了？大晚上的不睡覺嗎？」夏筱筱責備地問沐澤。

　　沐澤嘴角上揚，露出溫暖的笑容，他說：「擔心妳，所以來看看妳。」

　　夏筱筱手扶腳踏車站在原地沒動，看著沐澤的眼睛輕輕一閃，一連串的眼淚就滑了下來，這突如其來的狀況讓沐澤措手不及，他趕緊上前扶起夏筱筱的臉拭去眼淚，焦急地詢問：「筱筱，怎麼了？」

　　夏筱筱抹去淚花勉強擠出笑容，回應道：「沒事，就是想起好多事情，有點感慨而已。」

　　其實夏筱筱很少在人前掉眼淚，因為她沒那麼多時間去想那些傷心難過的事情，她必須幫自己加油打氣，振作精神，不要放棄！但今天，在被王總抓住現行，被那個自大的小男人欺負後，她的心理承受能力似乎達到

了一個臨界點，於是當沐澤這個和她從小一起長大，在她失去父母困難重重時依然照顧她陪伴她的大哥哥出現後，她終於忍不住落淚了。

夏筱筱畢竟是女孩子，雖然她大部分時間都展現出男人婆的氣質。

沐澤騎著腳踏車載夏筱筱回家，夏筱筱一路上都在跟沐澤講今晚的離奇遭遇，她說在速食店兼職這麼久，從來沒有遇到過這麼刁鑽的客人，那個心胸狹窄的小男人害得她被扣了薪水，白白忙了一晚上！沐澤默默地聽著，內心五味雜陳，他好想保護這個傻傻的女孩，但又無能為力，他的家庭，他的生活，有時他覺得連自己都保護不了，又如何保護夏筱筱？但今晚筱筱的眼淚讓他心疼了，他不想看到她再這麼辛苦，於是他對夏筱筱說：「筱筱，速食店的工作辭掉吧，好好在電臺上班，剩下的一切，交給我吧！」

身後的夏筱筱早已停止了義憤填膺的控訴，沐澤感覺他的背上是她輕盈的腦袋，隨著車子的顛簸一晃一晃的，她的手輕輕地環在他的腰間，他喊：「筱筱？筱筱？」沒有任何回應，原來這個總是睡不夠的夏筱筱，已經進入了夢鄉。

他不忍叫醒她，放緩了騎車的速度，在到家之前，讓她好好睡一覺吧，也許到目前為止，他能為夏筱筱做到的，也只有這些了。

第二天中午十一點才醒來的夏筱筱忘記了昨晚是如何進的家門，她只知道她和沐澤聊著聊著就去會周公了。夏筱筱伸了個懶腰從床上爬起來，看見桌上沐澤留下的字條：「夏筱筱同學，請妳以後不要睡得那麼死，我根本叫不醒妳。另外，妳該減肥啦，我快背不動妳了。」後面是一個大大的娃娃笑臉。

夏筱筱看著沐澤留下的字條，內心溢滿溫暖和感動，她撅嘴撒嬌地自言自語：「喊，一天吃不飽睡不好的，還讓我減肥，真是飽人不知餓人飢啊！」

　　夏筱筱轉身拉開窗簾，晃晃腦袋簡單活動一下，又開始一天打仗似的生活。今天是週日，白天她可以有多點時間自己支配。刷牙、洗臉、打掃房子，然後去菜市場買了排骨、冬瓜，回家煲了一鍋香氣四溢的排骨湯，裝在保溫盒裡。夏筱筱坐九十四路公車，來到了晨海綜合醫院。

　　晨海綜合醫院是晨海市最好的私立醫院，環境很好，醫生的口碑也很好，最重要的是，這裡的腫瘤科是全市最好的，雖然價格昂貴，但夏筱筱還是毅然決然地選擇了這裡。

　　夏筱筱拎著保溫盒和一些水果、日用品來到腫瘤科住院部，穿著潔白護理師服的小雪跟筱筱打招呼：「過來了？」筱筱一邊笑著點頭回應，一邊從袋子裡拿出一個柳丁遞給小雪，小雪幾次推辭不過，只好收下，舉著柳丁晃一晃對夏筱筱說：「謝謝了。」

　　沿著冗長的走廊走到最裡面的病房，推開門，夏筱筱小心翼翼地探進頭去，一位白髮蒼蒼的老人正斜倚被子瞇著眼休息。聽見推門的動靜，她睜開了眼睛，一看是夏筱筱，那蒼老消瘦的臉頰立刻舒展開笑容：「來啦？」

　　夏筱筱趕緊去扶老人坐起來，拿枕頭墊在她的腦後，關切地問：「奶奶，最近好點了嗎？咳嗽還厲害嗎？」

　　老人輕輕地搖搖頭安慰筱筱：「好多了，別擔心。」

　　夏筱筱看奶奶的狀況還不錯，便起身拿出熬好的排骨湯，盛出一小碗遞到奶奶嘴邊說：「奶奶，這是我今天剛剛做好的，您喝點，補補身子。」老人沒有接湯碗，而是無限憐愛地看著筱筱，然後伸手摸著她的臉頰說：「筱筱，妳怎麼又瘦了？別太辛苦了，奶奶心疼，反正奶奶這病──」

「奶奶！」還沒等老人說完，夏筱筱就小聲又苛責地打斷了她，她放下湯碗抓住奶奶的雙手安慰道：「奶奶一定會好的，妳看那麼多病人只要心情好有毅力，都能慢慢恢復，奶奶也一定可以！」

老人雙眼忽然噙滿了淚，她轉頭看了看身邊兩張空空的床鋪，那是和她一起住進來的肺癌病人，已經分別於兩個月前和上星期醫治無效離開了，她非常清楚自己現在的狀況，無非就是熬時間，像同房的病友一樣等待離開的那一天。她把十二歲就失去父母的夏筱筱養育成人，看著她一點點自立，能夠好好的生活，也沒有遺憾了，她唯一希望的就是自己不要再拖累夏筱筱了，但她又不捨得就這麼離開，她還想多看看她，看著她談戀愛，看著她嫁人。而且她也知道，她是夏筱筱唯一的親人，如果她離開了，夏筱筱一個人該多麼孤單。

夏筱筱一眼就看穿了奶奶的心思，她坐到奶奶跟前，拿頭抵住奶奶的額頭，就像小時候奶奶安慰她一樣，說：「奶奶，筱筱要奶奶好起來，等奶奶好了，筱筱每天都陪奶奶去海邊散步，每天都讀報紙給奶奶聽，奶奶要為我做我最愛吃的炸醬麵，我每天一下班就趕回家陪奶奶，家事都讓我來做，奶奶就好好安享晚年……」夏筱筱說著說著聲音哽咽了，但她不願讓奶奶看見她難過的樣子，於是強忍著淚水綻開笑臉，抬頭看著奶奶問：「好不好？奶奶？」

而此時的老人早已淚流滿面，她將夏筱筱擁入懷中，顫抖著聲音回答：「好，好，奶奶答應妳。」

夏筱筱從醫院出來已經到了該上晚班的時間了，她坐車到晨海電視總臺，然後直接走進廣播電臺播音部，直播間的背景牆上寫著「FM八九點八晨海音樂廣播」幾個大字，在時鐘指向二十二點整的時候，她推上一首音樂，孫燕姿特有的清新嗓音傳出來，而這首歌在今晚聽上去卻特

別傷感：我的小時候，吵鬧任性的時候，我的外婆，總會唱歌哄我，夏天的午後，姥姥的歌安慰我，那首歌好像這樣唱的，天黑黑，欲落雨，天黑黑，黑黑……

伴隨著傷感柔美的音調，夏筱筱清了清嗓子，按下麥克風開關，開始播音：「收音機前的聽眾朋友大家晚上好，歡迎您收聽今晚的《城市心情》，我是筱筱，今天在接聽大家的傾訴熱線之前，筱筱先要將這首歌送給一位堅強的奶奶，奶奶生病了，至今還在醫院裡，讓我們一起來為奶奶祈禱，願她早日康復。」

筱筱知道每晚奶奶都會聽她的節目，這是她特地送給奶奶的小禮物，她要以這樣的方式給奶奶更多的信心，而此刻關了麥克風的她早已淚流滿面，她知道很多東西都是注定的，但倔強的她不願意去接受和承認，她在心裡一遍一遍對自己說：「都會好的，一切都會好的！」

第 3 章

一前一後的距離

「收音機前的聽眾朋友大家晚上好，歡迎您收聽今晚的《城市心情》，我是筱筱……」車載收音機裡傳出一個女孩低沉柔美的聲音，蘇辰逸一邊開著車，一邊聽著這檔消磨時間的《城市心情》。此時的他正在趕往晨海電視臺的路上，因為剛剛梁函韻打電話給他，說正在加班錄節目，到現在還沒有吃飯，於是他像接到命令一樣立刻趕往電視臺接梁函韻，順便帶了漢堡和咖啡，讓她在正式晚餐之前先墊墊肚子。

蘇辰逸開著車窗，夏天的風輕輕撩起了他前額的碎髮，白色休閒 V 領 T 恤慵懶地套在身上，健碩的身材若隱若現，他修長的手指抓著方向盤，尖削的側臉冷峻完美，讓旁邊等紅燈的美女司機足足停留了十幾秒鐘，等蘇辰逸的車開出去大半天了，那美女司機才在群情激奮的喇叭聲中啟動油門。

蘇辰逸從後視鏡裡看了一眼身後那輛大紅色的奧迪，嘴角牽起一抹笑意，這樣的情形他見得多了，不足為奇，一起工作的女同事傳簡訊傳 LINE 買禮物送早餐等各種方式都用遍了，但他從來沒有動搖過，因為他要等梁函韻，那個他發誓用一輩子去保護的女人。

十點半左右蘇辰逸的車停在了晨海電視臺門口，他拿起手機打電話給梁函韻，幾秒鐘後，手機裡傳來梁函韻甜美的聲音：「喂，辰逸，你到

了嗎？我還沒有錄完，你再等我一下下哦。」聽著梁函韻略帶撒嬌的聲音，蘇辰逸的心情就像這夏日的清風一樣爽朗，他溫柔地回應：「沒事，我等妳，一會帶妳去吃好吃的。」

掛了電話，把車停好，忙碌了一天的蘇辰逸忽然生出幾分睏倦來，於是他搖上車窗打開冷氣，仰頭靠在座椅上閉目養神。隔離了嘈雜世界的車廂立刻安靜下來，只有一個聲音還在輕輕迴響，那是從車載收音機裡傳出來，剛剛就一直收聽的那檔叫《城市心情》的節目。此時他隱約聽見一個男人在講述著自己的情感問題，出於好奇，他伸手把收音機的音量調大，聽見一個失戀男人的哭訴，而主持人一直在悉心勸導。那個叫筱筱的主持人聲音柔軟細膩，安靜甜美，像香酥的糯米糕一樣直沁心脾，蘇辰逸很是好奇，沒想到晨海音樂廣播居然還有聲音這麼好聽的女主持人。雖然他在開車時也會聽廣播，但從來沒有留意過，因為他只在意梁函韻，那個晨海電視臺聲音與相貌完美結合的當家花旦，她主持的電視節目在晨海幾乎是家喻戶曉的，其他人和她無法相比，但今晚，單單是這個聲音便勾起了他繼續收聽這檔節目的欲望。

安慰完失戀男，又接進來一個中年男人的熱線，中年男人支支吾吾半天說不出話來，主持人以為對方緊張，於是安慰道：「別緊張，慢慢說，筱筱是你最忠實的聽眾。」沒想到這一引導讓對方立刻忍不住了，話語像滔滔江水一樣源源不斷湧出，他說，筱筱啊，我有家，但我又愛上了另外一個女人，我兩邊都放不下，兩個人都不想傷害，我怎麼辦啊……等他描述完，筱筱問：「你之前是不是打過熱線？」

中年男人沉默著沒回答，筱筱繼續追問：「是不是？」中年男人慢悠悠地說：「唉……是……」沒想到這個柔聲細語的主持人忽然提高了分貝，嚇了略微有些睡意的蘇辰逸一跳，只聽她說：「你的聲音就算化成灰

我也認得出來，上次讓我幫你想個兩全的辦法，可以同時游移在兩個人身邊，今天又來了，你這個混蛋，傷害了兩個女人的感情，你不配當男人！以後不要再打電話了！」

聽到這裡，睡意全無的蘇辰逸忍不住笑了起來，什麼叫「你的聲音就算化成灰我也認得出來」？這語病也太嚴重了吧？而且居然在這樣一個公共平臺罵混蛋，不過聽上去好像也不壞，似乎這個主持人的真性情還挺可愛，於是百無聊賴的蘇辰逸立刻萌生了逗逗這個主持人的想法。

蘇辰逸在筱筱報出的臉書粉專底下留言：「其實我覺得剛才那位男士的做法也沒錯啊，兩全的辦法挺好，既不傷害老婆，也不傷害情人。」

發出後蘇辰逸豎起耳朵聽節目，到臉書互動環節了，他聽見主持人唸了幾條常規留言後忽然停頓了幾秒，然後他預期的情況出現了，只聽主持人提高了嗓門：「現在人的價值觀簡直嚴重扭曲！居然還有人發這樣的留言，說剛剛那位男士的做法正確，我就不唸出他的名字了，免得大家人肉他讓他臭名昭著！」

蘇辰逸早就笑得腰都直不起來了，他本還想繼續發留言逗這個呆萌的主持人，但剛一打開臉書，手機就響了起來，一看是梁函韻，蘇辰逸這才收起玩心，接起電話，那邊是梁函韻高跟鞋敲擊地板的背景聲，不一會，傳來梁函韻邊走路邊說話的聲音：「辰逸，我加完班了，馬上出來，等這麼久，都快睡著了吧？」

「沒有，」蘇辰逸還在回味剛剛的事情，話語裡帶著笑意，「聽廣播呢，時間也過得滿快的。」梁函韻有點奇怪，蘇辰逸什麼時候對廣播感興趣了？於是反問：「聽廣播？」蘇辰逸說：「嗯，剛剛聽了個節目滿有意思，妳餓壞了吧？我帶了漢堡和咖啡，妳先吃一點，然後我再帶妳去吃飯，快出來吧！」

那轉瞬即逝的話題很快被兩人遺忘，掛了電話的梁函韻走出審片室的走廊，在經過廣播大樓的時候，差點被一個快速從走廊衝出來的人撞倒，那是剛剛錄完節目的夏筱筱，為了趕最後一班公車去速食店上班，所以一路狂奔，導致看見出現在她眼前的人時腳下已經煞不住了，所以就那麼硬生生地撞了上去。

夏筱筱趕忙向被撞者道歉：「對不起，對不起，我不是故意的。」

梁函韻臉上閃過一絲不悅，但很快恢復正常，她上下打量著眼前這個其貌不揚的女生，齊肩的中長髮，不施粉黛的臉，牛仔褲，帆布鞋，一看就是電臺的編輯或小主播，她收回視線揚起嘴角笑著回應：「沒關係的。」然後便扭著曼妙的腰肢飄然而去。

夏筱筱在原地呆立了幾秒才反應過來，剛剛那位面若挑花、美豔不可方物的女人不就是晨海電視臺的第一美女主播梁函韻嗎？雖然在同一間公司上班，但她只是在電視上見過梁函韻，沒想到今天見到真人，比電視上還要美，人也那麼親切隨和。夏筱筱正感嘆天外有天、人外有人的時候，慢半拍的腦子忽然又回到原點，她本來是想趕公車去速食店上班，但她耽誤了這麼久，公車肯定是沒得坐了，只能花錢從城西叫車到城南，想想就心疼啊！

於是夏筱筱和梁函韻就這麼一前一後出了電視臺的大門，梁函韻剛剛坐上蘇辰逸的車離去，夏筱筱便從轉角處出來攔了一輛計程車直奔速食店，疲倦的夏筱筱看著窗外忽閃而過的夜景昏昏欲睡，但聽到計程車收音機裡的主持人預報第二天的天氣時，夏筱筱像被潑了一盆涼水一樣瞬間清醒過來，她突然想起，明天是星期一。

星期一！例會！王總！

心情全然坍塌的夏筱筱靠在座椅上拍著自己的腦門，但根本想不出什麼好辦法，只能一個勁嘀咕著：「怎麼辦？怎麼面對王總？完蛋了！」

第 4 章

夏筱筱長智齒了

「叮鈴鈴……起床了，叮鈴鈴……上班了，叮鈴鈴……賺錢了，叮鈴鈴……遲到了」要是以前聽到這個起床鈴聲，夏筱筱通常都是拿被子蒙住頭輾轉反側好半天才艱難地爬起來，但今天的她剛一聽到「叮鈴鈴……起床了」便一個激靈坐了起來，看看表，八點二十，九點開例會，今天可千萬不能遲到啊！於是夏筱筱快速穿衣穿鞋，刷牙洗臉，一邊往包裡裝東西，一邊胡亂地啃了幾口麵包，八點三十二的時候，她已經背著包衝出了家門。

夏筱筱在例會開始前五分鐘悄悄溜進了會議室，找了一個最不起眼的角落坐下，希望開會時王總能忽略掉她。看著一波一波的同事進入會議室，夏筱筱在心裡默默地祈禱，但願沒事，但願王總已經忘記了週六的事情。

不一會，穿了一身新西裝的王總拿著文件夾走進了會議室，他的褲子看上去比之前肥大了很多，讓本來就很圓乎的身材又臃腫了不少。他放下手裡的東西，先掃視了一圈會議室，夏筱筱見狀，趕緊低頭躲在同事的身後，幾秒鐘後，她聽見王總說：「我們來開例會，這個月的收聽率情況已經出來了，部分節目有所下滑，今天要做一下研討，以後要改善……」

　　夏筱筱稍稍地鬆了口氣，但她還是小心翼翼地躲在角落裡時不時偷看一下侃侃而談的王總，如果發現王總的視線稍有轉向她這邊的意思，便立刻低下頭去，假裝認真地做著會議筆記。而王總早就看見了夏筱筱一系列的小動作，他的嘴角露出一絲不易察覺的笑容。放下收聽率報告，他讓大家發表一些關於節目收聽率下降的意見，看沒人舉手，就對著躲閃的夏筱筱喊道：「夏筱筱，妳先來說！」

　　如坐針氈的夏筱筱幾乎是在數時間，以至於根本沒有聽進去任何的會議內容，連王總喊她的名字都沒反應，直到王總提高了嗓門：「夏筱筱！」

　　還處在游移狀態的夏筱筱停頓了兩秒後刷地一下站了起來，她緊張得差點嗆著自己，語無倫次地說：「說您王總，哦不對，是王總您說。」可能是用力過大扯到了神經，夏筱筱覺得自己的耳根部忽然抽搐地疼痛了兩下，她趕緊用手揉搓，但看見王總看她的眼神，立刻又把手放了下去。

　　「這個月的收聽率情況，妳的《城市心情》和上月基本持平，但早間的《向快樂出發》收聽率一路下滑，對此，說說妳的意見和看法。」王總雙手撐著桌子一臉詢問的表情，嘴角的兩撇小鬍子依然隨著呼吸一起一伏。

　　夏筱筱不知道王總的意圖是什麼，是原諒了她，還是暴風雨來臨之前的平靜？她撇著嘴撓撓頭，吞吞吐吐地說：「嗯……這個……《向快樂出發》以前一直是欣欣姐的節目，現在欣欣姐調去電視臺了，忽然換了一個主持人，聽眾們肯定接受不了，收聽率下降屬於正常……」

　　「咳咳……」還沒等夏筱筱說完，《向快樂出發》的新節目主持人韻蓉不高興了，她咳嗽兩聲提醒夏筱筱注意說話方式，而慢半拍的夏筱筱

這才反應過來這種直白的表達方式得罪了韻蓉。全會議室的同事都扭頭看著夏筱筱，她無比懊惱地垂下頭去，嘴裡嘀咕著：「我就知道是故意整我的！」

夏筱筱已經放棄任何掙扎反抗逃避的機會，就等著王總處置，沒想到幾秒鐘過後，卻聽見王總爽朗的笑聲，她驚訝地抬頭，看見王總滿臉是笑地說：「其實筱筱說的一點都不錯，所以啊韻蓉，想要和聽眾建立良好的互動關係不是一朝一夕的事情，慢慢來吧。」

夏筱筱的眼睛瞪得比平時大了一倍，嘴巴也變成了 O 形，直到王總宣布散會她才收起誇張的表情，第一時間抓起包準備逃跑，但很快被身後的聲音震懾住：「夏筱筱先別走，跟我去趟辦公室！」

夏筱筱又感覺到耳根部位的神經疼痛起來，她委屈地轉身看著王總，知道悲慘的一刻就要來了。

在王總的辦公室，夏筱筱自知理虧地低頭不語，王總一邊整理辦公桌一邊問夏筱筱：「星期六那天跑得挺快啊？」筱筱害怕言多必失，索性不說話等待處置。王總看夏筱筱沒反應，於是丟下手裡的文件看著夏筱筱說：「妳想想，如果那天看見妳的人不是我，是臺長，妳今天會怎麼樣？肯定要受重罰，還要牽連我，臺裡三令五申不準主持人私自接商演，妳還要往槍口上撞，而且 ── 」王總頓了頓，拿手摸了摸自己的屁股，感覺一陣涼風嗖嗖地飄過，頓時一股無名火冒出來，無法控制地提高了嗓門，「還跑那麼快！」

夏筱筱被王總突然提高的聲音嚇了一跳，趕緊小心翼翼道地歉：「對不起啊王總。」

穿著肥大西裝褲的王總看著臉色蒼白、身體瘦弱的夏筱筱，一時間也不忍心再說責備的話，他嘆了口氣說：「行了，夏筱筱，我知道妳有困

難，家裡情況特殊，接點商演可以賺外快，但夏筱筱，妳才二十五歲，妳自己的身體也很重要，妳這樣太累了，妳要先照顧好自己才能照顧家人。哎呀不多說了，妳去忙吧，以後多注意。」王總不耐煩地揮揮手，示意夏筱筱可以離開了，而等待寫檢查扣薪水的夏筱筱沒想到王總的態度會 180 度大轉變，她本想開口說話，但左耳耳根部的疼痛越發屬害，甚至讓她張口說話都有些困難了，她只能感激地看著王總，眼裡也有了星星點點的淚花，王總見狀，微微笑了起來，語氣也親和了許多，他說：「好了，我都明白，我也是父親、兒子、丈夫，為了家人，我能理解，但以後一定要小心一點。」

從王總辦公室出來的夏筱筱心裡的一塊巨石終於落地了，她趕緊拿起手機給燕子打電話報喜，說自己沒事啦，躲過了一劫。燕子聽著夏筱筱糊里糊塗的聲音問：「夏筱筱，妳說什麼？說清楚一點，嘰哩呱啦的一句也聽不清。」

夏筱筱捂著臉艱難地發音：「我，說，王，總，沒，處，罰，我，我，沒，事，了……」

燕子的耳朵用力貼著聽筒，終於聽懂了夏筱筱在說什麼，於是說：「那很好啊，不過，妳說話怎麼成這樣了？」

夏筱筱痛苦地皺起眉頭：「不知道啊，突然喉嚨和耳根痛，可能是感冒了吧。」

下午去醫院看奶奶的夏筱筱喉嚨越來越痛，去洗手間時無意中看見自己半邊臉都腫了起來，聯想到上午王總的話，只有照顧好自己才能更好地照顧家人，夏筱筱不再遲疑，去樓上的耳鼻喉科看了醫生，結果那滿頭白髮的老爺爺拿著手電筒一樣的東西在夏筱筱嘴裡一照，便推著厚重的眼鏡框說：「小丫頭，妳的嗓子沒事，妳是長智齒了，智齒發炎牽連

喉嚨和耳根一起痛，妳這個，得去看牙醫啊！」

　　夏筱筱一聽頓時瞪大了眼睛：「什麼？牙醫？」她的腦袋裡立刻飄過小時候拔牙的恐怖情景，雞皮疙瘩起了一身，她一邊摀著臉一邊揮手表示堅絕不看牙醫，然後狼狽地逃出了檢查室。在檢查室門關上的那一刻，她聽見身後的白髮老爺爺的建議：「我們這裡的蘇醫生是最好的牙醫，不會很痛的，要看就去找他吧。」

第 5 章
冤家路窄再結怨

　　早上八點，夏筱筱拖著疲憊的身子前往晨海綜合醫院，昨天從醫院離開的夏筱筱回家吃了點消炎藥，晚上的節目和速食店的班都照常上了，但今天早上起來的她已經連嘴都張不開了，沒辦法喝水吃飯，沒辦法和別人正常交流，最最重要的是，昨天她的半邊臉只是微腫，而今天直接腫成包子了，不知道的人還以為她被人打了，無奈的夏筱筱只得十二分不情願地前往晨海綜合醫院，如果不去看醫生，她就要請假，請假就得扣薪水，算了，還是乖乖去醫院吧，雖然夏筱筱最害怕牙醫。

　　八點半夏筱筱到了醫院，此時正是醫院人流的高峰期，上班的，掛號的，取藥的，到處都是人。夏筱筱捂著臉像被打蔫的茄子一樣站在一堆人中等電梯，電梯好不容易從 15 樓下來了，她還沒抬腳呢，就被人流簇擁著進了電梯，然後像一片紙一樣直接被擠進了角落裡貼著牆站著，只能伸出頭尋找一處能呼吸的地方，而此時還有人往電梯裡擠，於是本來就不能動彈的夏筱筱感覺整個人都被前面站著的男人緊緊貼著了。

　　牙痛加上擁擠讓夏筱筱異常煩躁，更何況前面這個個子高大的男人還時不時往後退一下，讓本來就狹小的空間連放腳的地方都沒有。夏筱筱起初沒有理會，想著忍忍就到了，卻不想這電梯幾乎是走一層停一

層，而且前面的男人似乎絲毫沒有感覺到身後還有一個弱女子已經快被擠扁了！

夏筱筱終於忍無可忍，拿手臂肘狠狠地推了一下前面的男人，兩秒鐘過後，男人一臉厭惡地轉過頭來。這一轉不要緊，那一頭褐色的碎髮，性感的單眼皮，薄薄的嘴唇，怎麼會是他？夏筱筱差點喊了出來，當然不會是親熱地喊，而是鄙視和控訴地喊，不過她還是把「小男人」三個字壓在了心裡，因為她不想在公共場合再和這個男人對掐起來。

而感受到推搡的蘇辰逸在轉過頭的那一刻，本來已經做好了開罵的準備，但當他看見被他擠在身後、頭部只構得到他肩膀的女孩是那天速食店遇見的刁蠻女時，便收住了到嘴邊的話。他打量了一下夏筱筱，發現她左右臉嚴重不協調，左臉像被蜜蜂蜇了一般腫得高高的，蘇辰逸心想，都成這個樣子了還不老實待著，他壞壞一笑後轉過身去，順便把身子又往後挪了挪。

夏筱筱感覺自己的空間又縮小了一圈，因為眼前這個男人又高又寬，像一堵牆一樣橫在前面，她覺得自己連呼吸都困難了。夏筱筱只能使足十二分的力氣繼續推搡他，但她發現她用了多少力氣推搡，這個討厭的男人就用多少力氣來回應，他定定地擠在她前面，絲毫沒有讓步的意思，即便直線上升的電梯已經下去了很多人。

氣急敗壞的夏筱筱絕對嚥不下這口氣，上次在速食店的仇還沒報呢，現在又來欺負她，真是冤家路窄！她一邊在心裡咒罵著「小男人」，一邊忍著劇痛張開嘴，抓起蘇辰逸的手臂狠狠地咬了下去。

電梯到了十五層，夏筱筱飛也似的衝了出去，留下捂著手臂的蘇辰逸在身後露出殺人一般的眼神，而夏筱筱在馬上要逃離蘇辰逸視線的時候轉過頭去挑釁地做著鬼臉，然後一溜煙消失了，氣得蘇辰逸咬牙切

齒！但在這偌大的醫院裡，他又不能過於失態，只好無奈地收起憤怒，像沒事人似的轉身離去。

話說逃離了惡魔手掌的夏筱筱此時雖然被牙痛折磨著，但心裡別提多高興了，因為大仇已報！現在想想那卯足勁的一口，心裡真是過足了癮！她嘴裡一邊憤憤地唸叨著：「以後不要再讓我遇到你！」一邊走向了掛號窗口。

「我要掛口腔科。」夏筱筱彎下身子對護理師小姐說。

「要掛哪位醫生的號？」護理師小姐柔聲詢問。

夏筱筱忽然想起昨天下午她去耳鼻喉科檢查時那位白髮醫生的建議，於是回應：「就那位蘇醫生吧。」

護理師小姐抬頭看了一眼夏筱筱，然後嘴角輕輕上揚了一下，那不易察覺的笑容裡包含了一絲不屑和漠然，讓夏筱筱丈二金剛摸不到頭腦，難道自己今天的樣子已經狼狽到讓人嘲笑的地步了嗎？她拿著掛號單在經過一面落地窗戶時看見自己的影子，的確，腫得面目全非的臉，已經根本認不出來是誰了，她沮喪地撇撇嘴，然後直接來到口腔科的等候區。

說實話，如果不是那走廊口寫著「口腔科」三個大字，夏筱筱真的以為自己來錯地方了，那寬敞明亮的等候室裡坐滿了人，而且一半以上都是女的，女的也就算了，還都是身材火辣、穿著性感的妙齡女郎！這是什麼狀況？難道這醫院要舉行選美大賽？夏筱筱被這一早上的各種怪事弄得暈頭轉向，但她管不了那麼多了，選美選醜都和她沒關係，她只想抓緊時間把牙看好，於是她走進角落唯一的一個空位坐下，長期睡眠不足使她馬上有了睡意，不到一分鐘就斜靠在座椅上睡著了。

「小姐，小姐，醒醒，該妳進去了，小姐？」正在夢裡啃豬腳的夏筱

筱隱約聽見有人喊她的名字，她不耐煩地翻了個身，卻不想一個重心不穩，差點從椅子上摔下去，受了驚嚇的夏筱筱這才睜開眼睛，結果剛好對上護理師小姐鄙夷的目光，她猛然想起自己今天的目的，環繞一下等候室，已經沒幾個人了，看來自己已經睡了很久，護理師小姐是實在看不下去了才來喊她的。

　　夏筱筱趕緊抹去嘴角的口水，拿著東西跟著護理師小姐走向了診間。

第 6 章
果然是你這個「小男人」

　　診間的門半掩著，一股刺鼻的消毒水味道迎面撲來，這讓還有些睏意的夏筱筱瞬間清醒並且打了個冷顫。夏筱筱從小就很怕牙醫，小時候換牙要去醫院，她總能想出各式各樣的理由推拖，比如生病了不舒服，再比如作業沒寫完，甚至是想幫忙打掃房間做家事。不過這些小花招怎麼能瞞得過經驗豐富的爸爸媽媽，他們強行帶著夏筱筱去醫院，於是夏筱筱就在萬分驚恐的狀態下，被蒙著半張臉的醫生拿著細細的針頭戳進牙齦裡，再拿個牙鉗拔掉她的牙齒，這些記憶到現在想起來還是會讓她心驚肉跳。

　　她本來以為，換完所有牙齒就會和牙醫徹底說拜拜了，但沒想到現在居然長了可惡的智齒，讓她又要重新體驗小時候的那種恐懼。

　　夏筱筱定了定神，像要上刑場一般鼓足勇氣推開了診間的門，琳瑯滿目的治療機械和一片白映入了眼簾。夏筱筱仔細一看，那片白便是穿著白袍的醫生，他正背對著夏筱筱，手裡叮噹作響地在整理一堆醫療器械。夏筱筱推測他應該聽見有人進來了，但他沒有回頭也沒有任何反應，於是夏筱筱小心翼翼地對著他的背影喊了一聲：「醫生。」

　　叮噹作響的聲音持續兩秒後停頓了下來，那高大的背影轉過來，戴

著口罩的他只露出一雙單眼皮眼睛，上下打量了一番夏筱筱，然後眼睛瞇成了一條縫，夏筱筱推測他一定是在笑，而且和之前那位護理師的笑容意味一致。夏筱筱心想，不就是臉腫了嗎，有什麼好笑的？她悄悄撇了撇嘴，但還是態度很好地對那醫生說：「蘇醫生你好，我長智齒了，而且還在發炎，所以來找你看看。」

那醫生手插口袋看著夏筱筱沒說話，只是將頭輕輕一點，讓夏筱筱躺在旁邊的治療椅上。夏筱筱對於今天醫院的各種怪異現象頗為好奇，連這個主治醫生也這麼裝酷，之前來看奶奶沒發現這麼多離奇的人啊，護理師小姐和醫生都很熱情，但今天，彷彿和之前來的不是一個地方。

夏筱筱一邊思索著，一邊還是按照囑咐躺在了治療椅上，沒想到頭剛一靠著靠墊，就聽見咣噹一聲，那醫生把一堆細細的像錐子一樣的器械扔到了她眼前的治療臺上，瞬間所有的恐怖記憶都回來了，夏筱筱想著眼不見為淨，於是緊緊閉上眼睛，像待宰的羔羊一樣等待處置。

十幾秒過去了，沒有任何動靜，怎麼回事？夏筱筱一隻眼睛睜開一條縫，透過細細的光源看見那醫生正雙手環在胸前看她。這醫生到底在做什麼？有什麼好看的？難道是個變態色狼嗎？夏筱筱想到這裡，趕緊雙手護胸一下站起來，正要破口大罵呢，就聽見那醫生說話了：「妳不知道妳是來看牙的嗎？看牙不張嘴，我怎麼看？我可沒有透視眼！」

夏筱筱這才想起，自己因為害怕，光顧著閉眼睛，完全忘記了要張開嘴巴這件事情了。而且就她今天腫得像包子一樣的大臉，應該不會有哪個色狼會輕易動歪念吧？想到這裡，夏筱筱一下子紅了臉，乖乖地躺了回去，張開嘴巴。

那醫生打開口腔燈，一道光照進了夏筱筱嘴裡，他先是用探頭看了看，然後便用戴著橡膠手套的手扯起夏筱筱的左臉，使她本來智齒發炎

放射到整個臉部的疼痛又加大了一倍，夏筱筱齜著牙強忍著疼痛，但那醫生絲毫沒有手軟和停頓，拿起一個細細的錐子一樣的工具準備探尋她那顆發炎的智齒，夏筱筱再次痛苦地閉上眼睛，臉上的表情也由齜牙變成了猙獰，果然，不一會，她的牙齦發炎處被那錐子一樣的東西不輕不重地觸碰了一下，一股鑽心的疼痛讓夏筱筱眼冒金星，差點就從治療椅上摔了下去。

夏筱筱推開醫生的手，抱著臉痛苦了好一會才緩過來，就在她剛調整好狀態拿開手的時候，一根針管已經舉在她面前，那針管上的針頭細而鋒利，看著就讓人不寒而慄。那醫生的眼睛又瞇成了一條縫，他輕描淡寫地說：「妳的這顆智齒正在長，在這個過程中會擠壓到其他牙齒，所以才會發炎，現在我先幫妳沖洗消炎，等發炎消了，再來複查看看要不要拔掉。」

夏筱筱看不見他除了眼睛以外的表情，但能聽出他強壓笑意的語調，她不明白這醫生是什麼意思，怎麼個沖洗法？為什麼拿這麼恐怖的東西？還沒等她問出這些疑問呢，那根針管已經放進了她的嘴裡，夏筱筱像驚弓之鳥一樣全身的肌肉都繃緊了，所有的神經都聚集在那顆智齒上，她瞪大了眼睛等待著尖銳疼痛來襲的一刻，但幾秒鐘過後，她卻奇怪地皺起了眉頭：咦？好像不痛，還滿舒服的。夏筱筱感覺從針頭裡輕輕滲出的液體在她發炎的牙齦上反覆沖洗著，有一股清涼的感覺，使那灼熱的疼痛一下緩解了很多。

夏筱筱這才鬆了一口氣，想著很快就能結束這驚悚的看牙過程了，但接下來發生的事情卻是她萬萬沒有想到的。

就在夏筱筱沉浸在這舒適一刻的時候，那根剛剛還在牙齦外遊走的針頭狠狠地戳進了她的牙齦裡，這一次的夏筱筱徹底從治療椅上摔了個

底朝天，而且不光是眼冒金星了，眼前直接就黑屏了。

　　夏筱筱痛得哭爹喊娘，那醫生卻又成了雙手環胸的姿勢，站在那裡看著她，眼睛瞇成了一條縫。夏筱筱在疼痛間隙瞟見了那醫生的眼睛，忽然覺得哪裡不太對勁，她仔細一看，那一頭褐色碎髮，那單眼皮的眼睛，還有高大的身形，啊！不會這麼倒楣吧？再一回想，從她一進診間的時候，他就時不時瞇起眼睛，肯定是在偷笑，肯定在想，妳終於還是落到我的手裡了！

　　想到這裡，夏筱筱忘記了疼痛，她一翻身從地上爬起來，沒有給對方任何反應的機會，衝過去跳起來拉下了他的口罩，那張讓夏筱筱厭惡至極的臉出現在她的眼前。夏筱筱大叫一聲：「果然是你這個心胸狹窄的小男人！」

第 7 章
她咬他一口，他讓她疼痛，扯平！

　　夏筱筱捂著包子臉衝出了診間，直直奔向投訴科，蘇辰逸跟在她身後喊話：「喂，要投訴我儘管去，我所有的操作都是符合規定的，沒有違規，不奉陪了小姐，拜拜！」蘇辰逸一邊說著一邊脫掉身上的白袍，然後在走廊處轉彎進了更衣室。剛一進更衣室，蘇辰逸就忍不住大笑起來，回想在電梯裡被她咬那一口的氣憤，現在全部被勝利的喜悅取代了。

　　蘇辰逸正笑得開心呢，轉身看見門外的女護理師一臉意外地看著他，他這才發現自己好像有些失態了，於是趕緊收起笑容，挺直腰板整理了一下襯衫的衣領，恢復平時冷峻嚴肅的模樣走出了更衣室。

　　再來說這邊已經快被氣瘋了的夏筱筱，她一陣風似的殺到投訴科，衝進去就開始哭訴：「那個蘇醫生沒有醫德，他故意和病人作對，我要投訴他！」夏筱筱嘴裡剛剛處理完的創面太痛，說話基本上聽不清楚，說著說著連口水都快流下來了。投訴科一位穿著黑色西裝、戴著眼鏡的年長男子站起來看著夏筱筱說：「小姐，妳別著急，慢慢說。」

　　夏筱筱這才發現投訴科有好多人，一堆穿著白袍的醫生和護理師，還有那位戴著眼鏡的年長男人，他沒穿白袍，剛剛是坐在他們對面的，應該是在開會吧。他一定就是投訴科的科長，夏筱筱心裡想著今天要好

好告告那個「小男人」的狀，於是對年長男人說：「那個蘇醫生，簡直不配當醫生 ── 」

說到這裡，夏筱筱努力回想看牙的過程，怎麼投訴他？看牙的過程好像真的像他之前說的那樣，沒有什麼違規的，即使有，夏筱筱這個外行也說不出一二來，難道要說那天在速食店結怨以後今天又冤家路窄碰到彼此，在電梯裡自己咬了他一口，他故意報仇回擊？這好像不是投訴理由吧？

夏筱筱正絞盡腦汁地想著怎麼告他狀的時候，投訴科門口閃進一個身影，夏筱筱抬頭一看，那「小男人」大搖大擺地走了進來，看見夏筱筱，他故意揚了揚眉毛，眼神不屑地一瞥，然後轉向中年男子，喊了一聲：「董事長，您找我？」

夏筱筱看見他那副挑釁的樣子本想和他拚到底的，但聽見他喊董事長，頓時愣住了：董事長？他不是投訴科科長嗎？再看看年長男人的樣子，面目雖然溫和，但眉宇中透著威嚴，眼神咄咄逼人，不再年輕但依然挺拔的身軀，還有那一身一塵不染、考究的西裝，夏筱筱好像反應過來了，他就是晨海綜合醫院的創辦者，身家過億的晨海市十大創業家蘇安和。

他怎麼在這裡？一般見到他都是在報紙和電視上，難道今天是來視察工作的？夏筱筱感受到了他強大的氣場，尤其在那「小男人」進來以後，整個房間都異常安靜，瀰漫著奇怪情緒碰撞出來的氣息。

「小姐，我把蘇醫生喊來了，妳對他有什麼不滿，可以說出來，我們醫院會給妳一個合理的答覆。」蘇安和開口對夏筱筱說。

「唉 ── 」夏筱筱撓撓頭，本來就沒組織好的語言加上剛剛被打岔，讓她更加不知從何說起了，但她一轉頭看見蘇辰逸斜著眼睛瞟她的

樣子，稍稍緩和的心情立刻又冒出火氣來，於是指著蘇辰逸說：「他，他，他，態度不好！故意耍酷！動作粗暴！醫術很爛！」

夏筱筱一口氣指控完蘇辰逸的劣跡後也同樣對著他挑釁地揚揚眉毛，心裡的惡氣終於釋放了出來。可就在夏筱筱沾沾自喜的時候，蘇辰逸忽然走到夏筱筱面前，低頭看著她問：「那麼請問這位小姐，妳說我態度不好，在治療的過程當中妳詢問的哪一個問題我沒有回答妳，哪一個治療步驟我沒有向妳說明？」

夏筱筱一下被問得啞口無言，想要反駁卻無從下手。蘇辰逸轉身靠在辦公桌上雙手環在胸前繼續說：「還有，這位小姐說我動作粗暴、醫術很爛，妳是智齒發炎，本來就很痛，在治療的過程中難免會加重痛感，就憑這個，怎麼判斷我醫術不好？」

夏筱筱一下子就被套進了蘇辰逸的思維模式裡，她微微皺著眉頭，看著一臉得意的蘇辰逸，卻一點辦法都沒有，因為對方說的句句在理，叫她怎麼反擊？

就在夏筱筱絞盡腦汁的時候，蘇安和不大卻極威嚴的聲音響起：「不管什麼原因，患者投訴了，我們就要接受意見，以後好好改進，蘇辰逸，你自己好好反省檢討，我們也要對這位小姐說聲對不起，我向妳保證，以後醫院的服務會越來越好的。」

聽著董事長說出這樣的話，夏筱筱反而覺得有點不好意思了，覺得再糾纏下去就是自己無理取鬧，再看看蘇辰逸，他雖沒有半點屈服認錯的樣子，但也罷了，她咬他一口，他讓她疼痛，算是扯平了，於是夏筱筱擺擺手說：「算啦，也不是什麼大事，就不追究了。」

夏筱筱從醫院出來已經中午一點了，她嘗試用舌頭觸碰了一下剛剛處理完的智齒創面，沒有絲毫好轉，還是痛到齜牙咧嘴。她又拿出手機

照了一下自己的臉，貌似比之前的包子臉更加圓乎，成西瓜臉了！夏筱筱一邊自認倒楣，一邊想著要不要再找個醫生看看，但一想到下午臺裡還有些事情，只好將這個計畫延後了，她現在就想先找個粥店吃點東西，白白忙了一早上，已經快餓昏了！

而那邊的蘇辰逸在夏筱筱離開後本也打算轉身離去的，卻不料被蘇安和叫住，蘇辰逸十二分不耐煩的表情寫在了臉上，但也沒說什麼，轉身看著蘇安和問：「董事長，還有事嗎？」

蘇安和給其他人使了個眼色，他們便會意地離開了投訴科，剩下蘇辰逸一人。蘇安和看著蘇辰逸良久，終於開口說話了：「先把門關上！」

蘇安和的口氣斬釘截鐵、不容推辭，但蘇辰逸並沒有照做，因為從小到大，所有的事情蘇辰逸都要照蘇安和的意思做，包括他後來學醫當醫生。

「辰逸，你 ——」不知從何時起，蘇安和發現他已經沒有辦法再讓蘇辰逸「聽話」了，他屢屢和自己作對，甚至還說要辭職去做別的，為此，蘇安和非常惱火！

蘇辰逸沒有理會蘇安和的指責，手插口袋問：「董事長，您還有其他事情嗎？我要去吃飯了，下午還有工作。」說著便轉身準備離去，不料身後卻傳來一聲厲吼：「給我站住！」

蘇辰逸沒有回頭，只是站在那裡。身後的蘇安和開始厲聲指責：「我早就跟你說過，你身分特殊，在醫院要發揮帶頭作用，不要讓人家說你是我兒子就隨意鬆懈、不認真工作！今天我一來你就遭人投訴，讓我在其他員工面前顏面盡失。」

「爸爸！」蘇辰逸轉過身去打斷蘇安和，「面子對你來說就那麼重要嗎？」

蘇安和愣在了那裡，很長一段時間了吧，自從蘇辰逸搬出去住後，每次見到蘇安和都喊董事長，即使偶爾回家吃飯，也基本沒什麼交流，但今天，在這樣一種場合和情景下，他喊他爸爸，而他卻不知如何回答。

蘇辰逸看著愣在那裡的蘇安和輕聲說道：「如果沒什麼事情，我先走了。」

第 8 章
我才不會輸給你

　　走出醫院的蘇辰逸簡直想把那個刁蠻的女人千刀萬剮！他脫掉外套，鬆開衣領，一邊往外走一邊憤憤地罵道：「別再讓我碰到妳，否則絕對不放過妳！不可理喻的女人！」

　　蘇辰逸本打算早早下班約梁函韻一起吃午飯的，但現在因為那個可惡的女人全泡湯了，而且還害他被蘇安和訓斥！

　　「倒了八輩子楣了，碰上這樣的人！」蘇辰逸一邊唸叨著，一邊去附近的飯館吃飯。下午要按時上班，因為近期蘇安和一定會讓人緊盯著他的一言一行，稍有不對就會發生和剛剛一樣的情況，他不想再和蘇安和有任何爭執，在他過上自己想要的生活之前，他想安安穩穩度過這段日子。

　　蘇辰逸來到離醫院不遠的「三味粥屋」，剛一進去，就看見斜對面的餐桌上熟悉的身影，她正一隻手捂住左臉，另一隻手把粥送到嘴邊，艱難地張開嘴一點一點吃進去，然後再把頭仰起來，痛苦地吞嚥著。蘇辰逸見狀，邪惡地一笑，他走近夏筱筱，咣噹一聲一腳踢開椅子，然後坐到夏筱筱對面，看著她挑釁地問：「喂，好吃嗎？」

　　夏筱筱抬頭一看是蘇辰逸，「噗哧」一聲，一嘴的粥就噴了出來。她

怎麼也沒有想到，在短短數十分鐘之後，他們又見面了，這到底是什麼孽緣啊！而坐她對面的蘇辰逸，則像上次燕子中招那樣，被噴了滿臉的粥沫。

蘇辰逸哪裡受過這樣的侮辱，他忍無可忍，咻的一下站起來指著夏筱筱暴怒道：「妳這個女人！妳是故意的對不對？」

夏筱筱看著他的樣子覺得莫名其妙：是你突然跑過來的，而且是你想要先嘲笑我因為牙痛而吃不下飯的囧樣的，活該！夏筱筱心裡想著，竟然咯咯地笑了起來。蘇辰逸簡直被氣到爆炸，在這麼嚴肅和她對峙的時刻，她居然還笑？可見她根本沒把他放在眼裡，是不是真的是自己太過於紳士？對待這樣的女人，就得不留餘地！

於是蘇辰逸踢開椅子，走到夏筱筱面前，一把把她拉了起來。夏筱筱嚇壞了，口齒含糊地說著：「你要幹嘛？這麼多人看著呢，難道你要欺負一個弱女子不成？」

蘇辰逸終於感受到夏筱筱的順服，內心瞬間升起了滿足感，他牽起嘴角露出慣有的笑容，一點一點把夏筱筱逼退到牆角處，兩隻手撐到牆上，把夏筱筱圈在中間，然後輕輕俯下身貼近夏筱筱。他和她的距離只有幾公分，他身上特有的男性陽剛氣息迎面撲來，熱熱的鼻息也打到夏筱筱臉上，這樣近距離地感受一個男人的味道是夏筱筱從來沒有經歷過的，更何況如此的突如其來！夏筱筱內心微妙的變化讓她紅透了臉頰。為了掩飾尷尬，她狠狠推搡著蘇辰逸，但高大的蘇辰逸根本一動不動，無可奈何的夏筱筱只好別過頭去緊緊閉上眼睛。

蘇辰逸看著徹底屈服的夏筱筱，內心的邪惡再次升級，他笑著靠近夏筱筱的臉頰，探尋著她的嘴唇，夏筱筱感覺到他的氣息越來越近，她不知道蘇辰逸下一步要做什麼，焦慮的她差一點就要急出眼淚來了。

就在蘇辰逸性感的嘴唇馬上要觸碰到夏筱筱乾澀的嘴巴時，蘇辰逸卻驀地停止了動作，轉而探到夏筱筱耳邊，輕聲吐氣道：「認輸吧！跟我鬥，妳還太嫩！」

夏筱筱睜開眼睛，看到蘇辰逸歪著嘴痞痞地笑著，瞇起來的眼睛透著得意，四目相對的那一刻，夏筱筱終於清醒過來，自己怎麼可以輸給這個小男人？剛剛自己的腦袋是被門擠了吧？於是夏筱筱深吸一口氣，使足全身力氣，以迅雷不及掩耳之勢狠狠地撞向正得意到九霄雲外的蘇辰逸，全餐廳的人只聽見「咚」的一聲，便見到蘇辰逸抱著頭、整張臉都扭曲在一起的樣子。夏筱筱一把推開他，拿起包就往外跑，邊跑邊回頭對他喊話：「你這個小男人！以為我怕你？我才不會輸給你！以後再也再也再也不要見到你了，拜拜！」

夏筱筱雖然再次險勝，但她知道這一次撞得挺狠的，他一定超痛，她害怕他追過來，趕緊一陣風似的消失在了「三味粥屋」的門前。

再說被撞的蘇辰逸，緩過來後已經連夏筱筱的影子都看不見了，他本來以為這次完勝了這個刁蠻女，可沒想到還是讓他在這麼多人面前出了糗！蘇辰逸氣得吹鬍子瞪眼，但額頭的疼痛讓他不得不先坐下來休息一會，就在他的屁股剛一碰到椅子的時候，他的手機響了，拿出來一看，是梁函韻，蘇辰逸趕緊清了清嗓子，接起電話溫柔地說：「喂，函韻。」

那邊的梁函韻停頓了兩秒，聲音略微有些慌亂地問：「辰逸，你在哪裡？」

蘇辰逸不想讓梁函韻知道這麼丟人的事情，便用手摀住麥克風回答：「哦，我在醫院呢。」

「哦，那就好，沒事，我就問問。」梁函韻尷尬地笑了兩聲，然後匆

忙掛斷了電話。弄得蘇辰逸莫名其妙，他起身準備回醫院了，卻看見一個女孩在旁邊用手機對著他拍照，再看周圍的人，都拿著手機津津樂道著。蘇辰逸頓感不妙，一邊逃離粥屋一邊拿出手機，果然，他在牆角和夏筱筱臉貼臉的照片已經被發到爆 X 公社上，還有人 tag 了他！

　　他這才想起，這家粥屋離醫院太近，到處都是熟人，即使他不認識別人，別人也認識他啊！難怪剛剛梁函韻打來了電話，她一定看見臉書上的照片了！蘇辰逸的心情一下子跌落谷底，再也沒有去找夏筱筱報仇雪恨的心情了，唯一想的就是趕緊找個機會把這件事情跟梁函韻解釋清楚。

第 9 章
我和他沒關係

　　許久沒有下雨的晨海市忽然飄起了細細的雨絲，夏日的燥熱退去不少，蘇辰逸載著梁函韻飛馳在晨海市空曠的街道上，已經是凌晨一點了，加班到十二點的梁函韻和蘇辰逸匆匆用完晚餐後便打算各自回家休息。蘇辰逸今晚一直小心翼翼地等待著，他以為梁函韻會向他詢問臉書照片的事情，但梁函韻卻隻字未提，不過蘇辰逸清楚地感覺到梁函韻對他態度一百八十度的大轉變，吃飯時不再和他聊天，不再對他撒嬌說工作好累想休息，只是一味低著頭把食物送進嘴裡，整個吃飯的過程都瀰漫著微妙的尷尬。

　　而此時的蘇辰逸眼看就要把梁函韻送到家了，他怕不解釋就來不及了，於是對著閉目養神的梁函韻說：「函韻……妳今天是不是看見臉書上的照片了？其實──」

　　「什麼照片？」還沒等蘇辰逸說完，梁函韻便打斷了他。她睜開眼睛，慵懶地側過身看著開車的蘇辰逸，眼神像貓咪一樣性感。

　　難道梁函韻壓根就沒看見？蘇辰逸心中竊喜，正要說其實沒什麼的時候，梁函韻已經把手機舉到蘇辰逸面前，她微微一笑，朱唇輕啟：「是這個嗎？」

蘇辰逸轉頭一看，他俯身貼近夏筱筱的照片赫然顯現在手機螢幕上，蘇辰逸頓時有一種看驚悚片的感覺，抓著方向盤的手差點鬆了，腳下趕緊一個急煞車，他和梁函韻的身體一個回彈，他的頭差點撞到了方向盤上。

蘇辰逸憤憤地罵道：「這個可惡的女人！」

那語氣裡帶著的是梁函韻從未聽過的打情罵俏，像是吵架的小情侶一般互相拆臺，但卻是別人無法進入的親密。梁函韻自十五歲認識蘇辰逸以來，從來沒有聽他以這樣的語氣提到過另外一個女人，巨大的不安在她心裡散開，於是探尋地追問蘇辰逸：「女人？」

蘇辰逸抬起頭看著滿臉醋意的梁函韻，心裡不禁偷笑起來，原來梁函韻還是很在乎他的，但他根本不願讓她有一絲顧慮和疑問，趕緊解釋道：「函韻，我和那個女人真的沒什麼，我不可能喜歡她！我只是想給她點教訓，誰知道被那些無聊的人斷章取義了！」

看著一臉真誠的蘇辰逸，梁函韻心中的疑慮才徹底打消，也許是她太敏感了吧，蘇辰逸怎麼可能愛上別人？而且是這樣一個相貌平平的女孩？梁函韻看著手機螢幕上的照片，總覺得這個瘦小的女孩好像在哪裡見過，但無論她怎麼搜尋大腦的記憶，都想不起來。

黑色的賓士重新踩下油門，淅淅瀝瀝的小雨也停了下來，燕子從「秀色可餐」速食店出來丟垃圾，看見了飛馳而過的車輛，雖然只是一瞬間，但她瞥見了車窗裡男性完美的側臉和女性柔美的倩影，不禁心生感嘆，多麼完美的畫面！男帥女美，像是看過的偶像劇一般。什麼時候自己也能被一位帥哥看中，然後開著漂亮的車子帶她去兜風呢？

「Oh my god，好羨慕！」燕子對著遠去的賓士展開了美好的幻想：一位帥哥拿著玫瑰，單膝下跪對她說，燕子，我愛妳！

　　「喂，幹嘛呢？倒個垃圾這麼久？」突然從身後竄出來的夏筱筱打斷了燕子的痴想，燕子懊惱地嘀咕：「喊，做個夢也要管。」然後轉身走進了速食店，夏筱筱莫名被噴，以為燕子吃錯藥了，還沒睡覺呢做的什麼夢？她跟著走進速食店，前腳剛踏進去，就和風風火火又重新衝出來的燕子撞了個滿懷，夏筱筱差點從臺階上摔下去。

　　還沒等夏筱筱開罵呢，燕子就把手機舉到了她眼前，劈哩啪啦一頓追問：「筱筱，妳厲害啊！和蘇大帥哥有一腿？他可是多少女人的夢想，妳什麼時候和他認識的？你們在談戀愛嗎？」

　　蘇大帥哥？誰啊？夏筱筱顧不上次答燕子的問題，抓過手機一看，臉書上她和蘇辰逸近距離臉貼臉的照片被拍了各種角度拼成圖片，然後被大家瘋傳，題目有的是「三味粥屋精彩一幕，男追女反被打」；還有的是「晨海綜合醫院大少爺欺凌柔弱女孩被反擊」；更有甚者寫道「蘇辰逸戀情曝光，其女友相貌平平」。

　　這什麼跟什麼呀？相貌平平？誰相貌平平？還真以為他是白馬王子嗎？為什麼這些人都這麼注意他？這些人，真是閒得無事可做了！夏筱筱拿著燕子的手機逐一回覆評論：那個小男人那副德行，欺負女人，誰會喜歡！

　　回覆完的夏筱筱把手機塞給燕子，氣呼呼地進了速食店，跟在身後的燕子掩飾不住好奇心，依然窮追不捨：「你們怎麼認識的？他可是晨海綜合醫院董事長蘇安和的兒子，是高富帥啊！多少女人去掛他的號都不是為了看牙，而是希望能引起他的注意，筱筱……哎筱筱……妳快跟我講講啊！」

　　夏筱筱這才想起早上去看牙的時候，有那麼多穿著性感的妙齡女郎，原來是醉翁之意不在酒啊！而且白天那護理師小姐鄙夷的眼神也並

不是在嘲笑她的包子臉，而是以為她也要高攀蘇辰逸！夏筱筱越想越氣，再加上耳邊像放鞭炮一樣的燕子，她終於忍無可忍，站定轉身，對著燕子一字一頓地說：「我告訴妳，不管他是誰的兒子，有多少女人喜歡他，我都和他沒關係！」

「真的假的？可是妳看看這照片？」燕子不依不饒地再次拿起手機，夏筱筱無奈地白眼一翻轉身就走，不想理會花痴的燕子。燕子緊隨其後，快被煩死的夏筱筱再次轉身對燕子說：「我不但和他沒關係，而且還是仇人！所以別再八卦了，趕緊把後廚衛生打掃完，我們兩個就可以下班了，妳不累，我可累死了！」

澄清完畢的夏筱筱大步離去，留下沮喪的燕子在原地悄聲嘀咕：「喊，要求真高，妳不喜歡，可以介紹給我啊！」

第 10 章
下班途中遇橫禍

下了班的夏筱筱拖著疲憊的身體走出「秀色可餐」速食店，跟在身後的燕子還沉浸在剛剛的幻想當中，一邊抱著手機用力刷新，一邊時不時來一句，哇，這個側臉好完美啊！弄得夏筱筱渾身直起雞皮疙瘩，燕子的花痴夏筱筱早就習慣了，但她對那個小男人的評價實在讓夏筱筱受不了：側臉完美？就他？那麼小的眼睛，還一臉壞壞的樣子？喊！夏筱筱撇撇嘴，極度鄙視那個小男人和此刻正犯花痴的燕子。但她懶得理燕子，想著這種花痴模式一會就會切換的，可夏筱筱都過了馬路了，回頭一看，燕子還在馬路中間一步一停地看著手機。

夏筱筱徹底被燕子打敗了，馬路中間有車輛來往，這燕子連命都不要了嗎？她不得不隔著馬路大聲喊道：「喂，燕子，別花痴了，一會來車怎麼辦？快過來！」

「哦⋯⋯好。」燕子這才慢吞吞地把手機收起來，從馬路中間一個步伐跨到夏筱筱身邊，挽著夏筱筱的手臂試探地詢問：「筱筱，你們怎麼認識的？妳就跟我說一下唄。」

夏筱筱看著燕子滿面桃花的樣子實在無奈，一邊攔計程車一邊應付地回答：「智齒發炎，去找他看牙，行了吧？」燕子若有所思地點點頭，

然後又無限崇拜地問：「他的醫術是不是超好的？」

「好什麼呀，他根本就不是個合格的醫生！」夏筱筱忽然提高了聲音，想起被他虐待過的那顆牙齒就一肚子火氣。夏筱筱一邊說著還一邊下意識地用舌頭碰了碰那顆智齒，咦？奇怪！居然不怎麼痛了？喊，可能是自己慢慢消炎了吧，那小男人哪有那麼好的醫術！

夏筱筱依然對蘇辰逸不屑一顧，但燕子不這麼認為，她五花八門的問題快把筱筱逼瘋了，比如說多高啊，有什麼愛好啊，喜歡穿什麼衣服啊，夏筱筱通通搖頭表示不知道，就在燕子再次做出詢問狀的時候，已經崩潰的夏筱筱轉過頭去殺人一般地看著她，嚇得燕子趕緊無辜地捂住嘴巴不再發言。

一輛計程車停在了她們兩個的面前，夏筱筱一邊推燕子上車一邊說：「妳先走吧，妳家遠，我再等一輛車。」燕子很不情願地打開車門，卻沒有上車的動作，站在那裡哀怨地看著夏筱筱，夏筱筱實在不知道這位姑奶奶今晚到底要鬧哪齣，幾乎帶著哭腔問：「大姐，又怎麼了？」

燕子眨巴眨巴眼睛，花痴地說道：「筱筱，有機會就把他介紹給我……」還沒等燕子說完，夏筱筱已經衝過去抬起一隻腳，嚇得燕子趕緊鑽進車裡絕塵而去，夏筱筱瞬間覺得耳根清淨了。

燕子的車走後好半天都沒有計程車過來，疲累的夏筱筱拿出手機打發時間，結果她又看見了臉書上蘇辰逸低頭貼近她的照片，前一天和蘇辰逸對峙的情形立刻閃現在她腦海中，他的氣息，他壞壞的笑，還有他圈住她時那寬厚的肩膀。夏筱筱的臉竟然不自覺地紅了，她趕緊晃晃自己的腦袋，默默地說：「他是妳的仇人，對，仇人！」

坐上車的夏筱筱已經昏昏欲睡了，就在她又要睡著的時候，口袋裡的手機嗡嗡地響了兩聲，拿出來一看，是沐澤發來的簡訊，點開，上面

寫著：「筱筱，到家了嗎？今天臉書上看見妳的照片了……」

後面沒有打出的話語是欲言又止的疑問，夏筱筱無奈地拍拍腦袋，嘴裡嘀咕著：「又是照片！」

她盯著手機螢幕幾秒鐘，還是決定跟沐澤解釋一下，畢竟她不想讓身邊的人誤會自己，於是回道：「沐澤哥，沒什麼，一切都是誤會而已，早點睡吧，我也馬上到家了。」

不一會沐澤那邊的簡訊便回傳過來，沒有任何語言，只是一個大大的娃娃笑臉，夏筱筱看著手機傻笑起來，她一邊快速地打著字，一邊輕聲說道：「晚安。」然後按下了發送鍵。

睏倦的夏筱筱還是沒有逃離每晚的慣例，斜靠在座椅上睡了過去，在入睡之前她還在心裡盤算著下個月又該交奶奶的治療費了，帳戶上的錢還能用多久，算著算著便不知東南西北了。雖然沐澤和燕子都交代過她不要總是走哪裡睡哪裡，不安全，但每天超負荷的工作使她根本不受自己控制，好在自她在速食店上班以來，只要叫車，遇到的司機大哥都很好，到地方了都會喊她起來，沒有發生過意外，再加上她時時拿著防狼噴霧，可以把風險降低很多，所以她才放心大膽地縱容著自己的睡眠。

可是想法簡單的夏筱筱卻忘記了，這個世界上的危險不僅僅局限於一種，也往往是無法防備和預測的。

就在夏筱筱睡夢正酣時，一道強光直射她緊閉著的眼睛，刺耳的煞車聲讓她一個激靈坐起身來：發生什麼事情了？夏筱筱努力睜大眼睛想要看清楚，但眼前呈現的卻是一片白與黑的交替，一瞬間，她感覺自己的身體隨著車輛的快速移動而傾斜，然後一個回彈狠狠地撞在了前面的靠椅上，車子這才停了下來。

夏筱筱平復了一下心情，探出頭去查看究竟，發現一輛黑色越野車和她乘坐的計程車已經「擦槍走火」，前面撞在了一起，還沒等計程車司機和夏筱筱反應過來呢，那邊車上已經陸陸續續下來了四個人，三男一女。其中一個看上去四十多歲，滿臉橫肉，穿著黑色 T 恤的男人打開計程車駕駛門，一把把計程車司機拖到了地上。

「你眼睛瞎了嗎？怎麼開的車？媽的！看不見我們的車過來了嗎？」黑 T 男一邊推搡著計程車司機，一邊大聲咒罵著。

「我沒有違規駕駛，是你開太快，還打遠光燈，我根本什麼都看不見。」計程車司機陳述了當時的情況。但沒想到黑 T 男卻因為這句話暴怒了，他怒目圓睜，抓著司機的衣領揮手就是一拳，鮮紅的鼻血順著司機的嘴角汩汩流下。

夏筱筱被這突如其來的狀況嚇壞了，她一躍跳出車廂，衝過去想要阻止黑 T 男，卻被對方的同夥一把攔住，一股濃烈的酒精味在空氣中瀰漫開來，原來他們是酒駕！夏筱筱反應過來想返回去拿手機報警的時候已經來不及了，因為她被那個三十多歲、化著濃妝的女人扯住了頭髮，另外兩人衝上來架住了她的手臂，她根本一動都不能動了。

夏筱筱只能眼睜睜地看著那位無辜的司機被黑 T 男踹倒在地，頭被腳踩著，臉上已是血跡斑斑，她很害怕，一邊掙扎一邊大喊：「不要再打了，住手！你們不但酒駕還打人，這是違法的！」

黑 T 男停止了動作，轉而看向夏筱筱，他慢慢靠近她，渾身的酒氣令人作嘔，滿眼血絲的眼睛紅得嚇人！他先是嘿嘿地乾笑了兩聲，然後掄起手臂狠狠地揮了下去。

「啪！」清脆的耳光聲在這安靜的夜晚特別響亮，夏筱筱瞬間覺得頭腦發懵，耳朵也嗡嗡作響，眼前黑 T 男的臉漸漸模糊成了扭曲的影像。

她在迷糊當中看見黑 T 男走向了那輛越野車，然後打開後備箱，拿出一把長長的物體又折返回來，他離自己越來越近，也越來越清晰了，她漸漸看清了他手裡的東西，一把泛著寒光的砍刀。

　　夏筱筱的大腦短暫失去了意識，但很快恢復了過來，因為時間已不允許她再去思考那麼多了，她想起自己每晚都帶在身上的防狼噴霧，此時正在她衣服口袋裡。她看著黑 T 男走到已經緩緩站起來的司機身旁停了下來，然後舉起了手裡的砍刀。

第 11 章
夏筱筱故意殺人？

　　說時遲，那時快，就在千鈞一髮的時刻，夏筱筱抬起腳狠狠踩在架著她的其中一人的腳背上。「哎呀！」對方慘叫一聲，手下自然鬆開了，夏筱筱趁機抽出一隻手，揮拳打在另一個人臉上，她以迅雷不及掩耳之勢掙脫束縛拿出防狼噴霧，然後衝向黑 T 男按下了按鈕。

　　「咣噹」一聲，長長的砍刀落到地上，黑 T 男捂住眼睛發出痛苦的呻吟，夏筱筱轉身對著即將衝上來的另外三人也按下了按鈕。

　　安靜的夜晚瀰散著恐怖的氣息，那防狼噴霧裡的辣椒水讓對方根本睜不開眼睛，也沒有任何反擊的力氣。夏筱筱見狀趕緊拉著司機衝上被撞的計程車準備離開，但無論那司機怎麼努力，都沒有辦法啟動車子的油門，無奈之下兩人只能下車先逃離這個地方。

　　十分鐘後，夏筱筱和司機才停下奔跑的腳步，勞累加上剛剛的驚嚇讓夏筱筱有些虛脫，她俯下身子大口喘氣，豆大的汗珠順著額頭緩緩砸到地上。

　　「妳沒事吧？」司機看到臉色蒼白的夏筱筱，關切地詢問。

　　夏筱筱抬起頭擺擺手，虛弱地回了一句：「沒事。」然後便起身準備從衣服口袋裡拿出手機報警，但當她的手觸到癟癟的衣兜時才猛然想起

來，手機落在那輛壞掉的車上了，和手機一起丟掉的，還有她的背包以及放在裡面的工作證。

現在回去拿顯然是不現實的，於是夏筱筱對司機說：「大哥，我的手機丟車上了，您先拿您的電話打個一一〇吧！」

司機點點頭，拿出手機撥通了一一〇，夏筱筱看著他的嘴巴一張一合，表情也是萬分焦灼，卻怎麼也聽不到他說話的聲音，她努力豎起耳朵，聽到的卻是像火車呼嘯而過般的巨大轟隆聲，那聲音讓夏筱筱痛苦不安、頭暈目眩，眼睛也漸漸變得模糊，終於，她的視線一點一點黯淡下去，疲軟的雙腿再也支撐不起全身的重量，「撲通」一聲跪倒在地上！

當她再次醒來的時候已經在一輛計程車上了，身旁是剛剛和她在一起的那位司機，看到夏筱筱醒了過來，他緊皺的眉頭才略微舒展，輕聲詢問：「小姐，妳好點了嗎？」夏筱筱艱難地挪了挪身子，換了個舒服點的坐姿回道：「沒事，已經好多了，我們現在要去哪裡？」

「先送妳去醫院，然後我去警察局錄口供，妳身體沒問題了再去警察局。」

夏筱筱想了想，自己的確沒有力氣再去警察局了，要不先回家休息一下，等天亮再說吧，於是對開車的司機說：「大哥，去城南區依仁路吧，不用去醫院了。」看到身邊司機驚訝的表情，夏筱筱笑了笑說：「我沒事，就是有點累，回家休息一下就好了，等天亮我再去警察局，今晚就勞煩你了。」

「好，那我把電話留給妳吧，有什麼事情我們隨時聯絡。」司機將自己的電話寫在一張小紙條上遞給了夏筱筱。

夏筱筱拖著散架的身體回到家的時候天已經曚曚亮了，幸好她的鑰匙在牛仔褲口袋裡，不然她還得叫醒房東幫她開門。進了家門的夏筱筱

一頭栽倒在床上，短短幾個小時裡發生了太多的事情，讓她難以平復心情，雖然身體極度睏乏，但眼睛卻始終無法閉上。各種畫面不停在她腦海中交替閃現，那把泛著寒光的刀，那輛超速的越野車，那刺眼的車燈，還有瀰漫在空氣裡的酒精味道。

夏筱筱被迫重新憶起那痛苦不堪的往事，十二歲那年，爸爸媽媽開車帶著她去城外郊遊，回程的路上遭遇了車禍，夏筱筱因為在車輛側翻的時候被媽媽緊緊護住只受了輕傷，爸爸卻當場就停止了呼吸，他在最後一刻的動作是扭頭去看後座上的妻子和女兒，雖然只是一秒鐘的時間，但筱筱清楚地記得當時爸爸的眼神，愧疚、遺憾、痛苦、絕望……那包含了太多內容的眼睛只是一瞬便永遠失去了光澤，筱筱覺得整個世界都坍塌了！本以為媽媽可以從死亡的邊緣上撐過來，但現實擊碎了那低微的幻想，兩天過後，媽媽也永遠地離開了筱筱，連一句話都沒能留給她。

夏筱筱永遠記得那輛以 S 形超速行駛的車輛，還有駕駛車輛的滿臉通紅、睡眼惺忪的男人，以及空氣中持續瀰漫的濃烈的酒精味道！

雖然這麼多年夏筱筱一直強迫自己忘記那些痛苦的回憶，因為奶奶說過，對離開的人最好的懷念就是好好地活著，所以她一直履行承諾認真生活著。但還是會時不時想起那些深入骨髓的痛楚，心底的舊傷被扒開，痛得她淚流滿面，就好比現在。

不知過了多久，夏筱筱迷糊地進入了昏睡狀態，夢裡是小時候爸爸媽媽和爺爺奶奶帶著她一起出遊的畫面，她在一片金黃的油菜花地裡奔跑著，身後是追逐她的爸爸，還有微笑看著這一切的媽媽。爺爺奶奶則是手挽手緩慢地跟在身後，臉上帶著慈祥的笑容。

夏筱筱的眼淚順著眼角悄然滑落，雖然重逢的感覺那樣真實，但潛

意識已經告訴她這是假的，只是一個夢而已。那種美好和疼痛交替的感覺撕裂著她的神經，她在心底知道這溫暖的感覺太短暫，很快就會消失殆盡，所以她祈禱著不要醒過來，就讓自己和他們多待一會吧，哪怕一小會，哪怕只是在夢裡。

「咣噹！」藍天白雲和家人的影像像被洗掉的膠片一樣煙消雲散，取而代之的是兩輛車碰撞在一起的場景，那「咣噹」聲持續反覆地纏繞在夏筱筱耳邊，讓她心跳加速，手心冒汗，想要醒過來卻感覺胸口壓著一塊巨大的石頭！「咚！咚！咚！」咣噹聲繼而轉變為更加震耳的聲音，夏筱筱努力睜開眼睛，用盡全身力氣翻了一下身，忽地一下，她感覺周遭的黑暗瞬間明亮了，身體也輕盈起來，她知道自己醒過來了，原來那在夢裡被誇張了的聲音是敲門聲。

「篤篤篤……」急促的敲門聲依然在持續，夏筱筱一邊起身一邊問門外：「誰啊？」

敲門聲停頓了兩秒後傳來熟悉的聲音：「筱筱，快開門，是我！」

沐澤急切的聲音透過門板傳遞進來，夏筱筱看看錶，早上八點，沐澤這麼著急跑來幹嘛？她帶著疑問打開房門，還沒開口呢，沐澤就一下衝進了屋子。屋子裡雖然拉著窗簾，但依然可以透過昏暗的光線看見沐澤滿頭的大汗和蒼白的面容，夏筱筱內心的疑雲又布上了一層，她看著一臉慌張的沐澤問：「沐澤哥，你怎麼了？」

沐澤雙手扶住夏筱筱的肩膀一字一句地問：「筱筱，妳的手機呢？」

「掉了。」夏筱筱如實回答著。

「掉哪裡了？」沐澤窮追不捨。

「掉在一輛計程車上了，說來話長，我得慢慢跟你講，不過，你幹嘛問這些啊？到底發生什麼事情了？」夏筱筱愈發奇怪。

　　沐澤盯著夏筱筱良久，然後伸手拿出自己的手機緩緩遞給她，夏筱筱莫名其妙地接過來，點開一看，有一篇被轉發了上千次的臉書文章，題目是：晨海音樂廣播主持人夏筱筱夥同同伴毆打他人，致一人死亡，涉嫌故意殺人！

第 12 章
從來沒有希望他死

夏筱筱的手不禁顫抖了一下，故意殺人？這到底怎麼回事？她趕緊滑動手機螢幕往下看，發現發文者名叫哭泣的棉花糖，大頭照模糊的輪廓略微眼熟，夏筱筱點開大圖一看，那濃妝豔抹的樣子不正是當晚撕扯住她頭髮的那個三十多歲的女人嗎？她洋洋灑灑地發布了一篇長文，將整件事情完全變換了一個版本，說是夏筱筱乘坐的車輛將他們的車子撞壞，夏筱筱下車叫囂自己是晨海電視臺主持人，並且夥同司機毆打他們，導致其中一人當場死亡！

這怎麼可能？自己當時只是拿噴霧劑制止了對方的暴行，屬於正當防衛啊！最關鍵的是，在他們離開的時候，對方除了因噴霧劑導致的眼睛難受以外，沒有任何異常，怎麼就冒出來個當場死亡呢？

夏筱筱腦子裡一團亂麻，她不停翻看著大家的轉發和評論，幾乎全是對自己的譴責和謾罵，說什麼主持人就了不起嗎？就可以知法犯法？更有甚者已經將夏筱筱的照片公布在臉書上，網友發起了人肉搜尋。

他們怎麼會知道她是晨海音樂廣播主持人？夏筱筱努力理清思路，不一會，她才想起，她把工作證落在了那輛壞掉的計程車上，他們肯定是從那上面得知的。

　　太多的事情讓夏筱筱措手不及，僅僅一夜之間她就變成千夫所指的殺人犯了，她呆立在那裡愣愣地看著手機，手指機械地滑動著螢幕，大大的眼睛失去了往日的光彩。

　　「筱筱？筱筱？」沐澤低頭輕輕喚著滿臉倦容的夏筱筱，他知道事情絕對不是文章中描述的那個樣子，他從小和夏筱筱一起長大，難道還不了解她嗎？一大早他看見這篇 po 文就一直打電話給夏筱筱，但始終是關機，他以為筱筱出什麼事了，所以叫車一路趕了過來，看見完好無損的夏筱筱後總算小小地鬆了一口氣。

　　沐澤憐惜地看著夏筱筱，想要安慰她卻不知道該說些什麼，似乎過多的語言都是多餘的，也許現在唯一能做的事情就是去警察局，配合警察幫助筱筱趕快查明真相。

　　於是沐澤伸手打算從夏筱筱手裡接過手機，就在他的手剛一觸碰到手機的時候，臉書清脆的通知音效響起，又有新 po 文了，是不是還和這件事相關呢？夏筱筱已經開始刷新，沐澤的手遲疑了一下，沒有阻止夏筱筱去看這篇文章。

　　夏筱筱的手指往下一拉，再次看到哭泣的棉花糖的名字，這一次她好像發了一組圖片，夏筱筱輕輕一點，大圖便已呈現眼前。她的眼睛定格在螢幕兩秒鐘後，略微麻木的表情發生了巨大的變化。沐澤看到夏筱筱的雙手開始顫抖，疲憊無奈的表情變成了驚恐和無助，她一邊搖頭一邊往後退著，一隻手難以置信地捂住了嘴巴，眼淚成串地滑落下來。

　　沐澤不知道夏筱筱看見了什麼，他一把搶過手機，伸手抱住夏筱筱拍著她的後背安慰道：「筱筱，沒事了，我在這裡，別害怕！我陪著妳，沒事了……」當他感覺到夏筱筱微微顫慄的身體漸漸平靜的時候，才用圈住她的手拿起手機查看究竟。結果，他看見六張不同角度拼接的照

片，一個穿著黑色 T 恤的男人臉色蒼白，眼睛緊緊地閉著躺在那裡，這篇 po 文的主題只有三個字：被害人。

沐澤感覺到事情變得越來越複雜和不好解決，就算這件事情夏筱筱是被冤枉的，但是不明真相的網友和聽眾會因為夏筱筱的特殊身分而加倍關注，同時也會因為單方面的描述和指控一邊倒地對她進行攻擊。就像一個默默無聞的明星忽然因為一件負面新聞被大家熟知，而這負面新聞裡包含的真假人們並不去考證，只是一味憑藉自己的感覺和猜測對其進行辱罵。所以不管到最後事件是真是假，這位明星的道路都會變得很艱難，一言一行都會在大家的監視之下，稍有不對就會受到人們的言語攻擊。可憐的夏筱筱就是這種不知名的公眾人物，稍微煽風點火就會變成炮灰，這一次很有可能會成為大家消遣和發洩的犧牲品。

沐澤的心隱隱發疼，為什麼上天要把這麼多的苦難加在這個纖弱的女孩身上？她已經承擔和面對太多的東西了。

「筱筱，別害怕，有我在。」沐澤一隻手輕撫著夏筱筱的頭髮，一隻手拍著她的後背輕聲安慰道。他感覺筱筱瘦弱的身體似乎又纖細了不少，靠在他懷裡像一隻受傷無助的小鳥，沐澤內心的疼痛又加深了，像被細細的針頭刺進心窩裡，生疼卻無能為力。

這種感覺，已經有過好多次了，在他和她還是鄰居的時候，有一次放學回家，筱筱被男同學欺負，書本被扔了一地。沐澤看見後為筱筱出頭，被打得流鼻血，筱筱摸著他的鼻子哭得上氣不接下氣，沐澤雖然受了傷，但看到流淚的夏筱筱，他心疼；在夏筱筱失去父母，無數次在醫院哭得昏厥過去但他卻無能為力的時候，他心疼；在看著為了替奶奶籌集醫藥費而不得不賣掉房子，夏筱筱搬家時孤單的背影，他心疼；在看著在速食店辛苦工作練就了銅皮鐵骨，每天笑得燦爛的夏筱筱，他更心疼！

　　雖然很多事情都被現實阻擋和脅迫，但這一次沐澤決定，一定不會讓筱筱一個人再去承受這些苦難了，他無論如何都要陪著她，守護她！

　　於是等夏筱筱情緒稍稍穩定之後，沐澤扶她坐到靠椅上，然後蹲在她面前輕聲詢問：「筱筱，能告訴我當時的情況嗎？這樣我們才能想辦法應對和解決。」

　　夏筱筱眼睛一轉，看著一臉真誠的沐澤，眼淚忍不住又要湧出了，她根本沒有想到那個黑T男會死，當她看到臉書上那六張拼接的圖片的時候，大腦像短路了一樣失去了思考的能力。她和那位司機離開的時候他明明還好好的，為什麼忽然就躺在了那裡？那記憶深刻的面孔雖然是凶神惡煞的樣子，但她從沒有希望他死啊！

　　沐澤看出了夏筱筱的煎熬，但他不得不去追問，因為他要了解事情的來龍去脈，才能幫助筱筱還原事實。沐澤伸手扶住筱筱的肩膀，有力的大手來回摩挲著，筱筱的心情漸漸平復，她知道她不得不去面對人生的又一次挑戰，雖然這些都不是她的主觀意願。

　　她深深地吸了一口氣，開始給沐澤講述當天凌晨發生的事情。

第 13 章

居然是她？

「晨海音樂廣播主持人涉嫌夥同他人故意殺人，目前案件正在進一步調查當中。」中午休息的蘇辰逸翻看著新聞打發時間，忽然就看見了這則新聞。主持人故意殺人？這年頭真是什麼稀奇的事情都有，蘇辰逸一邊感嘆一邊點開了那條新聞，在一長串的事件描述後附了一張名為犯罪嫌疑人的照片，蘇辰逸隨意掃了一眼，心裡驚呼：居然是個女的？這麼瘋狂？幾秒鐘過後他忽然覺得哪裡不太對勁，那張照片好像有點眼熟！於是返回去仔細一看，齊肩的中長髮，大大的眼睛，肉乎乎的臉蛋，這不是那個刁蠻女嗎？

一連串的疑問和好奇咻的一下在蘇辰逸心裡升騰起來：她不是在速食店工作嗎？怎麼變成晨海音樂廣播的主持人了？故意殺人？這個看起來其貌不揚的女生居然這樣深藏不露？細細回想一下，雖然之前和她的幾次見面都不是很愉快，但也沒有在她身上發現殺人犯的潛能，難道是自己太單純了？蘇辰逸一隻手摸著下巴，一隻手拿著手機陷入沉思，連辦公室進了人都沒有發現，直到有人喊他的名字他才反應過來，趕緊放下手機轉過頭問：「怎麼了？」

那個身材高挑的女護理師紅著臉嗲聲回道：「董事長來了，說有事找你，讓我來喊你。」

「哦，好的。」蘇辰逸頭也不抬地起身準備出門，卻被那女護理師喊住了，她說：「蘇醫生……」

那略微緊張的聲音輕輕顫抖，蘇辰逸不耐煩地轉身蹙眉看著她問：「還有事嗎？」

「你晚上有時間嗎？我有些醫學方面的問題想和你探討一下。」女護理師的臉紅成了蘋果，害羞地低下頭去。

蘇辰逸看著這種送上門來卻又裝純情的女人，實在連和她說話的興趣都沒有，無奈地笑了笑便頭也不回地轉身離去，待女護理師再次抬起頭來的時候，辦公室早就空空無人了。

而這邊已經走到董事長辦公室門口的蘇辰逸腳步卻緩下來，一般情況下蘇安和有什麼事情都會讓何祕書通知他，也不會輕易來醫院的，難道這一次他又要勸說自己接手晨海綜合醫院代理董事長的職位？心煩意亂的蘇辰逸還是伸手敲了敲門，片刻後隔著門傳來蘇安和威嚴的聲音：「進來。」

蘇辰逸推門進去，看見蘇安和一臉慍怒地坐在辦公椅上，旁邊站著低著頭有點怯懦的何祕書。蘇辰逸明顯感覺到辦公室瀰漫著一股異樣的氣氛，正要開口詢問呢，就被忽然起身的蘇安和一個耳光打在臉上。

「啪！」那耳光清脆響亮，辦公室四面的牆壁似乎都反射出回音來，蘇辰逸半邊臉立刻火辣辣地燒燙，他轉頭看著蘇安和，眼神裡燃燒著憤怒的火焰。

「董事長，您做什麼！」蘇辰逸強壓著怒火低聲吼道。

「做什麼？」蘇安和「咣噹」一聲把手機扔到桌子上，「你看看，你自己看看！你現在翅膀硬了，居然和殺人犯攪和在一起，你讓我這張老臉往哪裡放？我就你這麼一個兒子，一心想著讓你接手整個醫院的工

作，沒想到你這麼不爭氣⋯⋯」蘇安和顫抖著聲音指責蘇辰逸。

　　一開始蘇辰逸沒明白蘇安和在說什麼，因為他早就忘了之前在臉書上貼出的他和刁蠻女照片的事情，他也沒想到網友們強大的聯想力和編故事的能力。蘇辰逸強壓著怒火拿起手機，看見臉書上人們再次貼出那天在「三味粥屋」拍下的照片，大家紛紛轉發表示殺人嫌疑犯是因為有蘇辰逸這樣強大的背景才敢胡作非為。

　　蘇辰逸氣得差點摔了手機，並不是因為網友和其他人的故意抹黑，而是因為就連自己的父親都不問青紅皂白上來就是責罵甚至毆打，姑且不說他和照片上的人到底是什麼關係，最起碼等事情有了確實的結果再發表意見不行嗎？

　　蘇安和越是這樣，蘇辰逸內心逆反的火焰越是燃燒得厲害，他再也不是那個任由他安排自己人生的十幾歲少年了，他扔下手機，平靜地看著蘇安和說：「殺沒殺人現在警方還沒給出結論，董事長不必像驚弓之鳥一樣，如果您覺得我妨礙了您的事業發展，我可以辭職。」

　　蘇辰逸頭也不回地走出了辦公室，絲毫沒有理會身後「乒乒乓乓」的摔打聲和怒罵聲，要不是念及一家人的情誼，蘇辰逸早就不在醫院工作了，他也有自己的夢想，不想讓任何人以親情的藉口來束縛和綁架他的人生。

　　回到辦公室的蘇辰逸心煩意亂，剛剛被蘇安和打過的左臉依然燒燙，他打開電腦開始打辭職信，剛寫了個開頭，手機就響了起來，螢幕上顯示是「媽媽」，蘇辰逸猶豫半天，還是接起了電話：「喂，媽。」

　　「辰逸，最近好不好？好久都沒回家了，哪天回來一趟吧！別和你爸爸鬥氣了，他都是為了你好。」蘇媽媽溫和的聲音傳了過來，蘇辰逸內心的怒火一下被澆滅了一半，他握著手機沒有回話，那邊停頓兩秒後繼

續說，「他前兩天還在看你小時候的照片，有時候他是武斷了一些，但他沒有惡意——」

「媽媽，您別說了，有空我會回去的。」蘇辰逸打斷了準備繼續說下去的母親，他知道肯定是蘇安和讓媽媽打的電話，因為每次他們之間有了矛盾，他都是用這個辦法。而蘇辰逸也不想讓媽媽為難，畢竟她維持這個家這麼多年也實在不易。

掛了電話的蘇辰逸刪除了辭職信，他雙手撐在桌子上抓亂了頭髮，回想起剛剛在蘇安和手機上看到的內容，一股無名火再次升騰起來，要不是那些無聊的人胡亂八卦，怎麼會有這麼多跟自己八輩子都扯不到一起的人和事情來煩他？他索性登上臉書，重新註冊了一個帳號，找到了那個刁蠻女的臉書，他要去好好罵罵那些無聊的傢伙。

「夏筱筱？」看著評論的蘇辰逸一邊嘀咕著，一邊思索這個名字怎麼這麼熟悉，他好像老早之前就聽過。蘇辰逸翻看著夏筱筱之前發的文章，大部分都是手裡拿著棒棒糖或棉花糖傻笑的樣子。再往下翻，便看見了一些專門和聽眾互動的節目粉專，蘇辰逸恍然大悟，前幾天他開車去晨海電視臺接梁函韻，收音機裡有一個特別好聽的女聲，自我介紹時說自己叫筱筱，難道就是她？但她怎麼又在速食店工作呢？

蘇辰逸大腦裡冒出各種疑問，他一邊思索著一邊翻看網頁，他記得那晚還在她的節目互動文章下留了言的，於是蘇辰逸對照著大概的日期，找到夏筱筱那幾天的 po 文，他逐一查找留言內容，終於在上百條評論中找到了自己原帳號發的留言：「其實我覺得剛才那位男士的做法也沒錯啊，兩全的辦法挺好，既不傷害老婆，也不傷害情人。」

「真的是她。」蘇辰逸默默唸叨著，他想起那天晚上她義憤填膺地指責他是人渣敗類，要人肉他，對這樣的事情尚不能容忍，又怎麼可能

是殺人犯呢？蘇辰逸忽然對這個前幾天還切齒痛恨的女人萌生了一絲同情，也許和剛剛跟蘇安和的爭執相關吧，那種不被人理解的感覺，就像蘇安和從不理解他一樣。

蘇辰逸開始敲擊鍵盤，對那些言語偏激的攻擊者以及懷疑他和夏筱筱關係的人挨個回覆道：「在事情沒有結果之前，請不要妄下評論，以免傷及無辜！」

雖然蘇辰逸之前對夏筱筱的印象不怎麼好，但「殺人犯」這個帽子扣在她頭上明顯是栽贓，難道大家看不出來嗎？蘇辰逸一邊在心裡鄙視那些為了發洩而胡亂下結論的人，一邊敲擊著鍵盤，正當他寫得盡興的時候，手機響了起來，蘇辰逸抓起來一看，一個陌生座機電話，他按下接聽鍵，那邊傳來一個男人的聲音：「蘇先生您好，這裡是晨海警察局城南區分局，我們想向您了解一下夏筱筱女士涉嫌故意殺人案的一些情況，據了解您和她認識。」

第 14 章
她的樣子讓他心疼

　　晨海警察局城南分局審訊室內，臉色蒼白、嘴唇乾裂的夏筱筱坐在兩個警察對面，她已經面對著有些發黃的牆壁上的「坦白從寬，抗拒從嚴」八個大字接受了一下午的詢問。

　　早上她給沐澤講述完事情的整個過程後，沐澤便託朋友找了一位資深律師，陪同筱筱到警察局，想著配合警察趕快查明真相。

　　「我們再問妳一遍，當晚和妳一起乘車的有幾人？」其中一位四十多歲的男警察繼續向夏筱筱發問。

　　「只有我一個，還有開車的司機。」夏筱筱機械地回答著，她手裡緊緊攥著那張寫有涉事司機電話的紙條，在來警察局的路上她就一直在打電話給那個司機，但聽筒那邊傳來的卻是空號的提示，那司機像人間蒸發一般失去了聯繫。

　　「妳只有你和開車的司機，但現在妳提供的電話號碼無法聯絡到他，昨晚我們的確是接到一位計程車司機的報警，但他又忽然消失了，是不是害怕承擔責任逃逸了？」警察窮追不捨，咄咄緊逼。

　　「我不知道他為什麼消失了，但我說的都是事實，當晚的確是他們酒駕還動手打人，最後他們其中一人拿出了刀，我才拿出噴霧劑還擊，

那個東西我每晚都會帶在身上，因為我從電臺下了班還要去速食店兼職晚班到凌晨三點，而且那裡面的成分是辣椒水，不會致命，就是這樣。」夏筱筱儼然已經精神崩潰，唯一的證人消失了，網路上也是一邊倒對她的指責，她無數次重複著那些事實，但卻顯得那樣蒼白無力。

兩個警察小聲商量了一下，然後合上審訊本，依然是那個四十多歲的男警察對夏筱筱說：「現在你們雙方各執一詞，我們會搜尋更加詳細的證據去還原事實，目前涉事路段的監視壞了，我們沒辦法獲取直接資訊，只能從其他方面下手了。現在妳的律師已經為妳辦理了保釋，在這期間妳要隨叫隨到，不能擅自離開晨海市，知道嗎？」

夏筱筱拖著疲憊的身子走出審訊室，在外焦急等候的沐澤和聞訊趕來的燕子趕緊迎上前，燕子扶住目光呆滯的夏筱筱，小心翼翼地問：「筱筱，怎麼樣了，說清楚了嗎？」

話剛一問出口，夏筱筱的眼淚便成串的落下，燕子自責地打著自己的嘴，趕快改口：「沒事的筱筱，肯定會很快有結果的，別擔心，我們先回家吧。」

夏筱筱像是沒有聽到燕子的話，自顧自地坐到等候室的長椅上，沐澤見狀蹲在筱筱面前安慰道：「筱筱，事情的真相一定會查明的，別難過了，先回家休息吧。」

表情麻木的夏筱筱突然用雙手捂住臉，肩膀輕微地抽動了一下，不一會，她雙手的指縫間便傳出了壓抑的抽泣聲和含糊不清的話：「我不是擔心我自己，我是擔心奶奶，如果事情一時半會沒有結果，誰來照顧奶奶？」

夏筱筱把頭深深埋進了膝蓋裡，她預感到這件事情暫時不會有結果，而她的工作肯定也要停止，如果真的是那樣，奶奶的醫藥費怎麼

辦？賣掉房子的那些存款已經不多了，難道要眼睜睜看著奶奶被病痛折磨甚至奪走生命嗎？

夏筱筱無法平復焦慮難過的心情，她的哭泣聲也由無聲的啜泣變成了低低的哀嚎，而這一幕，正好被走進警察局的蘇辰逸看見，他站在走廊轉角處，看著瘦弱無助的夏筱筱埋著頭肩膀輕聳，像一隻受傷的蝴蝶一般惹人憐惜，一股淡淡的異樣感覺在他心頭瀰漫開來，他想起不久前遇到的她，還是一副金剛男人婆不服輸的樣子，她把可樂潑到他身上，她在電梯裡咬他的手臂，無論如何都要和他一爭高下。

而現在，他再也看不見她身上的那股倔強，她終於展現出他曾經希望看到的軟弱和順服，但他的內心卻無法像預期那樣高興起來，反而像平靜的湖水被投進了石頭，不停地泛起一波一波的漣漪。

「喲，這是誰啊？說了再也不要見面的，但這孽緣吶，嘖嘖，對了，牙還痛嗎刁蠻女？」蘇辰逸手插口袋冒了出來，看著低頭哭泣的夏筱筱一臉壞笑，而正在安慰夏筱筱的燕子則在抬起頭的一瞬間差點暈了過去，她指著蘇辰逸說：「蘇……蘇……蘇大少爺，你來了？」

燕子鬆開扶著夏筱筱的手，一步跨到蘇辰逸面前，看著他稜角分明的臉說：「我就知道王子會來拯救灰姑娘的，蘇先生，我們把筱筱照顧得很好，你放心，」她抬起手伸到蘇辰逸面前，「我叫燕子，是和筱筱一起在速食店上班的好朋友……」

「喂，刁蠻女，今天怎麼不和我抬槓了，因為妳，我都被叫來調查了。」蘇辰逸直接無視掉燕子，跑過去擠到夏筱筱旁邊，一邊拿手臂肘輕推夏筱筱，一邊調侃地說道，留下尷尬的燕子趕緊收回舉在半空中的手抓了抓頭。

「她心情不好，請你不要再刺激她！」沐澤也認出了這個嬉皮笑臉的

男人就是之前臉書上被稱為夏筱筱緋聞男友的蘇辰逸，他的出現讓沐澤產生了強烈的排斥感，一是因為「緋聞男友」這個身分，二是因為他居然有點幸災樂禍的樣子。

蘇辰逸只抬頭看了一眼沐澤，便立刻明白他的話語裡為何帶著這樣濃重的火藥味，他嘴角泛起一抹邪氣的笑意，看著沐澤挑釁地說道：「我這個不省心的『女朋友』可把我害慘了，不然的話我也不會跑到這裡來了。」

他把「女朋友」三個字故意拉得很長，眼神輕蔑地瞟著一臉醋意的沐澤，氣得沐澤一躍而起，強壓著心底的怒火低吼道：「你 ——」

「沐澤哥……」一直埋頭不語的夏筱筱忽然抬起頭來抓住了沐澤的手腕，她拉他坐下，然後轉頭看著蘇辰逸說：「如果因為我牽連了你，我向你說聲對不起，如果需要我幫你澄清我和你的關係，我們現在就一起去找警察。」夏筱筱突然站了起來，卻因為太用力大腦缺氧而頭暈目眩，她的眼前冒出了無數星星，身子也癱軟了下去，嚇得離她最近的蘇辰逸本能地衝上去扶住了她。

夏筱筱感覺自己的身體正在往下墜，儘管她很用力地想要站起來，但動作與思想無法協調，她的胸口像被壓了一塊大石頭，呼吸困難，意識也漸漸模糊，她只感覺到身邊有一堵牆一般寬厚的胸膛，那樣溫暖、那樣踏實，讓她感覺安全和舒適。

迷糊中她把頭輕輕靠了上去，想藉著這個胸膛好好休息一下，連續的忙碌和工作還有突然冒出來的莫須有的罪名，讓她太累了。

而扶住夏筱筱的蘇辰逸卻雙手僵在半空中有點不知所措，他低頭看著她，她的睫毛長而濃密，小巧玲瓏的鼻子下是乾澀的嘴巴，這讓他想起那天在速食店內，她因為緊張和害怕而緊閉的嘴唇，也是這樣的乾澀。

　　蘇辰逸的內心再次被柔軟觸碰，手也不自覺地輕輕環住了夏筱筱，就在他的手最終要落到夏筱筱肩膀上的時候，身旁傳來沐澤憤怒的吼聲：「別碰筱筱！」

　　沐澤衝上去一把拉回了靠在蘇辰逸懷裡的夏筱筱，因為力氣過大，蘇辰逸一個趔趄差點摔倒，手臂也連帶被沐澤扯得生疼。蘇辰逸有點惱火，男人本能的占有欲被激起，他想要再次把夏筱筱搶回來，可就在他剛剛伸出手的時候，手機卻響了起來。

　　那是梁函韻專屬的簡訊鈴聲，他趕緊拿出來查看，手機螢幕上印著簡單的幾個字：「辰逸，在忙嗎？」

　　蘇辰逸這才猛然清醒過來，自己只是過來說明情況的，其他事情則和他無關，雖然剛剛的確覺得夏筱筱有點可憐，但那也僅限於普通人之間的同情而已。

　　蘇辰逸低頭思索了一會，然後抬頭看著沐澤說道：「我這次來其實是想和警察把事情說清楚，不要再引起誤會，我和這位夏女士只是幾面之緣而已，所以你也不必太緊張。」說完，蘇辰逸便轉身準備進入審訊室，而就在此時，已經清醒過來的夏筱筱睜開了眼睛，她好像突然想到了什麼，對著蘇辰逸的背影大聲喊道：「蘇醫生！」

　　蘇辰逸停下腳步沒有回頭，夏筱筱走到他身後帶著哀求的口吻輕輕說道：「我奶奶住在你們醫院，腫瘤科三十六號病房，肺癌晚期，我請求你，在我不能去醫院看她的日子裡，能不能給她一些小小的關照？還有，在我可能會拖延繳治療費的情況下，能不能暫時緩解一下，不要趕我奶奶出院？」

　　蘇辰逸冷峻尖削的面容沒有任何表情，薄而紅潤的嘴唇微微動了動，但終歸沒有說話，沉默良久，還是頭也不回地走進了審訊室。

第 15 章
我就幫她這一次

「你和夏筱筱認識多久了？」審訊室內，蘇辰逸坐到之前夏筱筱的位置上接受詢問。

「我們只見過幾次面而已，不怎麼熟悉。」蘇辰逸如實回答。

「那這些照片是怎麼回事？」警察拿出之前在網路上瘋傳的粥店照片推到蘇辰逸面前。

蘇辰逸盯著照片看了一會，然後身體前傾，握住雙手放在桌上，看著警察的眼睛說：「就憑藉這幾張照片能說明什麼？這只是網友斷章取義拍下來滿足他們自己的獵奇心理的，我和夏筱筱在這之前只見過幾次面，那天在粥店發生了點小矛盾，照片上呈現的狀態其實是我們兩個在爭執，和你們想的恰恰相反。」

兩個警察相互看了看，其中一個繼續發問：「那為什麼照片發出來傳你們是情侶關係時你不出來澄清？」

蘇辰逸轉身靠到椅子上笑了笑道：「莫須有的事情只會越描越黑，所以還不如什麼都不說。」

兩個警察一時語塞不知道說什麼，只能背過蘇辰逸小聲地商量著什麼，蘇辰逸見狀直起身打斷了正在竊竊私語的兩人：「我也知道你們辦案

辛苦，但依我的觀點來看，夏筱筱殺人的可能性不大，你們今天叫我過來無非是想知道是不是因為我和我的家庭背景支撐她胡作非為，但現在這條可以排除，因為我和她真的不熟，而且我父母從小就教育我做人要謙卑低調，所以即使她真是我女朋友，也絕不會做出這樣的事情。如果你們不相信，可以進一步調查我身邊的朋友家人，包括我的臉書、手機簡訊和 LINE。這一條排除後，你們可以去查夏筱筱的家庭情況，她奶奶因肺癌晚期住在我們醫院，她不會不管她奶奶斷自己後路的，她沒有任何殺人動機，這麼算來，你們就應該查查報案人有沒有撒謊。」

蘇辰逸一口氣說完，然後看著一臉思索表情的審訊警察，他知道他們很謹慎，不會輕易說什麼，但他也知道他們會根據問話找到關鍵點去蒐集證據找出真相，所以蘇辰逸盡量把自己知道的事情都告訴他們，他也不知道為什麼要這麼做，可能是希望案子早點查清，然後早點和她撇清關係吧！

從審訊室出來的蘇辰逸略微有點疲憊，外面天已經灰濛濛了，蘇辰逸看看錶，七點四十六，他拿出手機想打個電話給梁函韻，告訴她自己忙完了可以過去陪她了，但經過空無一人的等候室時，他還是停下了腳步和手裡的動作，因為他看見那條長長的等候椅上有一樣東西熠熠生輝，在等候室燈光的映襯下有點刺眼，蘇辰逸循著光走了過去，發現一枚銀色的鑽戒安靜地躺在椅子上，那鑽戒小巧精緻，雖有些舊，但品質還是不錯的。蘇辰逸拿起來細細察看，居然看見上面還刻著一行小小的字：一九九九年，爸媽，筱筱想你們。

蘇辰逸恍惚地愣了兩秒鐘便無奈地笑了，一邊笑一邊喃喃地嘀咕著：「又是她落下的，丟三落四的女人。」

他猶豫了一下還是將戒指裝進了錢包夾層裡，走出城南分局，看著

街上的車水馬龍，最近發生的事情不停地在他腦海裡交替出現。梁函韻、蘇安和，還有那個叫夏筱筱的女人，她總是在他眼前晃動著，蘇辰逸握著手機遲疑再三，最後還是撥通了梁函韻的電話。

「喂，辰逸，你怎麼才回電話給我？」那邊傳來的是梁函韻因為著急而略帶責備的聲音。

「剛剛有點事情，所以沒回你訊息，」蘇辰逸忽然頓了頓，然後壓低聲音吞吞吐吐地說，「對不起啊函韻，一會我還要去醫院處理些工作，不能過去陪妳了。」

聽筒那邊傳來的是短暫的沉默和異樣的情緒，幾秒鐘後，便聽見梁函韻故作鎮定地回道：「沒事的，你去忙吧，主要今晚艾倫去見客戶了，覺得無聊，想找好朋友一起聊聊天而已，艾倫也答應我會早點結束來陪我的。」

「函韻，我——」蘇辰逸還想說些什麼，卻聽見電話那邊傳來「嘟嘟」的忙音，梁函韻已經掛斷了電話。

蘇辰逸拿著手機站在街頭有片刻失神，他知道梁函韻一定生氣了，他比誰都了解她，然而這一刻他雖然依舊心痛，卻無法像之前一樣立刻邁出腳步飛奔到她的身邊。

而那邊掛斷電話的梁函韻內心早已瀰漫著強烈的不安全感，她下午之所以給蘇辰逸發簡訊詢問他在哪裡，是因為蘇安和打了電話給她，說了蘇辰逸近期的反常行為，讓她幫忙看好蘇辰逸。再加上她也一直被臉書上瘋狂洗版的各種資訊攪擾得坐立不安，實在按捺不住焦慮的心情便試探地發了訊息給蘇辰逸。

以前，只要一條簡訊，不出半個小時，蘇辰逸就會出現，但現在，他不但不回訊息，還找藉口拒絕她，梁函韻感覺所有的事情已經不像以

前那樣完全在她的掌握之中了，她再也猜不到蘇辰逸下一步的表現和行為，雖然她已經有了男友艾倫，但蘇辰逸是那個從小一直陪在她身邊的人，無論遇到任何事情都沒有離開過她，她無法接受他這麼快的轉變，最重要的是，引起蘇辰逸轉變的那個人，居然是一個相貌平平、人人都唾棄的殺人嫌疑犯！

梁函韻緊緊咬住下唇，起身來回在房間裡踱著步，突然她靈光一閃，記憶被迅速拉回，那一晚，一個冒冒失失的女孩從走廊裡跑出來撞了她一下。

原來是她！梁函韻輕蔑一笑，內心的自信升騰起一大半，一個毫無競爭力的女人，居然還想打蘇辰逸的主意！她手上握著剛剛掛斷的電話，那寬大的螢幕依然亮著，隱約可以看見蘇辰逸低頭靠近夏筱筱的那張照片刺目地在她手機螢幕上顯現著，而此時梁函韻的眼睛裡，則流露出了不易察覺的細微變化。

從城南分局離開的蘇辰逸開車回到了醫院，為了避開醫院其他人的視線，他先是上樓去了自己的辦公室，待到加班醫生都走得差不多的時候，才偷偷跑去更衣室換了一身藍色的護工服，他戴上口罩，悄悄來到腫瘤科住院部，找到夏筱筱所說的三十六號病房，輕輕敲了敲門，然後把耳朵貼到門上聽著裡面的動靜，不一會，病房裡面一個微弱的聲音傳了出來：「進來。」

蘇辰逸推門進入，看見一個白髮蒼蒼、面容消瘦的老人正在艱難掙扎著坐起來，蘇辰逸趕緊上前扶起老人，把一個枕頭墊到了她身後。

「針打完了，藥也吃過了。」老人端詳了一會蘇辰逸後緩緩地解釋道。

蘇辰逸取下口罩，看著老人滿是皺紋的臉輕輕地說：「奶奶，我是筱筱的朋友，她最近工作有點忙，特地託我來看看您。」

「朋友？」老人的眼睛裡忽然綻放出別樣光芒，她直起身，仔細地看著蘇辰逸，從眉毛到眼睛再到鼻子和嘴巴，上上下下打量了好幾遍後才又顫巍巍地說：「筱筱怎麼沒告訴過我？我還以為會是沐澤呢。」

蘇辰逸愣了愣，半天才反應過來老人的意思，她居然把他當成了夏筱筱另一種性質的「朋友」了，他趕緊解釋：「奶奶，不是，那個——」

「沒關係，我不怪你們，筱筱說了她要看好才會告訴我的，看來這次是看準人了，不然也不會讓你來見我的。」老人一邊說一邊露出了慈祥的笑容，沉浸在了那份幻想已久的美好當中。而蘇辰逸卻不知道如何解釋，他正在想著該怎樣委婉地表達他的意思的時候，老人已經把他當做自己人開始跟他講述那些發生在夏筱筱身上的事情了。

「筱筱啊，從小命苦，本來家庭情況不錯的，但十二歲那年他爸爸媽媽開車帶她出去玩，回來時和一輛酒駕的車相撞，她爸媽都走了，留下她一個人和我這個沒用的老婆子，後來我還生了病，害得筱筱只能賣了房子給我治病……」

老人的聲音已經硬咽，眼角更是掛著一滴清淚，一旁的蘇辰逸聽到老人的敘述後內心再次泛起微微的痛來，他的眼前無法控制地出現夏筱筱的臉，和他吵架的，一臉倔強的，還有在警察局裡那麼無助的樣子。

「為了給我治病，筱筱不但要工作，還要在速食店兼職，有時候我總想早點走，免得拖累我的筱筱……」老人已經說不下去，而此時蘇辰逸也終於明白為什麼夏筱筱又要在電臺工作又要去速食店上班了，他看著老人悲喜交加的面容，剛剛準備解釋的話語又全部吞進了肚子裡，就讓那份美好和希冀暫時陪伴著老人吧。

從病房出來的蘇辰逸猶豫再三，最終還是走向了繳費窗口，他拿著開好的發票心裡默默警告自己：「我就幫她這一次！」

第 16 章
以後我要保護妳

　　從醫院出來已經十一點多了，蘇辰逸坐上車，卻沒有立即踩下油門，而是拿出那張發票單看了又看，他有一點懊惱，又有一點後悔，自己為什麼要這麼博愛？做好人好事嗎？顯示自己很偉大嗎？如果讓梁函韻和蘇安和知道了又會怎麼樣呢？蘇辰逸心煩意亂，最終拿起發票單一撕兩半，然後再一點一點撕成小碎片扔進車裡的備用垃圾袋裡，正當他拿起車鑰匙準備離開的時候，忽然瞟見了副駕駛上放著的外套，他想起了今天下午撿到的那枚戒指。

　　「筱筱啊，從小命苦，本來家庭情況不錯的，但十二歲那年他爸爸媽媽開車帶她出去玩，回來時和一輛酒駕的車相撞，她爸媽都走了，留下她一個人。」老人的話語又在耳邊響起，聯想到戒指上刻著的字，蘇辰逸能夠想到這枚戒指對夏筱筱來說有多重要，但他又不想再這麼優柔寡斷，他想盡快切斷和她的所有連繫，如果拿著這枚戒指，意味著以後他們還有見面的機會，如果扔掉，對夏筱筱來說，未免有點太過殘忍。

　　「說過只幫她一次的。」蘇辰逸一邊自言自語，一邊從外套內袋裡拿出了戒指，他猶豫再三，最終還是伸手將戒指丟到了身旁的備用垃圾袋裡。

　　晨海市夏日的夜晚一如既往的溼熱，蘇辰逸開著車漫無目的地閒逛著，他不想回家，他還惦記著梁函韻：她還在生氣嗎？這會是不是已經休息了？蘇辰逸拿出手機正要打電話給梁函韻，手機卻自己亮了起來，蘇辰逸定睛一看，正是梁函韻，他欣喜地接了起來：「喂，函韻。」

　　「辰逸，忙完了嗎？吃過飯了嗎？累不累？」梁函韻的聲音異常溫柔，一連串的關心讓蘇辰逸受寵若驚，連說話都有點語無倫次：「沒，哦不，吃過了，不累函韻……」他頓了頓，平復了一下自己的心情，然後小心翼翼地問，「函韻，妳還在生氣嗎？」

　　噗嗤一聲，電話那邊傳來梁函韻爽朗的笑聲，她慢悠悠地回答：「怎麼會？你又沒做錯事。」

　　蘇辰逸有點丈二金剛摸不到頭腦，梁函韻今天是怎麼了？憑他對她的了解，下午她明明是生氣了的，如果換做以前，梁函韻是絕對不會主動打電話給自己的，而且他還要費上吃奶的力氣才能哄得美人重綻笑容，但這次她不但主動打電話過來，還一反常態的關心他，這反而讓蘇辰逸有一點不安，於是再次試探地問：「函韻，妳，真的沒有生氣嗎？」

　　電話那邊安靜了兩秒鐘後便傳來梁函韻俏皮的聲音：「還是有一點生氣的，給你一個彌補的機會吧，我想吃哈根達斯，你幫我送過來。」

　　蘇辰逸聽著梁函韻撒嬌的聲音，不由得揚起了嘴角，一天的煩躁心情也隨之散去，他說：「貪吃鬼，晚上吃熱量那麼高的東西不怕胖啊？」

　　「不怕啊，我每天工作那麼累，那點熱量長不了肉的。」梁函韻嬌嗔地辯解著。

　　「傻瓜，等我。」蘇辰逸無限憐愛地掛了電話，然後調轉車頭朝著最近的超商駛去。而那邊的梁函韻此時則收起了笑容，她看著手機螢幕思索了一會，然後找到艾倫的號碼，快速地發過去一條簡訊：「親愛的，今

天太晚了，你忙完就回家休息吧，我也要睡覺了。」

　　按下發送鍵，簡訊很快發出，梁函韻牽動嘴角輕蔑一笑，嘴裡嘀咕道：「夏筱筱，抓住蘇辰逸的心，我可比妳在行多了。」

　　「阿嚏！」手裡拎著大包小包行李的夏筱筱一個接一個地打噴嚏，她可不知道還有這麼多人惦記著她，此時的她和燕子還有沐澤走在華燈初上的街頭，連車都不敢叫。下午從城南分局離開後，沐澤看夏筱筱太累了，於是叫了一輛車送她回家，結果半路就被司機趕了下來，說是他在後視鏡裡觀察半天了，越看她越像這幾天電視上說的那個殺人嫌疑犯，後來聽他們聊到警察局才確認是她，那司機打開車門請他們下車，末了還說了一句：「看上去挺秀氣一女孩，怎麼做出這種事？真是人不可貌相啊！」

　　疲憊的夏筱筱雖然無奈但也沒辦法，只能一路頂著異樣的目光步行回家，結果剛一走到租屋處門口，令他們難以置信的一幕出現在了眼前，滿地的狼藉，書、報紙、毛絨熊仔、被子、枕頭……租屋處門上還貼著一張 A4 紙，上面寫著：此屋收回，不再出租。

　　一直都在佯裝堅強的夏筱筱在那一刻終於萬念俱灰，她緩緩地蹲在地上看著陪伴自己多年的杯子被摔得粉碎，還有那隻一直放在床頭的白色毛絨熊仔胸口已被撕裂，棉絮飄散了一地。所有難過、委屈一湧而上，她把頭埋進膝蓋裡，眼淚汩汩流出。

　　「落井下石，都是什麼人！」沐澤氣得渾身發抖，他衝上去敲房東的門，得到的卻是長久沉默後的回答：「別敲了，我們都說了房子不租了，再敲，我們就報警了。」

　　那一刻，所有的威脅、冷漠和白眼都要吞進肚子裡，因為沐澤知道報警對筱筱來說意味著什麼，他和燕子俯身幫夏筱筱把那些還能用的東

西打包收拾好，然後帶著筱筱離開了住了將近五年的租屋處。

於是就有了之前三人拎著行李走在大街上的那一幕。

「暫時先去我那裡住吧，我和我室友說一聲。」已經走不動的燕子放下行李，一邊捶著肩膀一邊建議著筱筱的去處。

「算了，我還是去住賓館吧。」經歷了之前諸多不順的夏筱筱已經心有餘悸。

「妳等等，我打個電話跟她說一聲，一定沒問題的。」燕子一邊說著，一邊拿出手機撥出了號碼，為了顧及夏筱筱的感受，她特地走到一邊避開了筱筱和沐澤。

「筱筱，去我家吧。」就在燕子去打電話的時候，沐澤忽然輕聲對筱筱說道，那聲音飄渺如空氣一般，卻那樣細微真切。

夏筱筱抬起頭看著沐澤，強忍的眼淚再次泛濫，她知道沐澤說出這句話有多麼不容易，她知道他的一切，父母從小就不和，他每天都在他們無休止的爭吵中度過，小的時候他的父親家暴，打他媽媽，他只能遠遠地躲著哭，後來他長大了，能替母親擋住父親那堅硬如鐵錘的拳頭了，但那樣一個陰鬱的環境卻始終無法脫離，因為家族生意的原因，他的父母不能離婚，只能過著表面上幸福甜蜜、私底下仿若仇人的生活。

他要保護媽媽、保護自己、保護那個殘破不堪的家庭，他已經很辛苦了，自己絕不能再給他添麻煩，想到這裡，夏筱筱咬著嘴唇堅決地搖頭。

沐澤上前一步捧住夏筱筱的臉頰堅定地說：「跟我回家，以後我要保護妳。」

第 17 章
那麼隱祕又不可抗拒

　　而此時打完電話的燕子正一臉焦灼，不知道該怎麼辦，她的室友在電話裡明確告訴她不可能和一個殺人犯住在一起，容不得燕子有半點解釋和勸說的機會就掛斷了電話，燕子一臉苦瓜相地轉過身去，一抬頭，緊皺的眉毛立刻舒展開來，因為她看見了沐澤對筱筱深情告白的一幕，前一秒著急得要哭了的燕子這一秒卻感動到差點落淚，她害怕筱筱再受傷害，如果沐澤不收留筱筱，筱筱就真的無家可歸了。

　　燕子抹去眼角快要溢出的淚滴，調整好情緒一個大步跨到兩人中間，酸酸地問：「喂，甜蜜完了沒？」夏筱筱和沐澤被突然出現的燕子嚇了一跳，兩人趕緊拉開距離，夏筱筱滿臉紅暈地低下頭去，沐澤也尷尬地撓著頭不知所措，燕子看著眼前的這一幕直砸嘴：「嘖嘖嘖，筱筱，妳這是因禍得福了，最近這進度有點快啊！你們兩個——」

　　「燕子，別胡說。」夏筱筱知道燕子又要煞不住車了，即將開啟滔滔不絕話語模式，於是趕緊制止她。

　　「怎麼？我說的不對嗎？妳是生活失意、情場得意啊！」燕子一邊說著，一邊在筱筱旁邊搖頭晃腦，擠眉弄眼，氣得夏筱筱哭笑不得，轉身想抓住她給她點懲罰，卻不想輕巧的燕子一晃身子就逃掉了，一邊逃還

一邊喊：「來啊來啊，來抓我啊！」

夏筱筱站在原地看著邊跑邊做鬼臉的燕子忽然就笑了，邊笑邊掉眼淚，雖然生活充滿各種變故和磨難，但還好她一直都沒有放棄，還好有那麼一些重要的人至今還陪在她的身邊。

已經是凌晨時分的晨海街頭，夏筱筱、沐澤和燕子還像烏龜一樣慢悠悠地在街上徘徊著，因為手裡的東西太重，加上晚上還沒來得及吃口東西，三個人此時都有點虛脫，沐澤將左手拎著的東西換到右手上，然後看了看手腕上的錶，他停下腳步，看著依然穿梭的車流，對夏筱筱和燕子說：「要不我們再叫車試一試？」

燕子轉頭看了看筱筱，她倒是無所謂，怎樣都行，只是怕筱筱再次遇到下午的情況。

「叫車吧，還遠著呢，走路要走到後半夜了！」雖然夏筱筱也心有餘悸，但目前最好的選擇就是叫車了，而且，不可能所有人都會去關注新聞，總有人兩耳不聞窗外事、一心只想把錢賺吧？

想到這裡，夏筱筱果斷決定叫車去沐澤家，不再這樣自虐了，被發現了，大不了先忍著唄，多少年了，她不都是靠著這樣的阿Q精神活下來的嗎？

三個人站在路邊一伸手，一輛計程車就停下了，夏筱筱藏在沐澤和燕子身後悄悄上了車，一上車便側著頭佯裝睡覺，生怕司機再一個急煞車趕他們下去。還好，這個司機一路上都沒怎麼注意後座的幾個人，而是開著大音量的神曲哼唱了一路，燕子無奈地看著司機陶醉的表情，再看看身旁時不時睜眼偷看一下四周的夏筱筱，深呼吸幾下忍住了快要發作的脾氣。

正當一切都安然無恙，氣氛也看似很融洽的時候，夏筱筱包裡的手

機叮裡哐啷地響了起來，那是沐澤為她找的臨時手機，待機時間長、聲音大，夏筱筱一個激靈坐起身來，這個動作把身旁的燕子和沐澤都嚇了一跳，連正在唱歌的司機都忽地住了嘴，從後視鏡裡鄙視地看了一眼夏筱筱，意思是說，神經病嗎？嚇人一跳！

不過他好像真的不認識夏筱筱，繼續開著車換了一首神曲唱得更黑皮了，這也讓一直緊繃著神經的筱筱忽然覺得事情好像沒有想像的那麼糟糕，還是有那麼一些人，只是安然地過著自己的生活，不會隨意參與到對別人的傷害中，不會隨意去斷定一件事情的真偽，雖然這些人，目前夏筱筱遇到的並不多。

夏筱筱在包裡翻著手機，她以為是警察局找到證據要還她清白了。她聽著那激昂的手機鈴聲，把包翻了個底朝天，才在第三個夾層中找到手機，但遺憾的是，電話不是警察局打來的，夏筱筱看著手機螢幕，剛剛舒展的眉頭又輕蹙在了一起。

「喂，奶奶。」鼓足勇氣的夏筱筱小心翼翼地接起了電話。

「筱筱啊，今晚怎麼沒聽到妳的節目？你們談戀愛奶奶不反對，但可別耽誤了工作啊。」

本來夏筱筱在聽到老人前半句的問話時還愁容滿面，想著怎麼將此事瞞天過海，但後半句話出來後，她頓時傻眼了，瞬間忘了要做的事情，瞪大眼睛問：「什麼？談戀愛？奶奶，您聽誰說的？」

「他剛剛都來醫院看我了，奶奶打心眼裡替你們高興。」老人的話語裡盡是欣慰，但夏筱筱卻像是坐上了雲霄飛車一樣，頓時連北都找不到了，除了沐澤以外，她還認識有可能發展為男朋友的男性友人嗎？夏筱筱絞盡腦汁也想不出到底是誰，但又不好傷奶奶的心，於是打著哈哈：「哦，奶奶，我知道了，您別擔心，這兩天是因為人力資源那邊缺人手，

所以我被借調過去一段時間，忙完那邊就調回來繼續上節目，您在醫院好好養病，過兩天我去看您。」

掛了電話，夏筱筱還一臉茫然地思索著，邊思索邊嘀咕：「到底是誰啊？」

「什麼誰啊？什麼談戀愛？筱筱，奶奶都說了些什麼？」燕子的好奇心又被勾起，湊到夏筱筱身邊詢問著。

正要吐槽的夏筱筱忽然想起燕子身旁的沐澤，他雖然沒說什麼，但眼睛也是越過燕子的頭頂直直地盯著她，那隱忍的好奇一點也不輸給身旁嘰嘰喳喳的燕子，夏筱筱的內心忽然有了遲疑，這種遲疑，在沐澤說出要保護她之前是沒有過的，雖然她知道沐澤從小就對她呵護有加，但她一直把他當大哥哥看待，可就在剛才，一種從沒有過的異樣情愫在她內心升騰起來，也許她真的需要一個人保護了，一個人走了太久，實在是太累了。

夏筱筱頓了頓，最終只是笑著搖搖頭說：「沒什麼，奶奶聽見我沒上節目，以為我偷偷跑去談戀愛了。」

沐澤露出如釋重負的溫暖笑容，而沒有挖到勁爆消息的燕子則像洩了氣的皮球一樣癱軟在座位上。

其實有那麼一瞬間，蘇辰逸的名字在夏筱筱的腦海裡一閃而過，因為有之前在警察局的囑咐，所以大腦的潛意識提醒著她，只是那提醒的痕跡太輕太輕，輕到她自己都沒有察覺，她甚至到現在都還沒有發現，媽媽臨終前留給她的戒指已經丟失，所有的一切彷彿都被一條細細的長絲連接著，那麼隱祕，卻又那麼不可抗拒。

第18章
你們要去哪裡？

　　計程車在送完燕子又繞了一個大圈後緩緩地停在了一幢別墅前，那司機透過車前擋風玻璃看著眼前花園一樣的房子直感嘆：「嘖嘖嘖！這是房子，還是皇宮啊？」見後座的兩人都忙著下車收拾東西沒有人接話，司機臉上閃現出一絲尷尬，趕緊自我掩飾地繼續唱歌。

　　拿好東西的夏筱筱在計程車絕塵而去後並沒有立刻跟著沐澤進院子，而是呆立在大門前，看著離沐澤家不遠處的一幢二層小樓，由於天黑的緣故，只能看見大概的輪廓和二樓房間散發出來的暖黃色燈光，偶爾有人影從窗前一閃而過。

　　夏筱筱內心微微嘆息，曾幾何時，那裡，住著她和她最親的家人。

　　也許是好久沒回來的緣故了，這裡的一切都顯得有點陌生，沐澤家的房子經過重修變成了今天的模樣，與她原來的家的距離拉開了很多，以前家門口的草坪早已變成了柏油馬路，唯一熟悉和感慨的，只有那幢記憶中忽遠忽近的白色小樓。

　　「筱筱……」沐澤輕聲喚著沉浸在回憶中的夏筱筱，幾秒過後，夏筱筱才遲鈍地轉過臉看著沐澤，嘴裡發出疑問的聲音：「嗯？」

　　沐澤正要開口說話，面前院子的大門忽然打開了，一個穿著黑色西

裝的男人走出來，看著沐澤畢恭畢敬地鞠躬：「少爺，您回來了？」

　　沐澤本想對夏筱筱說，以後會買一棟更大更漂亮的房子和她一起住，但此刻只能硬生生將到嘴邊的話語咽進肚子裡。他轉頭看一眼西裝男，對方雖然微微低著頭，但距離他很近，彷彿一抬頭額前的髮梢都能打到他臉上，顯示出咄咄逼人的氣息。沐澤不耐煩的嗯了一聲，然後把筱筱手裡的東西交到對方手裡，帶著夏筱筱進了院子。

　　在這個偌大的院子裡，像這樣穿著黑色西裝的男人有很多，他們被稱為保鏢，是沐澤的父親，那個從來都不見笑容、滿臉凶相的男人找來專門監視沐澤媽媽的一言一行的，當然也少不了捎帶著沐澤。

　　在沐澤還小的時候，沐澤父親只是對他媽媽冷眼相待，對沐澤還是非常疼愛的，但因為沐澤一直都偏向媽媽，所以沐澤父親一怒之下將他們歸為一類。在外人看來沐澤是富家子弟，但其實這些年的辛苦只有他自己知道，他生活低調，不抽菸不喝酒不穿名牌，甚至連車都不開，為的只是希望有朝一日可以改變現狀，帶著媽媽脫離苦海。所以這個從外面看上去像皇宮一樣豪華的別墅，內裡卻一直都是暗流湧動。

　　沐澤帶著夏筱筱穿過長長的走廊，經過富麗堂皇的客廳，直接從客廳的檀木色樓梯上到二樓，然後在二樓最中間的房門前停下了腳步，沐澤伸出遲疑半天的手，最終還是輕輕地叩響了房門，不一會，一個輕柔但不失鏗鏘的聲音響起：「誰啊？」

　　沐澤更進一步地貼近房門道：「媽媽，是我。」

　　幾秒鐘後，房門打開了，一張精緻的面容出現在夏筱筱面前，她雖看上去略微疲憊，但完美的盤髮和得體的短裙套裝優雅幹練，保養得當的臉頰看不出太多歲月的痕跡，夏筱筱記得小時候見過她幾次，她牽著沐澤的手從她們家門口經過，或者在沐澤和夏筱筱趴在草坪上抓蟋蟀的

時候站在二樓喝斥沐澤趕緊回家，現在回想起來，除了她身上的衣服發生了變化，其他的一切都和當年一模一樣。

她的手在打開房門的那一瞬間停了下來，看見夏筱筱的那一刻眼神閃過一絲疑慮和驚奇，但很快就被她多年的交際經驗掩飾過去，她看向沐澤，輕描淡寫地問：「這位小姐是？」

沐澤趕緊拉過夏筱筱向母親介紹：「她是夏筱筱啊，媽媽，就是小時候住在我們家隔壁的鄰居。」

女人在遲疑兩秒後眼神顯示出恍然大悟的「哦」，然後退身將他們讓進了房子。

其實沐澤媽媽的恍悟並不是想起了這個曾經的鄰居，她每天的生活都被生意和家族糾紛困擾著，哪能記住那麼多的人和事？她只是忽然記起那個每天都會出現在新聞頭版裡的名字：夏筱筱。

沐澤媽媽轉身坐到沙發上，不經意間打量了一下這個穿著牛仔褲帆布鞋，頭髮隨意束在腦後的女孩。她臉色白淨，眼睛雖然大而明亮，卻寫滿無助和迷茫，嘴唇乾澀，還時不時用上牙輕輕咬住下唇，似乎在掩飾內心的不安和慌亂。如果她真是新聞事件的女主角，那這副模樣也太出人意料了！沐澤媽媽握住雙手，婉轉地問道：「夏小姐這麼晚登門，是不是有什麼急事？」

被沐澤媽媽強大氣場震懾的手忙腳亂的夏筱筱一下子慌了神，不知道該怎麼回答，只能求助地看著身旁的沐澤，沐澤也順勢接過話：「媽媽，筱筱租的房子到期了，暫時沒地方可住，能不能在我們家借住幾天？」

此話一出，沐澤媽媽更加確定這個女孩就是最近被炒得沸沸揚揚的殺人嫌疑犯，沐澤怎麼會帶她回來？

　　難道他們在交往嗎？有多長時間了？為什麼沐澤從沒和自己提起過？沐澤媽媽大腦裡迅速翻轉著各種問題，最後，她的眉頭蹙在了一起，因為她想到了更加棘手的問題：如果這個女孩住到家裡被媒體發現，那整個事件豈不是會持續發酵，雪上加霜？沐氏企業也會受到不小的衝擊，最最重要的是，一會沐澤的父親就回來了，那個冷漠無情的男人是絕對不能容忍影響他事業和「錢途」的人出現在眼前的。

　　沐澤看出了母親的顧慮，他進一步為母親寬心：「媽媽，您放心……他那邊，我會想辦法的。」

　　雖然沐澤隱晦地稱呼父親為「他」，但夏筱筱還是一下子就想起了那個男人的臉。在他們還小的時候，有無數次，夏筱筱在自家的小樓裡聽見沐澤撕心裂肺的哭聲，掀開窗簾，總能看見幾個人廝打在一起的畫面，而那個正面對著夏筱筱的男人舉著拳頭，額頭的青筋暴起，眼神透露著凶狠和冷漠，也許是太過於敏感的原因，她對那張幾面之緣的臉記憶尤為深刻。

　　沐澤媽媽抬頭看看錶，忽然握緊雙手，似乎心一橫，對沐澤說：「時間不早了，先讓夏小姐去休息吧，剩下的事情以後再說。」

　　雖然沐澤媽媽內心掙扎不已，但因為女孩是沐澤帶回來的，所以她相信沐澤的判斷，也不願意深夜將一個無家可歸的人趕出家門，至於其他的，包括那個偽君子，就由她來慢慢周旋吧。

　　而此時的沐澤和夏筱筱也大大地鬆了一口氣，雖然沐澤媽媽的話語裡透露著模稜兩可，但對夏筱筱來說，最起碼今晚她有地方待了，而基於沐澤對母親的了解，她等於已經答應了收留筱筱。

　　然而計畫周全的他們卻忽略了最重要的一點，那就是在這幢別墅裡，誰占著主導地位，即便可能現在已經勢均力敵了，但明爭暗鬥中天

平會向哪邊傾斜根本是未知的，太多按捺不住的情緒正在悄然發酵，所以就在沐澤帶著夏筱筱走出母親房間的那一刻，一股濃烈的酒精味道迎面撲來，一個聲音冰冷而堅硬地在樓下客廳響起：「你們要去哪裡？」

第 19 章
她知道他盡力了

　　沐澤俯身看著仰靠在沙發上的父親沐振川，他蹺著二郎腿，張開雙臂撐在沙發靠背兩端，眼睛微微瞇成一條縫，凌厲的目光來回在沐澤和夏筱筱身上交替著。夏筱筱的腦海裡不可抑制地出現小時候看到過的畫面，這讓她更加不安起來，一種不祥的預感在心裡蔓延開來，內心的害怕讓她不由得伸手抓住了站在身旁的沐澤的衣角。

　　沐澤側頭看了看身邊的夏筱筱，然後悄然握了握她的手，與此同時，沐澤媽媽的房門也打開了，她示意沐澤領著夏筱筱離開，她則雙手環抱在胸前與樓下的男人目光對峙著。

　　沐澤帶著夏筱筱剛剛挪動了一步，就聽見樓下男人厲聲喝斥道：「給我站住！」門外的保鑣聞言立刻推門而入，小跑到二樓將沐澤和夏筱筱團團圍住。

　　「我看你們誰敢攔他們！」依然是那個不大但鏗鏘有力的聲音，幾秒鐘後，穿著黑色西裝的男人退後，讓出了一條路，沐澤抓著夏筱筱的手直接走向走廊盡頭。

　　沐澤帶夏筱筱來到走廊最裡面的房間，然後幫她放好行李，收拾好被縟，便轉身跟依舊心神不寧的夏筱筱說：「早點睡，其他的事情不用擔心，有我在。」

　　沐澤說著輕輕揚起了嘴角，眉宇彎成了好看的弧度，黑色的眸子綻放著微亮的光芒，雖然此刻房間的燈光是冷藍色的，但他的笑容似乎讓每個角落都明亮了起來，那樣溫暖乾淨的感覺，彷彿剛剛什麼事情都沒有發生過，彷彿此刻門外也是一片雲淡風輕。

　　沐澤的承諾無疑像一劑強而有力的鎮痛劑讓夏筱筱安下心來，雖然她還是有略微的擔心，但太過疲勞的她不知道什麼時候就在沐澤的注視下睡了過去，她像失憶一般陷入了一片漆黑，連夢境都沒有。本以為可以這樣一覺睡到天亮的，卻沒想到半夜激烈的摔打聲強行侵入她的耳朵，起初她還沉浸在不願醒來的睡眠裡，暫時忘記了她是在別人家，翻了個身拿被子蒙著頭繼續睡，卻不想那摔打聲伴隨著嘶吼離她越來越近，越來越清楚，夏筱筱忽然一下清醒了過來，她突然坐起身，聽見門外沐澤的怒吼聲：「要過去，除非今天我死在你手裡！」

　　「你最好讓開……你別以為我不敢……」一個男人含糊不清地唸叨著，傳遞著因為酒精而逐漸模糊的行為和意識。

　　夏筱筱被嚇壞了，她趕緊跳下床去開門，卻發現房門已經被沐澤反鎖住了，聽著門外那一觸即發的戰爭，夏筱筱急得快要哭出來，她一邊拍門一邊大喊：「開門，我在這裡，沐澤哥，快開門啊！」

　　門外的人似乎聽到了夏筱筱的喊聲，因為有窸窸窣窣的腳步聲向這邊移動過來，但到一半的時候戛然而止，夏筱筱再次聽到沐澤從牙縫裡擠出的憤怒：「我再警告你一次，不許過去打擾筱筱！」

　　「小澤……」那是帶著哭腔的沐澤媽媽，那一刻她的聲音充滿了不安和焦慮，和之前的處變不驚形成了強烈反差。

　　夏筱筱知道如果她再不出現，事態會往更加嚴重的方向發展，她轉身在房裡尋覓著，發現靠著牆壁的櫃子裡放著一把巨大的錘子，沒有多

想的夏筱筱拿出錘子，對著門把手狠狠砸下去，結實的門把手沒有任何反應，反而是她的手因為沒有掌握好角度被磕在門框上，一股鮮紅流下，但她已經顧不得疼了，她舉起手裡的錘子再次砸下去，一下、兩下、三下，門把手漸漸鬆動，聽著門外已經廝打在一起的聲音，夏筱筱一著急，往後退一步，抬起腳對著門把手狠狠踹下去，終於，那金黃色的門把手掉落地上，夏筱筱打開門衝了出去。

　　一把閃著寒光的匕首，這是夏筱筱衝出門後看到的第一個畫面，這讓她恍惚回到了那個晚上，看到那個黑 T 男手裡舉著的砍刀，她隱約有點頭暈，但在那把匕首下落的瞬間她再次迅速反應過來，幾個大步衝上前去擋在了沐澤前面，由於害怕，她本能地舉起手來擋住臉，結果，那把鋒利的匕首噗嗤一下刺進了她的手掌心，又快速地抽了出來。

　　鮮血汨汨流出，夏筱筱愣愣地看著手上的猩紅，一時間忘記了疼痛和恐懼，只覺得胃部突然開始翻江倒海，她轉身看著同樣愣在那裡的沐澤，勉強對他擠出一個蒼白的笑容，然後便俯下身去乾嘔起來。

　　與此同時，已經被酒精深度麻痺的沐振川再次舉起了手裡的匕首，夏筱筱身後的沐澤見狀一躍向前，抓著沐振川的手腕反身一轉，失去握力的沐振川便鬆手丟下了手裡的匕首。

　　在夏筱筱俯下身去的時候，她看到樓下客廳空無一人，那些穿著黑衣的保鏢呢？還有那些忙忙碌碌的保姆呢？此時像是被隔離在了另一個世界一樣悄無聲息，夏筱筱忽然感受到現實帶來的無限悲涼和無助，有那麼多那麼多的事情都無法預知，有那麼多那麼多的事情總是逆向而行，彷彿是上帝在考驗人們，出著一道又一道的難題，但守得雲開見月明的日子又在何時呢？

　　果然，在沐澤和沐澤母親處於下風的時候整個房間空空如也，但沐振川剛剛被沐澤按倒在地，樓下客廳的燈便亮了起來，黑衣保鏢出現了，沐澤媽媽還沒來得及去扶嘔吐的夏筱筱，沐澤便放開了沐振川，抓住夏筱筱血流如注的左手將她擋在身後，然後他又在黑衣男人們上樓的瞬間迅速脫下身上的 T 恤，轉身纏繞在夏筱筱受傷的手上。

　　夏筱筱看了一眼幫她簡單處理傷口的沐澤，他憋紅了臉，喘著粗氣，細密的汗珠布滿額頭和臉頰，她知道他盡力了，她也知道他有多麼無奈和著急，與其說沐振川是在針對夏筱筱，不如說他其實是在和沐澤及沐澤母親一較高低，他們越是要留下夏筱筱，他越是不讓他們如願，好以此來彰顯這場摻雜了利益和背叛的婚姻當中誰才是主導者，醉醺醺的沐振川其實根本連夏筱筱的臉都沒看清楚。

　　黑衣保鏢上了樓，其中那個在院子門口遇見的男人扶起了沐振川，然後走到沐澤面前微微低頭說：「少爺，我們不能把陌生人留在家裡，所以現在要送她離開，您放心，我們會保證她的安全的。」說著便上前伸手拉夏筱筱，沐澤趕緊抬起一隻手護住筱筱，另一隻手狠狠推開黑衣男人，嘶啞著聲音憤憤地說：「誰都不許碰她！」

　　黑衣男人雖然一直都是畢恭畢敬的模樣，但在眾人面前丟失顏面心裡頓覺不爽，於是也不再做戲，他拿出手機，一邊緩慢地按著數字，一邊不動聲色地揚起嘴角挑釁地說著：「那我只好報警了，說家裡來了個殺人嫌疑犯，為我們都帶來了威脅和困擾……」

　　在黑衣男人嘴巴一張一合間，夏筱筱覺得他的臉部在持續變形模糊，周圍的嘈雜聲也似有似無，她看看裹在左手上已經被血水浸透的衣服，再看看那個眼前晃動著的手機，她知道她已經沒有選擇了，她必須離開，她不走，這些人不會罷休，甚至還會牽連沐澤和沐澤媽媽。

　　於是夏筱筱在黑衣男人按下最後一個數字的時候往後退了一步，沐澤瞬間感覺到身後一空，像是一腳踏空了一般失去了重心和安全感，他趕緊轉過身去，看見夏筱筱已經站在離他三公尺遠的地方，眼睛裡閃爍著星星點點的淚花。

第 20 章
筱筱，妳在哪裡？

　　其實他們之間的距離並不遠，只要沐澤向前走幾步，伸手就能抓住夏筱筱，但就在他剛剛跨出一步的時候，夏筱筱已經轉過身，朝著客廳大門的方向走去，沐澤伸出的手懸在了半空中，他想要喊出夏筱筱的名字，喉嚨卻好像被什麼東西卡住了，他看著她瘦弱的背影 —— 用一隻手艱難地打開客廳大門，她就要從那狹窄的門縫裡擠出去了，沐澤突然反應過來，他衝開阻擋他的人群，跌跌撞撞地從樓梯上跑下去，卻發現她的身影已經漸行漸遠，而且絲毫沒有回頭和停下來的意思。

　　如果在平時，沐澤三兩步就能追上夏筱筱，但在今晚，不知道為什麼，他覺得他已經使出了渾身力氣，但終是不能趕上她的步伐，當他追出院子的時候已經看不見她的身影了。

　　「筱筱！」沐澤對著遠處無盡的黑暗瘋狂呼喊著，那帶著哭腔的聲音透露著無限的絕望，但回覆他的卻是幾聲稀疏的蛐蛐叫聲。

　　還好院子的大門是鎖住的，夏筱筱暫時沒辦法出去，他要趕緊找到她，她還受著傷，他說過要好好保護她的，他絕不能食言！

　　沐澤朝著院子大門的方向跑去，身後趕來的黑衣保鏢們也看似在幫他尋找夏筱筱，就在他們馬上要趕到院子門口的時候，一輛車正好從外面的馬路上經過，車燈環繞著院子將一個巨大的人影投射到別墅的牆壁

上，她捂著左手，步履蹣跚，散亂的頭髮隨著夏風的吹拂狂亂地飄動著，沐澤的眼睛重綻光芒，他加快了步伐，卻在還差一點點就能到她身邊的時候，看見院子大門忽然打開，夏筱筱像剛剛在客廳時一樣，先一步邁出了大門，隨後，大門重重地鎖上。

為什麼又是一步之遙的距離？為什麼每次都是差一點點？為什麼無論他多麼努力，都沒有辦法和她並肩同行？他被那種深入骨髓的無力感深深刺痛，就算他有和沐振川交手幾百回合的能力，也無法在此刻給心愛的人一個安全溫暖的懷抱，讓她不再受傷害。

「筱筱……」沐澤一邊用力拍打著大門，一邊對黑暗中遠去的背影聲嘶力竭地呼喊著，那瘦小的身影有了片刻遲疑，她轉過身，距離和黑夜淹沒了她的表情，兩秒鐘後，她對著沐澤輕輕揮了揮手，然後轉身，漸漸隱沒在沒有盡頭的黑暗裡。

沐澤像發瘋了一樣搖晃著像監獄一般的鐵門，他甚至忘記了可以用鑰匙將大門打開，他只是希望馬路那頭還在隱約晃動的身影能夠停下來，但事實卻是，不到一秒鐘的時間，那頭只剩下夜晚瀰漫的朦朧了，沐澤再也沒辦法控制自己的情感，他扶著鐵門身體緩緩下滑，隱忍的眼淚悄然滑落，為什麼會這樣？他感覺此刻有一種叫做命運的東西正在將他的靈魂抽出，然後百般蹂躪和踐踏，讓他生不如死！

沐澤無力地坐在地上，雙手捂著臉頰緩緩翻過身靠著鐵門，無助和絕望讓他暫時失去了勇氣和信心，直到他再次抬起頭時，才看見之前那個黑衣保鏢站在他面前，手裡悠閒地把玩著大門的遙控鑰匙，原來，剛剛是他故意打開大門放走了夏筱筱。

沐澤忽然感覺到全身的血液都在往頭部湧動，他突然起身將黑衣保鏢的衣領抓住，一個返身將他按在鐵門上，整個鐵門都在哐哐作響，沐

澤用手臂狠狠卡住他的脖子，然後咬著牙，紅著眼睛說：「如果筱筱有個三長兩短，我絕對不會放過你！」

黑衣保鏢的力氣絕對不比沐澤小，但此刻無論他如何用力反抗，都沒有辦法掙脫那幾乎讓他窒息的並不粗壯的手臂。最終，沐澤從黑衣保鏢手裡奪走了鑰匙，他緩緩鬆開手臂，黑衣保鏢險些被卡斷的呼吸突然連接上，一時間氣息不暢，俯下身不停地咳嗽著。

沐澤沒有再去理會黑衣保鏢，因為他更加擔心黑暗那頭已經消失了的夏筱筱，他打開院子大門，就那樣赤裸著上身，循著筱筱消失的方向追了出去。

而這邊已經逃離出來的夏筱筱，在空無一人的馬路上拖著沉重的腳步前行著，包裹住傷口的衣服也不知在何時已經丟掉，她沒有多少力氣了，一滴一滴鮮紅的液體滴落在她的腳下，她感覺前方蜿蜒空曠的道路時而清晰時而模糊，伸手想從衣服口袋裡找手機打求助電話，卻發現除了身上粉色的睡衣外，所有的東西都在沐澤家裡。

她在那一刻忽然冒出了一個讓她自己都不寒而慄的疑問，那就是，她會不會死？在這樣一個被黑暗包裹的深夜裡，她不知道下一步將要發生什麼事，也不知道她還能支撐多久。她在堅持前行的過程當中，眼前一次又一次出現離她而去的爸爸媽媽，他們似乎永遠都是溫暖美好的樣子，他們微笑著看著她，給她加油打氣。

夏筱筱忽然哭了，那些美好的畫面更加映襯出她此刻的孤獨和淒涼，她想要伸手去觸摸那份遙不可及的想念，卻在抬起手時發現那份美好已像泛開的漣漪一般悄然散去。

「爸爸……媽媽……」夏筱筱哽咽著呢喃。很多時候已經忘卻了害怕是什麼的男人婆夏筱筱，此刻特別特別想要一個安全的避風港。

　　然而在這樣一個環境和狀況下，所有期許都是幻想。

　　「筱筱……夏筱筱！」沐澤一邊沿著馬路找尋筱筱的身影，一邊藉著昏暗的路燈向遠處眺望，但已經凌晨三點的馬路上空無一人，他的呼喊聲傳遞出去又反彈回來，像是小時候他和筱筱玩的遊戲一樣，筱筱說，你對著對面的山喊，他會和你說一樣的話，沒想到今天再次體驗這種感覺，卻像被遺棄在深夜的孤魂野鬼一般充滿無望和蒼涼。

　　「筱筱，妳到底在哪裡？求妳出現吧！」沐澤的嗓子已經嘶啞，沒有任何進展的找尋讓他欲哭無淚。

　　他只能緩緩蹲下身子，暫時整理那些無法釋放的複雜情緒，可就在他剛剛將頭埋在雙臂之間的時候，渾身便像觸電一般狠狠打了個激靈。

　　他抬起頭伸出手去，那地上暗紅色的血跡已經乾涸，以不規則的曲線向前延伸著，雖然在黑夜裡那顏色幾乎被掩蓋了，但在這樣一個敏感的時刻，再微小的細節也能被他發現。不知道為什麼，看著那血跡，一種不祥的預感在他內心瀰漫開來，他彷彿看見了虛弱的她艱難地尋找一個可以棲身的地方或是能幫助她的人，但黑夜漫漫，回覆她的只有孤寂和清冷。

　　沐澤突然站起身來，沿著血跡的指引繼續向前，他的內心摻雜著希望與擔憂，他跑啊跑啊，一邊跑一邊想，等追到血跡的盡頭，是不是就能看見筱筱了？也許她累了，正蹲在路邊休息，又或者正在某個角落默默地等待著他出現。

　　然而現實總是不盡如人意，它又一次和沐澤開了個玩笑，在追出三百多公尺之後，血跡忽然就斷了，沐澤內心剛剛升起的希望又破滅了，他幾乎崩潰的情緒在那一刻全部傾瀉而出，他無奈地對著遠方的飄渺再一次傾盡全身的力氣喊道：「筱筱！妳到底在哪裡？」

第 21 章
現在，自己到底在哪裡？

明明是一片黑暗的，但卻總是有微微的光時不時地刺著眼睛，夏筱筱摸索著往前走，等有光的時候就多跑兩步，但她已經連走帶跑了很久了，為什麼眼前還是那個不變的場景？似乎她一直都在原地踏步著，夏筱筱急得滿頭大汗，那汗水順著她的眉毛、眼睛滴落到她的嘴上、脖子上，她想伸手去擦，卻感覺到左手撕心裂肺的疼痛，她這時才想起，左手剛剛受了傷，於是她放棄擦汗的念頭，繼續往前奔走著。

不知道又走了多久，她還是沒有脫離那片黑暗，她覺得渾身痠痛、口乾舌燥，想要找地方買水喝，卻依然被禁錮在原地，夏筱筱索性坐在路邊的臺階上休息，但當她起身準備繼續前行的時候，抬起頭卻看見不遠處一把閃著寒光的刀正在向她逼近，夏筱筱瞬間陷入恐怖的深淵，她明明已經逃出來了啊！為什麼還是揮之不去？她轉過身奮力奔跑，腳下卻像被什麼東西拉住一樣使不上力氣，而那把刀卻離她越來越近了，她無力地閉上眼睛，默默呢喃著：「不要……爸爸……媽媽……救我……」

而那寒光卻毫不客氣地逼入她緊閉的雙眼，絕望的眼淚順著夏筱筱的眼角悄然滑落，她的聲音也由呢喃變成了聲嘶力竭地哭喊：「不！不要！」

　　伴隨著驚嚇和渾身猛烈的抽搐，夏筱筱驚醒了過來，她感覺承載她身體的是一張非常柔軟的床，但她還是不敢睜開眼睛，因為夢境和現實相互摻雜太難分辨，她不想再次陷入黑暗和絕望的深淵。

　　幾秒鐘後，她感覺到左手再次傳來持續而劇烈的疼痛，她本能地抬手想要察看，微微一睜眼，映入她眼簾的已不再是那把讓她恐懼的寒刀，而是一片暖暖的黃色，那顏色溫和清新，和之前的恐懼壓抑形成鮮明對比。這是哪裡？夏筱筱這才試著睜開眼睛，暖暖的黃色綻開在眼前，那是沒有完全遮住窗戶的窗簾夾縫中，探進來的溫暖陽光。

　　夏筱筱緩緩地抬起左手放在眼前，那被白色紗布纏裹的厚重的手掌擋住了陽光，她的眼睛被強光刺激後有微微的痛感，不是夢，不是黑色的，不再那麼恐懼了，夏筱筱長長地噓了一口氣，想要掙扎著坐起來，渾身卻痠軟得一點力氣都沒有，她環視著天花板和周遭的一切：白如雪的牆壁，精緻的吊燈，隨風輕輕飄動的鵝黃色窗簾，這是沐澤家嗎？可是昨晚自己明明已經逃出來了啊！夏筱筱閉上眼睛，努力回想之前發生的種種，她從沐澤家逃出來，然後沿著馬路一直奔跑，她的左手像是沒有轉緊的水龍頭一樣滴答著鮮血。她已經筋疲力盡了，眼前的黑也幻化成無數詭異的魅影在她眼前來回晃動，她害怕、恐懼、絕望！但她沒有選擇，只能繼續往前，直到她疲憊得再也抬不動腳，直到所有的東西都像落幕的電影一般黯淡下去看不到光澤。

　　然後就是記憶的斷層，在那個過程當中發生了什麼事情她完全不記得了，醒來以後就處在這樣一個場景當中。夏筱筱睜開眼睛，各種思緒疊加在一起讓她頭疼欲裂，但她還是用右手撐著身體努力從床上爬起來，她想知道，現在自己到底在哪裡。

　　因為長時間沒有進食進水，夏筱筱虛弱得剛一坐起來就一陣眩暈地

差點摔倒，幸好她往前一步扶住了床頭櫃，才控制住了即將失去平衡的身體，但床頭櫃上一杯盛滿水的杯子卻因為櫃子的晃動而左右搖晃了一下，滿滿的一杯水灑出了幾乎一半。

夏筱筱忽然感覺自己的喉嚨已經乾涸到快要發不出聲音了，她抓起剩下的那半杯水一飲而下。

打開房門，呈現在夏筱筱眼前的依然是完全陌生的場景：大大的客廳，以白色為主基調的簡約裝修風格，落地窗戶，窗戶旁邊還有個大的吊椅，上面鋪著軟軟的墊子，零散地放著幾本雜誌。

「有人嗎？」夏筱筱柔弱的聲音在客廳迴盪，卻沒有得到任何回應，於是她往外走了幾步，便看見了客廳旁邊的小餐廳。

夏筱筱的視線剛一落到餐廳，就暫時忘記了之前的疑慮和好奇，因為她看見被白色鏤空桌布鋪著的餐桌上，放著一個電鍋，電鍋旁邊還有乾淨的碗和湯匙。直覺告訴她這個電鍋裡一定有好吃的食物，她似乎已經聞到了隱隱的香味，肚子也十分配合地咕咕作響，夏筱筱扶著牆緩慢地來到餐桌旁，打開了電鍋。

一鍋香氣四溢的皮蛋瘦肉粥，還是熱的！夏筱筱欣喜若狂，她抓起桌上放好的湯匙和碗，盛了滿滿一碗，以迅雷不及掩耳之勢吞下肚去，但肚子好像沒有任何感覺，大腦只是發出一個資訊：真好吃！再吃點！肚子好餓啊！

於是夏筱筱在短短五分鐘內喝了四碗皮蛋瘦肉粥，直到電鍋已經見了鍋底，直到她撐得腰都直不起來了才放下碗筷，那一刻，她才覺得渾身的血液又重新暢通起來，她終於活過來了！

吃完粥的夏筱筱胡亂擦了兩下嘴巴，她繼續環視這套陌生的房子，不是沐澤家，那又會是哪裡呢？按照之前的情形來看，她應該是被好心人救回來了吧？包紮好的左手，放在床頭櫃上的水杯，煮好的皮蛋瘦肉粥……

那個人一定知道醒來的自己會非常虛弱，所以才細心地準備了這一切吧？

　　會是怎樣的一個人呢？這一系列的事情讓夏筱筱的好奇心再次提起，她起身來到另一間臥室門口，伸手轉了轉門把手，發現門是鎖住的，也對，家裡來了陌生人，自然要有所防範的。於是她又轉身走到客廳玄關處，俯身打開鞋櫃一探究竟，鞋櫃裡只放著幾雙拖鞋，男女式都有，夏筱筱想，難道是個兩口之家？

　　在房內轉了一大圈的夏筱筱並沒能把自己的疑慮解開，便打算回到醒來時的房間等待房主歸來，在經過洗手間的時候她透過遠遠的鏡子看見披頭散髮的自己，還是那件粉紅色的睡衣，上面有汙漬，臉色蒼白到額頭下黑漆漆的眼珠子看起來特別嚇人，夏筱筱忽然又回想起在沐澤家發生的事情，不知道沐澤現在怎麼樣了，他的父親有沒有為難他，自己離開了，他和他媽媽應該會少受點傷害吧？

　　夏筱筱的眼睛微微發熱，嘆息聲也不由自主地從喉嚨溢出，正當她沉浸在回憶裡越陷越深的時候，由遠而近的腳步聲打斷了她的思緒，那聲音明顯是朝著這間房來的，夏筱筱轉身看向門口，不一會，便有了鑰匙插進門鎖的聲音。

　　夏筱筱忽然莫名地緊張起來，因為她不知道那房門外隔著的會是怎樣的一張面孔，接下來又將會發生什麼樣的事情，未知讓她內心的害怕和期待各占一半，她聽著鑰匙轉動的聲音，一下，兩下，三下……

　　佛說，上輩子五百次的回眸，換來今生的一次擦肩而過，如果這段關於緣分的爛俗傳說可靠，那夏筱筱上輩子不光是把脖子轉斷了，而且直接粉身碎骨了！那推門而入的男子身穿白色如雪的筆挺襯衫，微捲褐色的碎髮凌亂地覆蓋在額前，他一手抓著門把手，一手拎著一大袋東西，用那雙小而性感的眼睛若有所思地看著夏筱筱。

第 22 章
怎麼就把她帶回來了？

　　怎麼會是他？這怎麼可能！夏筱筱不由得張大了嘴巴，她晃晃腦袋，用力眨巴了幾下眼睛，想看看這到底是不是幻覺，當她再次睜開眼睛的時候，發現眼前站著的這個男人的確就是之前那個投訴過她、欺負過她、在警察局裡羞辱過她的小男人蘇辰逸，夏筱筱不可置信地抬起右手指著蘇辰逸語無倫次地說：「小男⋯⋯啊不，蘇醫生，怎麼會是你？」

　　「什麼小男？妳到底要叫我什麼？」蘇辰逸知道夏筱筱要說什麼，猜想到現在是寄人籬下的狀態所以趕緊改口了，這個頑固不化的女人，都到這時候了居然還是這種態度，蘇辰逸氣得咬牙切齒。

　　「沒，沒什麼，型男，我是想說型男你好帥啊，剛剛嘴巴抽筋了一下。」被看穿了的夏筱筱趕緊打哈哈掩飾，但這解釋連她自己都覺得牽強，更別說蘇辰逸了，於是面對蘇辰逸那看穿一切、似笑非笑的眼神，夏筱筱只好閉上嘴巴，尷尬地低頭扯衣袖。

　　「前天還可憐地抓著我喊爸爸，今天一醒過來就原形畢露了，唉！」蘇辰逸一邊關門，一邊陰陽怪氣地搖頭嘆息，夏筱筱起初沒反應過來，後來一想，什麼？叫爸爸？叫誰爸爸？蘇辰逸嗎？她忽然回想起昨晚她身心俱疲，唯一支撐她繼續前行的就是爸爸媽媽，難道自己在昏迷之中喊了蘇辰逸爸爸？天！這便宜也占得太大了吧！

「喂！什麼爸爸，你……」夏筱筱本來是要對著正在將購物袋裡的東西一件一件拿出來的蘇辰逸發出質問的，但她轉念一想，自己現在是在別人家，而且還有很多問題要問蘇辰逸，比如說自己是怎麼到這裡來的，怎麼會和他遇到，在這期間都發生了些什麼，如果她態度太差，蘇辰逸不但不會告訴她，而且還會把她「請」出去吧？於是夏筱筱迅速將高八度的聲音降低下來，「你……你是怎麼帶我到這裡來的？這是你家嗎？能告訴我之前發生了什麼事嗎？」

整理完東西的蘇辰逸轉過身，他手裡拿著一個正方形的寶藍色盒子，夏筱筱期待著他能回答自己剛剛發出的疑問，卻沒想到蘇辰逸看著她皺起了眉頭，身子也是嫌棄地向後退去。夏筱筱看著蘇辰逸一系列奇怪的動作，正要再次發問，只見他忽然湊近她嗅了一下，嚇得夏筱筱一邊雙手護胸連連後退，一邊問：「你你你，你幹嘛？」

蘇辰逸直起身停止了動作，他把手裡的盒子塞到夏筱筱懷裡，挑著眉毛悄聲說道：「趕緊去洗個澡吧，妳身上的味道都可以熏死一頭牛了！」然後牽動嘴角露出不易察覺的壞笑，雙手插口袋雲淡風輕地和夏筱筱擦身而過。

夏筱筱機械地抱著盒子，根本無暇顧及裡面到底是什麼東西，她愣在原地三秒鐘才回過神來，感覺臉頰有點微微的發燙，等她聽到蘇辰逸的腳步聲拐向另一間房屋的時候，才悄悄抬起右手臂嗅了嗅，一股汗臭味加上很久沒洗的睡衣霉味撲面而來，夏筱筱無奈地皺起了眉頭，嘴裡嘀咕道：「是不怎麼好聞啊。」

「浴室在這邊，熱水已經放好了，妳手上有傷，記得不要沾水。」夏筱筱被突然折回來的蘇辰逸嚇了一跳，她慌忙轉過身，看著一邊將襯衫袖口折起一邊緩緩向她走來的蘇辰逸，再想想自己身上那股的確可以熏死一頭牛的味道，忽然快速地騰出一隻手，像見到瘟疫一般對著蘇辰逸

邊揮邊大喊：「我知道了，你千萬千萬別過來！」

　　蘇辰逸看著發神經的夏筱筱停下了腳步，整理袖口的動作也同時停住，他瞇起眼睛狠狠咬牙，心想，自己到底是哪根筋不對了，怎麼就大發慈悲把她帶回來了？

　　「哐噹！」一聲悶響打斷了兩個人的思緒，原來是因為夏筱筱受傷的手使不上力氣，盒子最終滑落下去摔在地上，一套疊好的衣服掉在地上。

　　「這是什麼？衣服嗎？」夏筱筱蹲在地上抓起那套衣服舉在眼前，柔軟舒適的手感，清爽的白色，七分袖，沒有過多的裝飾，簡單時尚，研究了三十秒的夏筱筱突然反應過來，脫口而出：「哦，睡衣。」

　　蘇辰逸瞬間滿頭黑線，徹底被夏筱筱的智商打敗了，本以為她看到這麼漂亮的睡衣會感激涕零，卻沒想到她的反應是：哦，原來是這個東西啊，然後關於感激啊報恩啊，不知道她哪天腦洞大開才能想起來。

　　蘇辰逸真是後悔，他回想起那晚看到夏筱筱的情形：他幫梁函韻送去哈根達斯，看著她吃完後才依依不捨地離開，已經是凌晨三點的大街上空無一人，他心情大好，一邊開著車載音響聽歌，一邊加大了馬力。在一個沒有路燈的十字路口忽然衝出一個人擋在他車前，他趕緊踩死煞車，在和對方僅有公分之差的距離停下了車子，驚魂未定的他透過車窗玻璃看向車外，卻發現人影已經消失，剩下的只是車燈照耀的朦朧。

　　雖然蘇辰逸從來都不相信所謂的鬼神之說，但那一刻他的腦海中卻不由自主地閃現出曾經在電影裡看到過的畫面，好在他很快恢復鎮定，轉念一想：不會是假車禍的吧？這會在車輪子底下等我下車，然後訛上我？但哪個假車禍的會這麼拚命？這麼晚了還出來「工作」？難道是家裡揭不開鍋了？

　　蘇辰逸的大腦迅速運轉著，想到了很多的可能性，但都被他一一否決，最後得出的結論是：可能自己太累，眼花看錯了吧？於是他重新發動了車子，安全起見，他先是把車往後倒，然後打了一把方向盤，繞過了之前的地方準備離開。

　　正當他打算踩油門的時候，忽然看見那繞過的地方側躺著一個人，從那散亂的頭髮和粉色的衣服可以看出來是個女的，她的頭壓著一隻手臂，順著手臂看去，是一隻被鮮血染紅的手。

　　原來不是眼花，是真有人！而且看這情形，應該不是假車禍，而是真受傷了，在這空無一人的街道上，除了蘇辰逸再無別人，如果他不出手相助，不知道她的命運將會如何，出於同情心和身為醫生基本的職業素養，蘇辰逸打開車門下了車。

　　「小姐，你沒事吧？」蘇辰逸試探性地靠近躺在地上的女子，卻沒有得到回應，於是他蹲下身子輕輕搖晃了一下她的身體，女子柔軟的身體因為搖晃的力量仰面翻轉過來，頭髮也散落開來，露出了那張滿是淚痕的臉頰。

　　蘇辰逸仔細一看，差點跳起來驚呼：「夏筱筱？」

　　他的腦海裡瞬間閃現出下午在警察局看到她的畫面，那時的她雖然落魄，但不至於成這樣啊，她身邊不是還跟著兩個朋友嗎？看著她左手已經乾涸的血跡，蘇辰逸判定她是因為失血過多導致的昏迷，必須馬上進行救治，不然會非常危險！蘇辰逸思索了一秒鐘，決定撥打一一九，這是他唯一可以幫她的了，等急救車來了，他就可以離開，既不再過多牽扯，也沒有坐視不管。

　　蘇辰逸邊想著邊拿出手機撥出了一一九。

　　現在想想，如果當時自己沒有同情心爆棚，直接倒車繞過她身邊走掉，或者，在等待一一九的過程當中沒有因為她不停地抽泣和含糊不清的夢話而心軟，就不至於像現在這樣把腸子都快悔斷了吧？

　　最主要的是，他還不曾想到，這些看似偶然的必然事件，讓他以後的人生也陷入了從未有過的糾結當中。

第 23 章
不折不扣的傻子

　　打完一一九的蘇辰逸看著躺在地上的夏筱筱，救護車過來可能還有一會吧，要不先把她抱到車上，地上太潮溼，躺得久了會讓病情更加嚴重。蘇辰逸一邊想著一邊伸手去拉夏筱筱，卻沒想到他剛一碰到她的手臂，就被她反手一把死死拉住，她的手在顫抖，嘴裡斷斷續續地低吟著：「對不起……沐澤……」

　　「媽……爸……救救我……我要照顧奶奶……」

　　蘇辰逸看見緊閉雙眼的夏筱筱眼角湧出大顆大顆的眼淚，他的動作忽然就停住了，傍晚時分那個滿臉皺紋的老人的話語又在耳邊響起：「筱筱啊，從小命苦，本來家庭情況不錯的，但十二歲那年她爸爸媽媽開車帶她出去玩，回來時和一輛酒駕的車相撞，她爸媽都走了，留下她一個人和我這個沒用的老婆子，後來我還生了病，害得筱筱只能賣了房子給我治病……」

　　蘇辰逸閉上眼睛陷入到糾結當中，幾秒鐘後他睜開眼睛看著臉色慘白，胡亂喊著爸爸媽媽奶奶的夏筱筱，無奈又生氣地抱怨道：「怎麼又偏偏被我遇到了呢？真是倒楣！」

　　蘇辰逸一邊嘀咕著一邊伸手將她橫抱起來，瘦弱的夏筱筱沒有耗費

他多少力氣，正當他往車前走的時候，夏筱筱向外耷拉的腦袋因為晃動的力量靠了過來，緊緊地貼住了他的胸膛。蘇辰逸低頭看著懷中的夏筱筱，大腦再次不由自主地閃現出之前和她相見的畫面，在警察局，她癱軟下去，他衝過去扶住了她，她靠著他的胸膛，她的睫毛長而濃密，小巧玲瓏的鼻子下是乾澀的嘴巴。

蘇辰逸的內心微微瀰漫出異樣的情愫，是那種說不清道不明的細微情感，雖然不易察覺，但還是把敏感的蘇辰逸嚇了一跳，以至於他的手一軟，差點將夏筱筱摔到地上。

那下滑的力量瞬間拉回了蘇辰逸的思緒，他趕緊抬起一條腿擋住了夏筱筱的身體，然後伸手將她重新抱了起來，他忘記了剛才那一小下的情感轉變，因為那情緒就像夏日的風一樣，雖然出現了，但效果和感知微乎其微。

但，那畢竟是發生了的，它會在你身體的某一個部分悄無聲息地存活著，等你再次遭遇或觸碰的時候，它就會成倍地疊加起來，霎時擊潰你的所有防備。

一一九救護車的警報聲由遠而近地傳來，已經在車上休息了一會的蘇辰逸看著不遠處的救護車燈，準備下車去迎一下，就在他伸出手去拉車門的時候，副駕駛上已經安靜很久的夏筱筱突然輕聲呢喃：「不要離開我好不好？」

蘇辰逸的手驀地停在了半空中，兩秒鐘後，他迅速轉過身，看見頭髮散亂的夏筱筱依然斜靠在座椅上緊閉雙眼，他剛剛明明聽到她說話了啊，而且每個字都說得那麼清楚認真，但此情此景又讓蘇辰逸覺得那聲音是虛幻的，彷彿是從另一個空間傳遞而來。

「是我幻聽了嗎？」蘇辰逸一邊在心裡默想，一邊怔怔地看著夏筱

筱，情緒連續疊加的效應在那一刻充分展現出來，他被那些錯綜複雜、無法預見的狀況攪擾得心煩意亂，他想理清，但這一次好像有點複雜，他無法像之前那樣迅速抽離，他就那樣看著微微蜷縮著身體的夏筱筱，連有人敲車窗戶都沒有聽見。

「喂，先生，先生，請打開車門！」思緒漫遊的蘇辰逸隱約聽見了敲打聲，他轉過身，看見穿著白袍的醫生一臉無奈地隔著車窗看他，蘇辰逸一個激靈反應過來，一邊開車門一邊道歉：「對不起，對不起，剛才沒聽見！」

醫生沒有理會蘇辰逸的歉意，指著副駕駛上的夏筱筱問：「是她受傷了嗎？」

「對，左手受傷，大量失血造成昏迷。」蘇辰逸邊解釋邊幫護理師從車上將夏筱筱扶下來抬上擔架。正忙碌著的醫生突然停頓了手裡的動作，轉身打量了一下蘇辰逸，隨即又恢復常態，他跟著抬擔架的護理師上了救護車，看著還站在原地的蘇辰逸問：「你是開車跟著我們還是上來一起走？」

蘇辰逸愣在那裡遲遲不回答，但在那一刻，救護車上方轉動的五彩車燈提示著他，時間不允許他再思考和猶豫，醫生、護理師都想著救人要緊，而且此時的夏筱筱也急需輸血來補充之前流失的血液，蘇辰逸閉上眼睛深吸一口氣回答道：「我開車跟在後面吧，對了，我們選擇去就近的晨海綜合醫院，費用由我來支付。」

其實在那個時候，蘇辰逸也沒有打算要把夏筱筱帶回家，只是想著去醫院囑咐一下急診科的醫生好好醫治夏筱筱，但在醫生給夏筱筱處理完傷口、補充完所有液體後，天已經大亮了，蘇辰逸想著不能把她留在醫院，因為怕蘇安和知道再生是非，更怕那個肺癌晚期的老人知曉後受

不了刺激。轉院吧？她一個人沒人照顧，交給她朋友？他沒有夏筱筱任何朋友的聯絡方式。

眼看已經有早班的護理師來換班了，在夏筱筱病床前來回踱步的蘇辰逸心一橫，最終帶著夏筱筱回到了他獨住的房子。

「這麼說來，我當時還是有意識的？為什麼我一點記憶都沒有了？」洗完澡換上新睡衣的夏筱筱一邊喝著雞湯，一邊對著手舞足蹈的蘇辰逸發問，她不知道蘇辰逸早已經將那些悄然暗湧的悸動心情刪掉，添油加醋地換了另外一個情節講述給她。

「誰知道妳大腦裡裝的是什麼，嘖嘖嘖，妳不知道，如果不是我拉得緊，我的褲子都被妳扯掉 ──」還沒說完的蘇辰逸驀地停住了，身體迅速向後躲閃，因為他已經看見滿嘴食物、腮幫子鼓鼓的夏筱筱呼之欲出的表情，他曾經可是經歷過被噴一臉殘渣的威力的。

夏筱筱將嘴裡的東西幾口吞嚥下去，睜大眼睛問蘇辰逸：「什麼什麼？褲子都扯掉了？」

看著那麼認真毫不質疑的夏筱筱，蘇辰逸越發得意：「是差點而已啦，我力氣大，又給拉回去了，」蘇辰逸一隻手托住了腮，皺著眉繼續搖頭嘆息，「哎，不但扯我褲子，還一個勁求我收留妳，真可憐。」

夏筱筱舉到嘴邊的湯匙又放了回去，翻著眼珠拚命回想，但無論她怎麼絞盡腦汁，她的記憶還是只停留在從沐澤家離開的那段，什麼抱大腿拉褲子乞求真的是一點印象都沒有啊。夏筱筱懊惱地抓抓頭，看著完全掌控大局把自己噎死的蘇辰逸，她只能自我安慰，沒事，好在那麼丟人的事情只有小男人一個人知道而已。

而坐在夏筱筱對面的蘇辰逸此刻心裡早已樂開了花，讓妳再叫我小男人，我這麼清新俊逸、儀表堂堂的，讓妳不把我放在眼裡！蘇辰逸心

裡想著，臉上居然也笑逐顏開，露出潔白整齊的牙齒，雖然他長著一張完美無瑕的臉，但此刻他的笑容裡盡是做了壞事後的得意和猥瑣，這讓正在努力尋找記憶的夏筱筱瞠目結舌，她一下想到了燕子，她一直心心念念的男神，原來並不是偶像劇裡高冷的長腿歐巴，而是一個不折不扣的傻子啊！

蘇辰逸注意到夏筱筱的表情變化，意識到自己的動作有損形象，於是趕緊收起笑容坐正身體，他正要和夏筱筱再說什麼，沙發上的手機突兀地響了起來，那是一段中板的鋼琴曲，柔和舒適的旋律，夏筱筱覺得有點耳熟，但想不起來在哪聽過，回過神來的時候，看見表情早已回歸冷峻的蘇辰逸略微焦慮地站起身來走向了沙發。

怎麼回事？剛剛不是還好好的嗎？怎麼一下子就又變成之前那個小男人的模樣了？夏筱筱正滿心疑問呢，那優美的鋼琴曲在快要到高潮的時候戛然而止，然後是蘇辰逸故作鎮靜的嗓音：「喂，函韻。」

第 24 章
平行線也會相交

函韻？名字也這麼熟悉？難道是因為最近身體虛弱導致大腦都反應遲鈍了？感覺熟悉，但就是想不起來有什麼交集，夏筱筱一邊思索著，一邊機械地往嘴裡繼續送雞湯，根本沒有轉個彎去想此「函韻」就是那個電視臺的當家花旦梁函韻。

「嗯，在家裡休息呢……」此刻接著電話的蘇辰逸在轉身看了一眼夏筱筱之後便挪步到另一個房間，夏筱筱聽不見他說什麼了，卻在蘇辰逸身影消失的那一刻自以為聰明地恍然大悟道：「哦，是他女朋友吧？」

夏筱筱忽然感覺現在的處境又是搖擺不定的狀態了，自己還未證清白，又在一個並不熟悉的男人家裡，對方如果真的有女朋友，豈不是會引起誤會？想到這裡，她稍微放鬆的心情又焦灼起來，她想起那些網路上攻擊她的言論，想起他們被計程車司機趕下車，想起房東冷漠的言語，夏筱筱無心再將食物下嚥，扔下湯匙，轉身回到蘇辰逸給她臨時安排的房間，打開電腦，還沒來得及登入臉書，頭版新聞的頁面便彈了出來，一行醒目的標題映入眼簾：嫌疑犯夏某保釋後失聯，疑逃避責任躲藏起來。

夏筱筱握著滑鼠的手指僵硬得動彈不了，已經慢慢好轉的左手此刻又傳來隱約的疼痛，那不僅僅是手掌心的疼痛，而是只有她自己知道的

深刻提醒，她沒有殺人，沒有逃跑，只有這些身體上的傷痕和痛楚可以幫她作證，但，又有誰會相信呢？

夏筱筱顫抖著手點開那條新聞連結，她沒有看新聞內容，而是直接拉到評論處，幾萬條的評論，夏筱筱正要閱讀，一隻有力的大手忽然將她拉扯起來，猝不及防的夏筱筱差一點就撞到他身上了。用力拉住夏筱筱手臂的蘇辰逸正皺眉看著她，略帶生氣地問道：「讓妳好好喝雞湯，妳跑來看這些亂七八糟的東西做什麼？」

「我——」夏筱筱一時語塞，她看著蘇辰逸緊鎖住的眉頭和責怪的表情，千瘡百孔的心忽然瀰漫出大片大片的柔軟來，已經有多久了，沒人和她說話，沒人敢接近她，沒人相信她……但蘇辰逸卻在這個時候接住了她，讓她感受到了一絲溫暖和希望，人就是在身處絕境的時候容易被微小的細節感動，就好比現在。

「到客廳去！」蘇辰逸輕描淡寫又帶著命令的口吻讓夏筱筱無法拒絕，她繞過蘇辰逸，剛走兩步，又回過頭對著正在關電腦的蘇辰逸認真地說：「蘇醫生，謝謝你救了我，我會趕緊找住的地方，不會影響你的生活。」

蘇辰逸停住了手裡的動作，他想起了剛剛梁函韻的電話，她笑聲輕盈地和他聊著最近的事情，約著哪天出來吃飯，懷揣了心事的蘇辰逸小心翼翼地應對著，生怕她知道家裡住進來一個女人，而且還是之前被大家扣上緋聞女友帽子、現在又是殺人嫌疑犯的夏筱筱！他在掛了電話的那一刻還在想怎麼跟夏筱筱說，讓她聯絡朋友儘早離開這裡，以免生出更多誤會和麻煩。

但就在他回到客廳發現夏筱筱不見了，然後又在客房看見凝視電腦雙眼閃爍淚花的夏筱筱，本來想好要說的話忽然就變了，包括此刻，他

應該回答，好的，脫口而出的卻是：「不用著急，妳就先住我這裡吧，妳的事情，我也會盡力幫忙。」

夏筱筱默默地轉過身，眼淚差一點就滑落下來。

再來說剛剛打完電話給蘇辰逸的梁函韻，聰明的她，怎麼會沒有聽出來蘇辰逸的消極與怠慢，但她無論如何也沒有想到蘇辰逸會把夏筱筱帶回家裡，她只是猜測蘇辰逸的心還在游移狀態，還沒有完全回來，她拿著手機抵住下巴思索著，幾秒鐘後，好像忽然想到了什麼，露出了一絲不易察覺的笑容。

夜已深，沒有任何倦意的夏筱筱睜大眼睛看著天花板，她回想著剛剛蘇辰逸說的話，回想起那條醒目的新聞標題：嫌疑犯夏某保釋後失聯，疑逃避責任躲藏起來。是不是全天下的人都在尋找自己？包括沐澤和燕子？如果自己不出現，是不是就可以在這個溫暖的避風港一直待下去，不用再去經受那些風風雨雨？夏筱筱翻了個身，輕輕嘆了口氣，這樣的想法也就在她腦海裡曇花一現罷了，她怎麼可能，又怎麼可以讓朋友擔心，拋下奶奶不管呢？

於是夏筱筱索性掀開被子下了床，躡手躡腳地走到客廳，她想找找蘇辰逸家有沒有座機電話，然後先給沐澤和燕子報個平安。

但客廳太黑了，夏筱筱什麼也看不見，她不是撞著沙發把自己的膝蓋磕了，就是碰著櫃子發出巨大聲響，正當她摸摸索索的時候，一個飄忽詭異的聲音在身後響起：「妳在幹嘛？」

夏筱筱轉過身，看見一個模糊的輪廓在黑夜中散發著恐怖的氣息，而且那個輪廓正朝著自己的方向移動過來，夏筱筱的腦海中瞬間閃現出各種恐怖片和懸疑凶殺案的情節。

「啊……」一聲悽慘的喊叫打破了黑夜的寂靜。

「啪」，客廳的燈亮了，那個模糊的輪廓也變得清楚，他正穿著家居服睡眼惺忪地站在夏筱筱面前，一隻手放在客廳燈的開關上，一隻手叉著腰，一副要和夏筱筱算帳的表情。原來不是鬼，是蘇辰逸啊！夏筱筱這才意識到自己徹底惹怒了蘇辰逸，正準備繞過他逃跑，卻被他一把抓住按到牆上。

這場景似曾相識，高大的身軀，熟悉的味道，夏筱筱的心忍不住狂跳起來，她緊閉雙眼不敢看蘇辰逸，腦海裡閃現出在「三味粥屋」的情景，怎麼辦？要怎麼逃跑？他不會已經靠過來了吧？夏筱筱還沉浸在幻想中自娛自樂呢，沒想到被一記爆栗徹底彈醒，她噢的一聲捂住額頭，還沒來得及向蘇辰逸發出質問，就被對方搶先一步：「想什麼呢那麼陶醉？」

「沒……沒什麼啊……」想歪了的夏筱筱明顯心虛，回答得吞吞吐吐。

「真為妳的智商擔憂，說假話從來都會被第一時間看穿。」蘇辰逸頂著一頭炸起的亂髮毫不費力就揭穿了夏筱筱，看著她低頭轉動眼珠思索的樣子，蘇辰逸又無奈又好笑，他雙手環胸靠在牆上，接著道，「這大晚上的妳不睡覺在客廳扮女鬼不說，還把我吵醒，妳知不知道我可是要早起上班的人！」

夏筱筱轉頭看了一眼牆上的掛鐘，凌晨兩點四十八分，的確很晚了，她想起之前又上晚班又去兼職的自己，能多睡一會簡直就是人生一大美事，而現在蘇辰逸的心情，應該和她半夜回家剛睡著，忽然又被隔壁傳來的巨大音響聲吵醒的感覺一樣吧？

「對不起啊蘇醫生，我只是想打個電話，我的手機落在朋友家了，他們這麼久聯絡不到我，肯定會擔心，但我又不知道你家的電話在哪裡，所以 ——」夏筱筱咬住下唇歉疚地低下頭去。

　　蘇辰逸最見不得夏筱筱這個樣子，每次都是因為她的服軟示弱讓他改變了原本的態度和計畫，這次也是一樣，雖然他內心特別抗拒這樣的自己，但還是沒有辦法再對她說一句責備的話語，他索性將那頭炸起的頭髮揉得更亂，像是對夏筱筱說，又像是在對自己說：「真是拿妳沒辦法！」

　　他轉身進了自己的房間，夏筱筱以為他不想再去理會麻煩事一大堆的自己，正滿心失落地準備回房間，卻被「吱呀」的聲響拉住了腳步，夏筱筱抬起頭，看見再次打開房門走出來的蘇辰逸，他手裡握著一個白色手機，直接走到夏筱筱面前遞給她道：「這是我以前用過的舊手機，號碼也還沒消，繳了電話費就可以打電話了，這幾天妳先拿著用吧。」

　　本是兩條毫不相關的平行線，卻在相互行進中改變了方向，有了交集，那微妙的感覺開始在女孩的內心泛起星星點點的火花，細緻柔軟，像化開的糖一般透著清甜的味道。夏筱筱目不轉睛地注視著眼前這個高大堅實的身影，兩人眼神碰撞在一起，霎時間整個空氣中都瀰漫著不同尋常的氣息。

第 25 章
為何不與他一起面對？

　　清晨，不到七點，夏筱筱已經在廚房裡手腳不停地忙碌了，她的左手纏著紗布不能用，只能用右手湊合，沒辦法，誰叫她欠下蘇辰逸的人情，而且一會還有事相求呢！夏筱筱熟練地用一隻手分離開雞蛋殼，一份鮮嫩的荷包蛋便在鍋裡發出了嗞啦嗞啦的聲音，散發著陣陣香味。不一會，牛奶也熱好了，夏筱筱一邊將荷包蛋盛到盤子裡，一邊從微波爐裡拿出牛奶，當蘇辰逸打開房門的時候，整個屋子都瀰漫著濃濃的奶香味。

　　「妳在幹嘛？」蘇辰逸雙手插口袋走進廚房，看著將他視為空氣的夏筱筱，她哼著歌，得意洋洋地將香腸夾進麵包裡，然後放進烤箱，接著在等待加熱的過程中才轉過身看著蘇辰逸，無限溫柔地說：「我在幫你做早餐啊！看不出來嗎？」

　　蘇辰逸看著滿臉堆笑的夏筱筱一點也不意外，他配合著她的節奏，假裝感激地點點頭道：「哦，這樣啊。」然後迅速收起笑容，一語道破天機，「說吧，又有什麼事？」

　　這麼快就被看穿心思真的是一件很不爽的事情，但夏筱筱又沒辦法否認，這個方法可是她昨晚回房間費盡心思想出來的，不然人家憑什麼

要去理一個麻煩精呢？夏筱筱滿臉殷勤的笑逐漸演變成尷尬的笑，她抓著腦袋嘻嘻哈哈著。蘇辰逸看著傻子一般的夏筱筱充滿鄙夷，好在「叮」的一聲響，烤箱的提示音拯救了被狼狽包圍的夏筱筱。

「好了好了，可以吃早餐了！」夏筱筱趕緊轉身，打開烤箱，用夾子拿出麵包，擺放到桌上的盤子裡，然後看著站在原地不動的蘇辰逸，邀功般地跟他使眼色，意思是，怎麼樣？不錯吧？我對你夠好吧？

如果說每個人的生命當中都有一個剋星，那蘇辰逸的剋星一定是夏筱筱，要不然面對讓他那麼抓狂甚至咬牙切齒的夏筱筱，他為什麼就是無力應對呢？就像現在，他真的很想把她扔回房間讓她不要再出來礙眼，但一看見她那自以為聰明的小動作，就徹底沒了脾氣，連生氣的力氣都沒有了，後來蘇辰逸把這種情況總結為：我不和智商低的女人一般見識！

蘇辰逸坐定開始享用夏筱筱準備的早餐，夏筱筱見時機成熟，於是坐到蘇辰逸旁邊，單手托腮看著蘇辰逸，小心翼翼地說：「蘇醫生，其實我也沒什麼大事，就想著你去醫院能不能幫我看看我奶奶，順便把這個交給她。」夏筱筱將一封信推到蘇辰逸面前。

果然不出所料，蘇辰逸早已猜到幾分，他不接話也不看信，自顧自地繼續吃著早餐，夏筱筱看著他那副樣子八成是不想幫忙，想到這忙碌的一早上，再看他吃得津津有味的樣子，忽然就有一股無名火冒到胸口，但寄人籬下的她知道自己需要克制，於是只能憤恨地看著大口吞嚥食物的蘇辰逸，然後閉眼深呼吸。

蘇辰逸心裡的如意算盤總算又得逞了，他彎起嘴角偷笑著，在喝完最後一口牛奶的時候轉身看著正在喃喃自語的夏筱筱，只見她正咬著嘴唇，唸叨著：「克制！克制！」

　　噔的一聲巨響，夏筱筱的額頭傳來陣陣疼痛，睜開眼睛，看見剛剛又給了她一記爆栗的蘇辰逸正起身準備離開，而那封信還原封不動地放在桌子上。

　　「喂！好痛！你……你怎麼……」由於蘇辰逸剛剛用力過大，夏筱筱疼得齜牙咧嘴，說話也斷斷續續，就在她停頓的間隙，蘇辰逸忽然折返回來，俯下身看著她，慢悠悠地說：「我早就去看過妳奶奶了，而且還告訴她妳最近去外地出差不方便打電話，讓她不要擔心。」蘇辰逸直起身來，拿下巴指了指桌上的信封，繼續道，「那封信就暫時不給奶奶看了，以免節外生枝，我會時不時抽空過去把妳的情況告訴她的。」

　　夏筱筱呆愣在原地，不停地消化著剛剛蘇辰逸說過的話，已經去過了？什麼時候去的呢？他為什麼要這麼幫自己？難道？夏筱筱想起昨晚她和蘇辰逸眼神交會時產生的微妙感覺，突然間意識到了什麼，手捂住張開的嘴巴作驚訝狀，臉頰也不由自主地泛起了紅暈，難道他喜歡我？夏筱筱腦海中又出現了蘇辰逸那張臉，小心臟居然撲通撲通的，各種霸道總裁和灰姑娘的橋段在眼前飄過。

　　「哦，對了，以後早餐妳也不用準備了，我自己來就行。」一個遙遠的聲音繼續傳遞過來，已經收拾好準備出門的蘇辰逸還沒發現夏筱筱的異樣，一邊整理襯衫領口一邊跟她交代著，而夏筱筱聽到這句話後更是確定了之前的臆想，不由得笑開了花，扭捏著身子嬌聲道：「知道啦。」

　　可是已經飄上天的夏筱筱卻忘記了一句話：站得越高摔得越疼，接下來她就深刻體會到了摔下來那一刻的難堪，因為蘇辰逸在走到玄關處時補充了一句：「老做家事對妳的傷口恢復沒有好處，妳得趕緊好起來，才能盡快離開我這裡。」

　　一句話生生把夏筱筱拉回現實，原來不讓自己做家事，就是希望自

己早點離開，這才是真相啊！之前所有的設想全部推翻，夏筱筱點點頭大聲自嘲道：「對，得快點好起來然後離開這裡，以後可千萬不能再被一個人的長相蒙蔽雙眼。」

說話間，夏筱筱已經離開客廳走向房間，伴隨著「哐噹」的關門聲，蘇辰逸的身子也跟著顫抖了一下，怎麼了這是？他丈二金剛摸不到頭腦，嘴裡嘀咕著：「什麼意思嘛？神經兮兮！」

而氣呼呼回到房間的夏筱筱則在關上門的那一刻忽然意識到哪裡不太對勁，自己為什麼要生氣？本來就是要離開的，蘇辰逸沒有說錯啊！更何況他還是自己的救命恩人，還去看了奶奶！「完蛋了！」夏筱筱無比懊惱地拍著自己的腦袋，為什麼在做任何事情的時候都不考慮後果呢？想像著蘇辰逸晚上回家後的臉色，夏筱筱頓覺頭上一團陰霾緩緩地飄了過來。

「叮鈴鈴……」一陣清脆的鈴聲分散了夏筱筱的注意力，她仔細一聽，是蘇辰逸給她的手機發出的聲音，昨晚回到房間她就上網交了電話費，分別向沐澤和燕子發了簡訊，應該是他們兩個中的一個打來的，夏筱筱撲到床上拿開枕頭，手機螢幕上赫然地顯示著一串熟悉的電話號碼，是燕子！夏筱筱趕緊接起電話，還沒來得及說話，那邊已經傳來她熟悉的哀嚎聲：「夏筱筱妳個沒良心的！妳跑到哪裡去了？我還以為我再也見不到妳了，嗚嗚嗚嗚……」

燕子是個愛哭的女生，以前在速食店一起工作的時候，被客人投訴了、不小心劃破手了、和同事起衝突了，她都會吧嗒吧嗒掉眼淚，一開始夏筱筱還安慰她，後來次數多了就習慣了，而且夏筱筱還發現她很快就能陰轉晴。所以每次燕子哭的時候，夏筱筱都會在她旁邊扮鬼臉取笑她，但這一次，她一聽到燕子的哭聲，自己的眼眶也抑制不住地發熱，

泛起一層薄薄的霧來。

「燕子，我沒事，一直沒和你們聯絡，是因為我的手機不在身邊。」夏筱筱強忍住哽咽的聲音。

「沐澤都要急瘋了，他以為妳出什麼事了，這兩天每天都去妳以前的租屋處，去你們公司，去妳可能出現的任何地方找妳。」燕子漸漸克制住了抽泣的聲音。

「沐澤？」夏筱筱輕輕呢喃出那個名字，她想起那一晚他的模樣，他拚命想要抓住她和維護她，卻一次又一次被迫鬆開雙手，她之所以逃離並不是怪他不能保護自己，而是不想讓他因為自己受到更多傷害，但當她聽到燕子的描述後，忽然覺得自己離開也許並不是最好的決定，她應該留下來和他一起面對，不管結局是什麼。

夏筱筱深吸一口氣道：「我已經傳訊息了，他還沒回覆我，我再打個電話給他吧。」

而另一邊，尋找夏筱筱無果的沐澤早已喝得酩酊大醉，他斜身靠在沙發上，桌上的菸灰缸裡滿是菸頭，旁邊還有幾個倒下的酒瓶，放在手邊的手機不停發出嗡嗡的振動聲，但因為酒精已經陷入昏睡狀態的沐澤卻無動於衷。

第 26 章
生根發芽，長出了枝芽

「怎麼回事？怎麼不接電話呢？」夏筱筱一邊自言自語，一邊再次撥出沐澤的電話號碼。「您好，您所撥打的電話暫時無法接通。」在嘟嘟的幾聲之後，依然是那個機械化的女聲提示著夏筱筱。

夏筱筱咬住嘴唇，一種不好的預感漸漸湧上心頭，因為小時候對他父親的記憶，因為那一晚留在她心裡的陰影，夏筱筱想，沐澤和他媽媽該不會出什麼事了吧？而電話那邊留給人無限想像的忙音讓夏筱筱更加焦急，她左思右想不得安心，扔下手機便衝出了家門。

已經下了樓的夏筱筱忽然發現自己身上還穿著睡衣，覺得不妥又迅速折返回去按下電梯，但就在電梯叮的一聲響打開的時候，她才想起，自己沒有可換的衣服，衣服全在沐澤家，也沒有錢，更重要的是，蘇辰逸沒有給她房子的鑰匙，此時她沒辦法再進房門，連回去補救一下的希望都沒有。

夏筱筱伸出手一看，一隻手上還纏著紗布，一隻手上空空如也，剛才太著急，手機也沒拿，她再次斷了和外界的連繫。

「小姐，請問要上去嗎？」已經在電梯裡等了一會的男人不耐煩地詢問夏筱筱，回過神的她趕緊揮手道：「哦，不了，不好意思啊。」

　　覺得一切事情都糟糕透頂的夏筱筱轉身踱步走出大門，然後一屁股坐在路邊的臺階上，身旁路過的人們紛紛側目，敏感的夏筱筱趕緊低頭拿手遮住臉，她以為他們認出了幾乎每天都出現在新聞裡的自己，但其實路人只是在好奇這個女孩怎麼披頭散髮穿著睡衣坐在這裡。

　　「哎呀！怎麼辦！」夏筱筱抓亂了頭髮，抬頭看看天，太陽毒辣地照耀著每一個角落，這樣的情況，她是否能夠靠著步行去沐澤家找他？就算找到了，他家那群穿著黑衣的男人和沐振川是否會讓他們見面？答案無疑是否定的，連一點迴旋的餘地都沒有，夏筱筱無奈地把頭埋進了雙膝，嘴裡發生焦灼的呢喃：「怎麼辦……」

　　炙熱的陽光烤得夏筱筱焦熱難耐，她只能不情願地起身，乘坐電梯回到房間門口，現在應該還早吧？蘇辰逸什麼時候回來啊？夏筱筱和蘇辰逸認識以來，第一次那麼迫切地想要見到他。

　　無事可做的夏筱筱一會在房間門口走動，一會坐在樓梯間發呆，一會上下樓來回奔跑鍛鍊身體，最後，當太陽緩緩西斜，傍晚的彩霞染紅天邊的時候，等待了一天的夏筱筱終於疲累地靠著牆壁睡了過去。

　　叮，電梯門剛一打開，蘇辰逸就看見在樓梯口坐著的夏筱筱，她背對著他，頭輕輕倚靠在滿是灰塵的牆壁上，由於失去平衡，她的身體時不時往前搖晃著，但每當她的頭快要砸下去的時候，她都能迅速收回並且繼續靠在牆上。

　　她怎麼在這裡？不在家待著跑出來做什麼？難道是在等我回來？蘇辰逸一邊想一邊走向夏筱筱，他蹲在她跟前，看見睡得天昏地暗的夏筱筱嘴角上掛著口水，時不時還伸出舌頭舔兩下，本來微微泛起波瀾的心立刻被眼前這一幕摧殘得支離破碎，蘇辰逸站起身來，拿腳碰碰夏筱筱的腿，大聲喊道：「夏筱筱，喂，夏筱筱，醒醒！」

「沐澤呢？」夏筱筱忽地一下站起身來，一邊擦著嘴角的口水，一邊暈頭轉向地尋找著，轉了一圈回頭看見眼前站著的蘇辰逸，一下子像洩了氣的皮球，埋怨地對蘇辰逸說道，「你可算回來了，為什麼不給我一把鑰匙，害得我在這裡待了一天！」

蘇辰逸向來對夏筱筱的無厘頭採取忽略的態度，但此刻她興奮地喊著另外一個男人的名字，而見到他卻像霜打的茄子一般蔫了下去，讓他的心裡湧出一絲不爽，他拉住轉身準備回家的夏筱筱，冷冷地說道：「我為什麼要給妳鑰匙？這是妳家啊？想進就進，想出就出？」

已經清醒過來的夏筱筱看著蘇辰逸的樣子，又想起早上的摔門事件，她以為她之前的設想成真了，蘇辰逸這個愛記仇的男人果然耿耿於懷，要找碴，不過是自己錯在先，就不跟他鬥嘴了，於是低下頭小聲道歉：「對不起啊，蘇醫生，我不是故意的。」

她以為蘇辰逸能明白她的意思，但兩人根本就不在一個頻道上，而且一向跟他強硬爭辯的夏筱筱此刻的舉動讓他一下子撲了個空，本想借此機會好好宣洩一下的，但她卻早早認了輸，讓他準備的一大堆詞彙沒有了施展的地方。

呆愣間，夏筱筱已經走向了門口，她很著急，想回去看手機。兩秒鐘後回過神來的蘇辰逸有一種閃了腰的感覺，他走到門前拿鑰匙開門，腦海裡浮現出夏筱筱剛剛喊的那個名字：沐澤。

不是她的那個朋友嗎？那次在警察局見過的，記憶力很好的蘇辰逸很快想起了沐澤的樣子，同時具有敏銳觀察力的他也透過那天沐澤的眼神和行為判斷出，他一定喜歡夏筱筱。打開門的瞬間蘇辰逸側身打量了一下夏筱筱：一百六十五公分左右的身高，消瘦的身形，寬鬆的睡衣，披散的長髮有點蓬亂，在那張永遠都不施粉黛的臉上，除了一雙眼睛看

著有點靈氣以外，其他的一切都太過普通。

這樣大眾化的女孩也有人喜歡？蘇辰逸內心暗暗質疑，絕對是一時興起吧？肯定是這樣！蘇辰逸看著夏筱筱的眼神呆滯無神，還一個人若有所思地點著頭，這把正要去房間的夏筱筱嚇壞了。她放下了剛剛抬起的腳，等了很久也不見蘇辰逸說話，於是悄悄彎下身子，踮起腳尖，輕輕地逃離蘇辰逸的視線，一邊走還一邊自言自語著：「肯定是在想怎麼早點把我趕走！」

衝進房間，來不及多想的夏筱筱找到手機，一看螢幕，一百多個未接來電，全是沐澤的電話號碼，夏筱筱激動的眼淚都要出來了，她趕緊回撥過去，響了兩聲之後，沐澤焦急和欣喜並存的聲音傳來：「筱筱，是妳嗎？妳在哪裡？」

「是我，沐澤哥，我很好，你別擔心。」夏筱筱的聲音微微地顫抖，她平復了一下心情，繼續道：「我在 ——」她忽然又停住了，因為她不知道自己現在的具體地址，來蘇辰逸家幾天，除了樓下哪也沒去過，而且也沒有問過蘇辰逸，所以她說不出這是哪裡。

「城北區天一街名都雅城一百二十六號十八樓一八〇五號房。」還沒等夏筱筱去詢問，一個冰冷的聲音就在身後響起。原來，在夏筱筱衝向房間的時候，蘇辰逸也跟了過去，他目睹了夏筱筱看手機、打電話的全過程，從將她救回到今天，他從沒見過夏筱筱如此明顯的悲喜。

蘇辰逸忽然覺得很受傷，是那種被無視的傷，他沒有問過夏筱筱那一晚為什麼會躺在大街上，為什麼她心心念念的人沒有及時保護她，夏筱筱也從未提及，他以為他不在乎，卻在此刻如鯁在喉，他很想知道，一個救回她的男人以及他們共同生活過的地方，她就一點都不留戀嗎？

夏筱筱轉身看著蘇辰逸，他的雙手習慣性地放在褲子口袋裡，還沒

換下的白色襯衫扣子已經鬆開到胸口，褐色的碎髮有點長了，瀏海已經微微遮住了眼睛，雖然如此，夏筱筱還是從他的髮絲縫隙看到他拒人於千里的冷峻眼神。手握電話的夏筱筱一時間愣在了那裡，因為千變萬化的蘇辰逸實在讓她難以猜透，以至於電話那邊沐澤的問話她都沒有回答，她只是呆呆地站在那裡，探究地注視著蘇辰逸。

如果一個人的行為和情緒開始受到另一個人的影響，說明這個人已經悄悄地在你的心裡生根發芽，長出了枝芽，但有的時候自我的思想和外界各種干擾讓我們很難準確判斷內心的真實想法，於是我們就在這樣一條彎彎曲曲的道路上前進著，發現彼此的牽連，卻找不到牽連的點。

等有一天恍然大悟了，才發現想要抓住的那個人已經離我們越來越遠，遠到像是隔了千山萬水。

第 27 章

難以置信的感覺

「蘇醫生，你怎麼了？」和沐澤匆匆聊完電話的夏筱筱來到蘇辰逸面前，她看著他泛青的下巴和猜不出含義的眼睛，小心翼翼地發出疑問。

「高興啊！妳就要走了，不用再見到妳！」蘇辰逸從口袋裡抽出雙手交叉環在胸前，不冷不熱地說道。

本來夏筱筱還因為白天的摔門事件有一絲愧疚，但聽到蘇辰逸這麼一說，一股鬱悶很久的火氣直衝心窩，他還真是無時無刻都盼著自己走！不就是在他家待了幾天嗎？這麼不想見到她當初為什麼還要把她救回來？要不是沒辦法，她才不會去受這個窩囊氣！想到這裡，夏筱筱覺得是可忍孰不可忍，於是提高了嗓門喊道：「喂！你這小男人！不要以為你救了我就可以隨意羞辱我，你想讓我走你就直說！我不會死賴著你的！」

「到底是誰急著想走啊，那麼迫切告訴別人地址，一秒鐘都不想待的樣子！」兩個人都急於表達自己的觀點，以至於蘇辰逸沒有多想就吼出了這句話，整個房間都迴盪著陣陣餘音。

待到餘音消失時，夏筱筱和蘇辰逸都愣在了那裡。

原來，他是覺得她想離開而心生埋怨嗎？原來，他沒有嫌她煩嫌她添亂？那麼直白點說，就是他不想讓她走？夏筱筱不敢相信這樣的推

斷，她只是習慣性地張開了驚訝的嘴巴，就像中午一樣，同樣的想法也不由自主地冒了出來，他該不會真的……夏筱筱不敢輕易下定論了，因為她已經有過經驗，不想又一次慘摔。

不過已經占了百分之八十上風的夏筱筱此刻完全掌控了局面，她閉上嘴巴，換上滿臉的笑容，看著略微驚慌的蘇辰逸拉長聲調道：「哦，原來是這樣啊！某人是不想讓我走啊！」

「誰說的，我巴不得妳現在立刻打包走人！」被看穿心思後人往往會極力掩飾，說話的腔調和語速都會發生變化，就像此刻的蘇辰逸，雖然聲音很大，但明顯底氣不足，而他自己在話一出口也發現了這點，所以腦子一轉，脫口而出，「我是覺得，我和妳非親非故，幫了妳這麼多，妳不但不說感謝的話，只一心想著走，我不覺得心寒嗎？我居然幫了一個忘恩負義的人！」

蘇辰逸一邊說著，一邊假裝遺憾地搖頭嘆息，單純的夏筱筱完全相信了他的話，除了無奈地感慨果然不是她想的那樣以外，滿腦子都是那句流行語：他說的好對，我竟無言以對！

叮咚，就在蘇辰逸覺得快要掩飾不下去的時候，門鈴聲響了起來，夏筱筱嚇了一跳，才和沐澤打完電話不到五分鐘，他就趕來了嗎？從城南到城北，最少也要半個小時吧？夏筱筱和蘇辰逸走到玄關處，透過貓眼，看到一個化著精緻妝容的女子，她長髮披肩，有著微微上翹的丹鳳眼，長而密的睫毛因為忽閃的眼睛更加動人，她正按著門鈴，不時地張望著，等待有人來給她開門。

「原來不是沐澤啊。」夏筱筱一邊嘀咕著，一邊看著這張超級熟悉的臉。一秒之後，夏筱筱突然靈光閃現，像發現了新大陸一般對蘇辰逸喊道，「梁主播，這不是電視臺的當家花旦梁函韻嗎 —— 」還沒等她說完，

已經被蘇辰逸抓住衣領揪到房間裡去了，夏筱筱心裡無數個疑問無從問起，只覺得蘇辰逸以迅雷不及掩耳之勢將她塞進了衣櫃裡，臨關門時還加了一句：「不許出聲，我沒叫妳，妳不准出來！」

隨著哐噹一聲響，整個房間安靜了下來，夏筱筱在一片黑暗和狹窄的空間中咒罵著蘇辰逸：為什麼不讓出去？這裡面又悶又擠，待的時間長了會窒息的！真是狠心善變的小男人！夏筱筱挪動身體，盡量使自己保持一個舒服的姿勢，結果剛一轉身，推動房間門的聲音便響起了，高跟鞋清脆地敲擊著地板由遠而近，夏筱筱想起蘇辰逸命令般的話語，於是僵在那裡不敢再動，生怕發出半點聲響。

可是，此時她的身體是彆扭的，由於腳沒站穩失去平衡，所以上身一直處於微微顫抖的狀態，為了保持姿勢不變，夏筱筱伸手抓住衣架上的衣服，心裡默默祈禱他們趕緊離開這個房間。

而另一邊沒有打招呼直接登門的梁函韻則在幾天前就謀劃好了這個驚喜，那一晚她打完電話，察覺到蘇辰逸心不在焉，想著很久都不見蘇辰逸了，於是打算直接去家裡找他，順便為他準備一頓精緻的晚餐。她最了解蘇辰逸，就算他可能會暫時跑偏，但只要她稍稍一挽回，一切都會回歸最初的模樣，因為對蘇辰逸來說，梁函韻是他用整個青春愛過的珍貴女人。

進了門，梁函韻以為蘇辰逸會欣喜地給她一個大大的擁抱，卻沒想到蘇辰逸從打開門的那一刻就一臉恐慌和驚訝，他問梁函韻：「妳怎麼來了？」

梁函韻的熱情瞬間被澆滅了一半，那是從來都沒有感受過的疏遠和距離，但頗為任性要強的梁函韻不可能就此氣餒，她揚起嘴角笑容燦爛地看著蘇辰逸嬌嗔道：「怎麼，不歡迎我嗎？」蘇辰逸趕緊解釋著：「啊！不！是太高興了！」

梁函韻繞過蘇辰逸進入客廳，然後開始東張西望地參觀，蘇辰逸小心翼翼地跟在她後面，梁函韻一邊張望一邊自言自語：「不錯哦，和以前一樣，都沒變。」她推門進入了蘇辰逸的房間，像女主人一樣悠閒地轉了一圈退出來，然後直奔夏筱筱的房間。

蘇辰逸緊張得手心都冒出了汗，想上前去阻攔，但又怕被梁函韻看出異樣，只能在心裡默默禱告待在衣櫃裡的夏筱筱能夠爭氣一點。

於是就形成了之前那樣一個尷尬的狀態，梁函韻推門進入的時候，姿勢換了一半的夏筱筱騃地停在了那裡。

「這麼大的房子，你一個人住，是不是有點孤單？」梁函韻清脆悅耳的聲音響起，夏筱筱憋紅了臉，透過衣櫃的縫隙看見蘇辰逸站在梁函韻身後，他一邊言語支吾地應對著，一邊看向衣櫃，像是知道夏筱筱能看到他一般，拚命搖頭擠眼地給夏筱筱使眼色。

夏筱筱恨不得立刻衝出去，她累得腰都快折了，他居然還嫌不夠！剛剛還說不想讓她走，這會就讓一個舊傷未癒的病人受這樣的罪，男人的心變化真快！夏筱筱心裡罵著，身體還在努力支撐，就在她覺得快要堅持不住的時候，她忽然想起，在剛來蘇辰逸家的一個晚上，他躲開她接了一通電話，他對著麥克風喊著一個熟悉的名字：函韻。

函韻？不就是梁函韻嗎？同樣是神色微妙的變化，同樣是慌張和不安，和今天一模一樣！夏筱筱一下子想到了什麼，安靜的心臟驟然一縮，像是被人狠狠地捏了一把，隱約地蔓延開來，嵌進她的五臟六腑和流動的血液裡，讓她的呼吸都變得急促起來。這是怎麼了？我怎麼會有這樣的感覺？緊接而至的是巨大的不安，那種後知後覺和難以置信的不安，夏筱筱趕緊閉上眼睛告訴自己，這不可能，這絕對不可能！當她再次睜開眼睛的時候，聽見房間裡梁函韻柔情無限的聲音：「辰逸，好久不見了，我好想你。」

　　像做測試一般，夏筱筱豎起耳朵聽著她的每一句話，但那些濃情蜜意的情話還是像細細密密的針扎進夏筱筱的心窩，不是很痛，但卻瀰散著撕扯一般的不適，夏筱筱轉過頭，從縫隙裡看到梁函韻的身體慢慢靠近蘇辰逸，她一隻手輕輕地撫摸著蘇辰逸的頭髮、臉頰、脖頸；而蘇辰逸似乎也忘記了房間裡還有一個人，他伸手攬住了梁函韻的腰，眼神裡是夏筱筱從未見過的溫軟柔和，他慢慢俯下身去，梁函韻也期待地閉上了眼睛。

第 28 章
錯覺？錯覺！

　　咣噹一聲巨響，也許是夏筱筱實在支撐不住了，也許是她被眼前的一幕嚇呆了，就在蘇辰逸和梁函韻的嘴唇馬上要碰到一起的時候，夏筱筱手裡抓著的衣服從衣架上掉了下來，她彆扭的身體也因為回轉的力量狠狠撞在了衣櫃門上。

　　梁函韻和蘇辰逸的身體迅速分開，梁函韻一邊驚慌地整理頭髮，一邊看向衣櫃，然後質問蘇辰逸：「什麼聲音？」蘇辰逸趕緊一轉身擋住了梁函韻的視線，假裝鎮定地說道：「沒事沒事，可能是衣服掉了。」

　　他拉著梁函韻欲離開房間，卻被她甩開了手臂，從他的神色、說話的語氣和今天種種的表現來看，絕對不會是他描述的那麼簡單！梁函韻轉身向衣櫃處挪動腳步，夏筱筱看著她的身影向這邊緩緩移來，竟有一種要被捉姦的感覺，雖然她也不知道為什麼會冒出這樣的想法，但她的的確確覺得像做了什麼見不得人的事要被曝光了一般，於是在梁函韻往衣櫃處走的時候，夏筱筱趴下身子，把衣服大堆大堆地抱起來埋到自己頭上。

　　待衣櫃門打開，夏筱筱正頭上掛著 T 恤奮力地刨著衣服堆，可惜她的大半個身子還是露在外面，一束微光照在夏筱筱的臉上，她轉過頭，

對上的是那雙微微上翹的丹鳳眼，但不同的是，這雙眼睛透露出的再也不是風情萬種的嫵媚，而是熊熊燃燒的烈火！

蘇辰逸站在梁函韻身後，無奈地閉上眼睛，心想，這下完了！

「她是誰？」由於光線太昏暗，梁函韻並沒有看清眼前女生的臉，她盡量克制著自己的情緒不要像火山一樣隨時噴發出來。

「唉，她？她是——」蘇辰逸根本搪塞不過去，因為他平時幾乎不和女人打交道，他認識的女性朋友，梁函韻也都認識。

「妳給我出來！」梁函韻終於克制不住自己的憤怒，還沒等蘇辰逸給出一個合理的答案，她就伸手把拿衣服擋住臉的夏筱筱揪了出來，由於太過混亂，梁函韻抓住了夏筱筱受傷的左手，拉扯間夏筱筱疼得差點掉下眼淚來。

前一秒還因為一堆無法收拾的殘局大傷腦筋的蘇辰逸看到這一幕時，本能地上前一把拉開梁函韻，提高了嗓音道：「函韻妳冷靜點，她手上有傷！」

一句話使得三人無言，而此刻梁函韻也終於看清了夏筱筱的樣子，她先是驚訝，再是沉默，她就那樣看著眼前的夏筱筱，像是要將她穿胸刺骨一般，她的耳邊迴盪著蘇辰逸忠告的話語：妳冷靜點，她手上有傷。

梁函韻轉過頭瞪著眼神飄忽的蘇辰逸，不一會，她大大的眼睛裡溢滿了淚水，果然是她！但為什麼又是她？從什麼時候開始，你竟然為了這樣一個女人對我疏遠、吼叫？她又是什麼時候開始阻隔了我們原本的相處方式？梁函韻委屈的眼淚順著眼眶滑落下來。蘇辰逸抬頭，看見了梁函韻晶瑩剔透的淚花，他的心立即抽痛，他從來沒有見過她為他流淚，也不願見到，但是今天，她卻哭了。

蘇辰逸心疼地扶住梁函韻的肩膀，像之前一樣忘記了夏筱筱還站在

身旁，他如小孩一般顯得不知所措，一臉的無助茫然，感覺馬上要失去特別珍貴的玩具，他說：「對不起函韻，妳別哭，是我錯了。」

夏筱筱原本還在為他前一句的話語感動，但這一刻，她深刻地意識到，眼前這個美麗的女人對蘇辰逸來說多麼重要，她一哭，他的整個世界也跟著下雨了，她能牽動他的喜怒哀樂，而自己，只不過是一個微不足道的插曲，是他好心救回的病人，是他在偶爾情感空乏時候的慰藉，其實，她，什麼都不是。

夏筱筱轉過身，準備將空間留給他們，她相信蘇辰逸很快就能跟梁函韻解釋清楚，她不會久留，很快便會離開。

但，轉過身的夏筱筱腳步卻異常沉重，心臟被撕扯的感覺也再次襲來，夏筱筱捂住胸口，感受著那強而有力的跳動，她無法相信，也絕對不能相信！到底是哪裡出問題了？為什麼之前從來沒有過這樣的感覺？夏筱筱聽著身後嚶嚶的哭泣和蘇辰逸溫柔的安慰，覺得胸口悶得快要背過氣去了，她趕緊加快了步伐，迅速逃離了那間瀰漫著微妙情緒的房間。

夏筱筱衝到客廳，因為緊張和焦慮，她的臉頰緋紅，額頭也滲出了細密的汗珠，她不停地用手給自己搧著風，一邊搧一邊深呼吸，企圖讓自己冷靜下來，但無論她怎麼做心理暗示，都無法阻止狂跳的心臟和後背冒出的虛汗，夏筱筱索性跑到廚房，打開冰箱，拿出一瓶冷藏的礦泉水一飲而下，似乎好多了，夏筱筱覺得快要竄到喉嚨的火氣被澆滅了一些，於是又拿出了一瓶。

喝完第四瓶的時候，夏筱筱感覺食道連著胃泛起一絲酸澀，肚子也被撐成了一個皮球，她想打嗝，卻在剛剛吸氣的時候一股冰涼湧入嘴裡，她強忍住，趕緊衝進廁所狂吐起來。

　　胃裡的冰水吐乾淨了，渾身的燥熱也退去了，夏筱筱好像又找回了曾經的感覺，她坐在馬桶旁邊想：也沒什麼啊，我就說嘛，我怎麼會對他有那種感覺？她回想起蘇辰逸救她回來，為她買睡衣，幫她煲湯，替她看望奶奶……一定是對他心存感激吧？所以才會有那樣的錯覺。夏筱筱努力整理著自己的心情，那一刻，她想，她肯定是不能留在這裡了，不管怎麼樣，她都不能影響他的生活啊！

　　「叮咚。」門鈴聲再次響起，夏筱筱回過神來，她起身來到門口，看見貓眼裡有兩個熟悉的身影，是沐澤和燕子。夏筱筱正要開門，蘇辰逸和梁函韻也從房間裡走了出來，她轉過身，看見蘇辰逸低頭躲避著她的眼睛，而梁函韻則站到她面前挑釁地說道：「辰逸都跟我解釋清楚了，是我誤會了，抱歉了夏小姐。」夏筱筱迎著梁函韻強勢凌厲的目光微微一笑，輕聲道：「沒關係的。」

　　夏筱筱說得淡然輕鬆，像是在說一件和自己毫無關係的事情，蘇辰逸抬起頭，卻沒有看到她的表情——她已經轉過身去開門了，剛剛跟梁函韻保證的事情此刻在他心裡左右搖擺，梁函韻問：她什麼時候走？蘇辰逸答：就這兩天吧。

　　幾個懷揣不同心事的人就這樣見面了，夏筱筱打開門，滿臉憔悴的沐澤已經無法抑制激動的心情，他一個箭步衝進房間，當著蘇辰逸的面將夏筱筱擁入懷中，顫抖的聲音不停地呼喊著她的名字，他的手臂狠狠地環住她瘦弱的身體，勒得她快要喘不上來氣了，但她無法推開他，因為他幾乎使出了全身的力氣。

　　「你們好好敘敘舊，我要去送函韻回家了。」蘇辰逸的話語裡明顯透露著一股酸酸的味道，看著眼前的這一幕，他想起了在警察局那天，他和沐澤拉扯著夏筱筱，彰顯著身為男人的傲氣，但那天完全是氣勢上

的博弈，而今天，這種也想把她從那個男人懷裡拉出來的感覺，又是什麼呢？

　　蘇辰逸討厭如此優柔寡斷的自己，他抓住梁函韻的手走出了門，走了幾步又停下，丟下一句：「今晚我會很晚回來，妳不用等我。」

第 29 章
再借兩小時

出了社區大門的蘇辰逸鬆開了梁函韻的手，他思慮半天，最終還是停下腳步對梁函韻說：「對不起函韻，我不能送妳回家了，讓艾倫來接妳吧。」

蘇辰逸的眼神依然飄忽，但語氣卻斬釘截鐵，梁函韻不敢相信自己的耳朵，剛剛不是還和自己保證會盡快和那個女人斷了一切連繫嗎？這下子心卻還留在那間房子裡！因為期望和現實的大相逕庭讓她難以接受，所以她頗有些氣急敗壞，但她不能發作，因為她知道那樣就是徹底認輸，所以她極力壓制著內心暗湧的怒氣，臉上擠出一絲笑容說道：「沒關係，我自己可以回家，你不用擔心我，去處理你的事情吧，我相信你可以盡快處理好。」

蘇辰逸沒有接梁函韻的話，他只是微微皺了一下眉，然後輕聲回道：「很晚了，快回家吧！」

梁函韻的自尊心再次受到挫敗，她的手緊緊攥在一起，嘴巴動了動，想說什麼，但最終沒有開口，過了一會，她憤怒地轉過身離去，留下蘇辰逸修長的身影在斑駁的夜景裡孤獨佇立。

而此刻久別重逢的幾個人卻沒有過多地注意其他的事情，只有燕

子，環視著裝修精緻的房間，手摸著厚實細膩的真皮沙發，嘴裡感嘆道：「我還以為妳在哪個地方吃苦呢，沒想到是在享福啊！」

正在替兩人泡咖啡的夏筱筱望著滿臉羨慕的燕子回擊道：「妳還嫌我吃的苦不夠多嗎？」燕子想了想，居然沒心沒肺地回答：「能遇到蘇辰逸這樣帥的男人，吃點苦也是值得的！」說話間，夏筱筱已經拿著泡好的咖啡坐到沙發上，一杯遞給沐澤，一杯拿到燕子面前，她正要伸手接，夏筱筱卻收回手，低頭抿了一口，然後看著石化一般的燕子道：「我可不願意吃這樣的苦！」

坐在一旁的沐澤本來還心有不安，聽到夏筱筱這句話後便放心不少，但他還是很好奇：他們是怎麼遇到的？這期間都發生了什麼？現在的夏筱筱是要繼續借住在這裡，還是去別的地方？這些問題擾亂著沐澤的思緒，以至於太過於出神連夏筱筱喊他都沒聽到，等他回過神來，整理了一下心情，索性問筱筱：「妳和蘇辰逸——」

「是他救了我，就在那晚，我因為失血過多暈倒在街上，遇到晚回家的蘇醫生，他幫我叫了救護車，把我送到醫院，後來又因為我無家可歸讓我暫時住在他家。」還沒等沐澤問完，夏筱筱就一口氣回答了他的問題，她不想觸及更加敏感的話題，因為她剛剛才整理好自己的情緒。

沐澤點點頭，繼續問：「那妳打算怎麼辦？要繼續住在這裡還是找間房子？」

「我還沒想好。」夏筱筱如實回答，因為她不知道以她現在的身分，能不能租到房子。沐澤一下便看出了夏筱筱的顧慮，他笑了笑，輕輕拍拍她的肩膀道：「妳放心，一切很快會水落石出的，昨天張律師打電話給我，說現在警方已經掌握了大量證據證明妳無罪，只是現在害怕影響案情進展沒有公開，再等等，一切都會好的。」

　　「什麼？」夏筱筱不可置信地看著沐澤，她以為她聽錯了，但沐澤卻笑意盈盈地再次點頭確定，夏筱筱的眼睛霎時充滿淚水，她像一條久未見到陽光的魚，終於感受到烏雲過後漸漸顯現的藍天。

　　「那就是說，筱筱馬上又可以回電臺上班了？」燕子也因為突然到來的好消息而高興，她湊到夏筱筱身旁挽住她的手臂，兩個人笑作一團，沐澤也在旁邊露出了久違的笑容。夜色漸濃，天一街名都雅城高層的窗戶上映襯著不停晃動的快樂身影，微黃的燈光瀰漫著美好而又溫馨的味道。

　　晚上零點，沐澤和燕子準備離開，說要晚回來的蘇辰逸果然還不見蹤影，夏筱筱下意識地看了一眼時鐘，這個動作被剛跨出門的沐澤捕捉到，雖然之前夏筱筱已經澄清了她和蘇辰逸之間完全是恩人和報答者的關係，但他還是有些擔心，於是轉身對夏筱筱說：「筱筱，妳放心，我很快會幫妳找到房子，這兩天就先委屈妳一下了。」

　　「啊？哦！不用了沐澤哥，我自己找吧！」話一出口，連夏筱筱都覺得她和沐澤一下拉開了距離。一方面，她是出於大腦聽到這句話的第一反應做出的回應；另一方面，她是真的不想再給任何人添麻煩，沐澤，燕子，包括蘇辰逸，他們為她做的太多了，以後她要自力更生，不能永遠躲在別人的庇護下生活。

　　然而，沐澤卻不這麼認為，他解讀出來的就是夏筱筱大腦第一反應傳達出的意思，那種微妙的、悄然發酵的心緒讓他瞬間覺得緊張和不安，他趕緊不由分說地強調道：「不！這幾天妳好好休息，我來找！」

　　送走了沐澤和燕子，夏筱筱已經有了些許倦意，想到蘇辰逸臨出門時說的話，又想起他和梁函韻手牽手的樣子，夏筱筱覺得的確是沒有必要再等他了，人家還不知道去哪裡甜蜜了呢！她伸了個懶腰，踱步去洗手間刷牙洗臉，但總覺得心有不安，想著要不要打個電話給他，思量

間，漱口杯裡的水已經溢了出來，流在她手上，夏筱筱索性放下杯子，跑到房間找出電話，播出了蘇辰逸的號碼。

那邊一直是嘟嘟嘟的忙音，電話無人接聽，打了幾次的夏筱筱生氣地放下電話，嘴裡嘀咕著：「不接拉倒，不管你了！」

洗漱完的筱筱蒙頭便睡，睡了一會覺得喘不上氣來，又掀開被子翻了個身，幾經輾轉還是睡不著，她又打開手機看時間，已經是凌晨兩點了，可是蘇辰逸連個訊息也不回給她，看來真的是怕人打擾他們！但為什麼這麼擔心他呢？夏筱筱覺得渾身焦躁的熱又開始蔓延了，她起身來到廚房，拿起一瓶冰水咕咚咕咚喝了下去，感覺好多了，然後又徘徊到客廳，坐了一會，又躺下，不一會，她便迷迷糊糊地睡了過去。

夢裡恍惚聽見有人拿鑰匙開門，夏筱筱欲爬起來，卻覺得渾身痠痛，嗓子也乾澀得難受，她掙扎了幾下沒醒過來，耳朵卻能聽見腳步漸漸靠近她的聲音，她努力伸展手指，試圖翻身、踢腿，都沒有成功。正當她被夢魘壓迫得難受的時候，一雙強而有力的臂膀將她橫抱起來，就像那晚她躺在大街上一樣，不同的是，那一晚她沒有意識，而現在，她能感受到他寬厚的胸膛，能聞到他身上的古龍香水的味道，能聽到他均勻的呼吸和心臟的跳動。自然而然的，她醒了過來，睜開雙眼看著微弱月光下蘇辰逸的臉，而蘇辰逸也感受到一雙清亮目光的注視，他的心微微一動，手一鬆，夏筱筱便結結實實地摔到了地上。

這一次蘇辰逸沒來得及伸手去接，以至於夏筱筱的慘叫聲幾乎可以將整棟樓的人都吵醒。蘇辰逸趕緊開燈，然後伸手摀住了夏筱筱的嘴巴，夏筱筱嘰哩呱啦地打掉蘇辰逸的手，在地板上翻滾了幾圈後才平靜下來，她摸著屁股，啞著嗓子對蘇辰逸吼道：「你這個小男人！想讓我變成殘廢啊你！」

　　此時的蘇辰逸聽著夏筱筱的公鴨嗓，看著她誇張的表情，覺得她太小題大做了，為了罵自己，嗓子都喊啞了，於是也毫不留情地回擊道：「那可不敢！妳要是再受傷，我還得花時間照顧妳，我可不想自找麻煩！」

　　夏筱筱揉屁股的動作停了下來，她轉頭看看鐘錶，凌晨四點二十七分。因為擔心他，所以不停打電話給他；為了抑制內心的慌亂而不停喝著冰水，冰涼的刺激導致聲帶受損說話都困難了，但這種種的一切換來的卻是他一句讓人心寒的風涼話！夏筱筱咬住了嘴唇，反正遲早是要走的，這一次就爭口氣！我夏筱筱沒有你也能活下去！

　　想到這裡，夏筱筱站起身來，看著蘇辰逸的眼睛，一字一頓地說道：「蘇醫生，再借你家房子兩小時，天一亮我馬上就走。」

第 30 章
即使要分開，也不是這樣的方式

　　蘇辰逸也在氣頭上，他想起昨晚已經走到門口了，但聽到房子裡傳出的歡聲笑語，頓時覺得自己太多餘，只好轉身下了樓，無處可去的他先是開著車去海邊吹了會風，然後又在街上閒逛了一圈，本來看著時間差不多家裡的人也該走了，卻在路過晨海綜合醫院的時候踩下了煞車。前幾天去看過筱筱奶奶，老人家許久不曾見到孫女，非常掛念，雖然蘇辰逸一直跟老人說夏筱筱去外地出差了，但看得出來老人還是有點擔心。要不再去陪她說說話？思量了一小會的蘇辰逸下了車，為了不讓老人看出什麼破綻，他把手機也調成了靜音，這就是為什麼他沒有接到夏筱筱電話的原因。

　　但此刻，他還沒有說出緣由，只是和她開了一個玩笑，她便如此大肆咆哮，還拿走人來威脅他！蘇辰逸也不甘示弱，他雙手環胸，點著頭道：「好啊，隨便妳，妳想去哪去哪！反正妳已經找到妳的好朋友了，也不用我再操心！」

　　說罷，蘇辰逸便轉身進了自己的房間，然後哐噹一聲關上了房門。

　　清晨，陽光透過落地窗簾的縫隙照耀到蘇辰逸臉上，他的鬧鐘一直在響，但翻了幾個身的蘇辰逸卻沒有反應，直到他的手機鈴聲響了起

來，那是一段粗獷的交響音樂，蘇辰逸喜歡給不同的人設置不同的手機鈴聲，這樣方便他分辨到底是誰打來的電話。

在一早上鬧鈴的轟炸下都沒能睜開眼睛的蘇辰逸此刻卻像聽到定時炸彈一般，一個激靈翻起身來，看看牆上的掛鐘，十點十分！他已經遲到一個小時十分鐘了，聽著不停加快速度的交響樂鈴聲，蘇辰逸無奈地拍拍腦門，然後接起電話：「喂，董事長。」

「你為什麼不來上班？」那邊是蘇安和已經壓制了怒火的聲音。

「對不起，我今天身體不太舒服。」蘇辰逸的聲音裡盡是疲憊。

「身體不舒服？那為什麼不提前請假？你知道這樣給其他員工造成了什麼影響嗎？他們會說因為你是我的兒子 ——」

「對不起董事長，是我錯了，您就按規定處罰吧，這兩天我想休假，等身體好了再上班。」還沒等蘇安和教訓完，蘇辰逸便打斷了他，因為他知道蘇安和要說什麼，這二十多年，他一直聽著那幾句訓語，他總是要緊繃著一根弦生活，如果稍有鬆懈，就會成為給蘇安和抹黑的敗家富二代。

那邊的蘇安和還在喋喋不休地訓斥著，蘇辰逸卻拿遠了電話，最後索性放到床頭，任由蘇安和去發洩怒火，而就在他坐在床上想著下一秒該做什麼的時候，腦海中忽然閃現出凌晨夏筱筱跟他說的那句話：「再借你家房子兩小時，天一亮我馬上就走。」

當時的他並沒有在意那句話的分量，以為就是兩人吵架時脫口而出的氣話，但此刻，他隱隱有不好的預感，夏筱筱是那種看似柔弱，但骨子裡卻倔強剛烈的女生，她說出的話，一般都不是危言聳聽。想到這裡，蘇辰逸的內心瀰漫出一絲不安，他三兩下套上家居服，然後衝出了臥室。

　　客廳裡空無一人，安靜得像是不曾有人來過一般，明亮乾淨的地板和擺放整齊的物件顯示有人剛剛打掃過，而窗戶邊輕輕搖晃的吊椅和已經略微刺眼的陽光卻昭示著一絲落寞淒涼。她已經走了嗎？此刻的場景分明給他這樣的提示，蘇辰逸慢慢走到夏筱筱房間門口，他先是把耳朵貼在房門上，沒有聽到任何動靜，然後又試著輕輕敲了敲門，裡面仍然寂靜如初。

　　蘇辰逸有點沉不住氣了，他一邊加大敲門的力度一邊呼喊著夏筱筱的名字，在得到和之前一樣的回應之後，他索性按下了門把手。

　　房間門沒有鎖，蘇辰逸推門而入的那一刻，忽然有一種跌入深淵的寂寞感。被子整齊地疊放著，窗簾拉開了一半，簾角隨著微風輕輕晃動。床頭櫃上她喝過的水杯、不久前吃過的藥都已經消失，而在窗邊的書桌前，放著那部他給她的白色舊手機。

　　她果然還是走了。蘇辰逸坐到書桌前，看著眼前的手機，忽然想起，她到他家來的這幾天，他連一件出門穿的衣服都沒買給她，除了在樓下超商買的簡單日用品，她每天都穿著那套睡衣在家裡徘徊，如果要換洗，就穿上蘇辰逸誇張的短褲和大 T 恤。

　　她是不是又穿著那身衣服出門了？她的朋友有來接她嗎？以後她再也不用聽他刻薄的話語，也算是一種解脫吧！蘇辰逸自嘲地笑了笑，既然是本就該分道揚鑣的人，又生出這樣多的感慨和擔心實在不應該。於是他起身將手機扔進抽屜準備離開，但就在他剛剛轉過身的時候，抽屜裡卻傳來微弱的音樂聲，蘇辰逸仔細一聽，是手機鈴聲！

　　難道是夏筱筱打來的？蘇辰逸第一反應便是夏筱筱走丟了或者被騙了找他來求助了，他趕緊拉開抽屜拿出手機，卻看到一個不想看到的名字：沐澤。

　　他打電話來做什麼？人都已經接走了，還要來炫耀嗎？蘇辰逸接起電話，口氣頗為強硬地問：「有事嗎？」那邊的人彷彿受到了一點驚嚇，在沉默數秒後才反問：「怎麼是你？」

　　蘇辰逸覺得這樣的問話很可笑，他在自己的家裡，用自己的手機接電話，不是他還能是誰？他清了清喉嚨回道：「這是我的手機，不然你想是誰？」

　　「筱筱呢？」沐澤的聲音透露著隱隱的焦慮。

　　「筱筱？夏筱筱？她——」蘇辰逸正要回答「她不是和你們在一起嗎」，忽然間發覺事情不太對勁，既然沐澤打電話尋找夏筱筱，那就證明他不知道夏筱筱已經離開，也就是說，夏筱筱並沒有去和沐澤他們會和，而是一個人不知去了哪裡！

　　想到這裡，蘇辰逸大腦好似短路一般暫時失去了思考能力，他聽著電話那端的逼問，卻沒有辦法回應，握著電話的手也緩緩滑落下來，為什麼？就因為自己說的那幾句話嗎？夏筱筱，妳還是那樣執拗，但不同的是，那時的我對妳是厭煩，現在的我居然是心疼。

　　蘇辰逸退坐到床邊，雙手交握抵住額頭，想著這段時間發生的種種事情，覺得他的大腦已經趨於飽和狀態了，他不想再去思考、猶豫、痛苦！但有一種叫做條件反射的東西，它不會管你想不想要，願不願意承受，都會強行侵入你身體的每一個細胞。

　　所以這一切造成的後果就是他不斷發現一些他自己不敢相信的事實，就好比現在，他經歷了從對她的埋怨到對自己自責的過程，前面還想著：為什麼要為她擔心？她是你什麼人？是她不懂得感恩好嗎？但下一秒立刻去想：為什麼要對她發火？為什麼總是欺負她？為什麼要說出傷害她的話？

　　最後的最後，蘇辰逸心裡有了一個定論，那就是，的確是他把她氣走了，所以他要把她找回來，即使最後兩個人要分開，也不能是這樣的方式。

　　理清思緒的蘇辰逸立刻換好衣服拿了車鑰匙出門，憑藉他對夏筱筱的了解，她應該就在附近，因為她身上沒有錢，手機也沒帶，肯定走不了多遠。蘇辰逸先是在社區裡打聽，然後又在社區周圍尋找，但均沒有夏筱筱的消息，他只好又從車庫取了車，沿著社區向城南緩慢駕駛。

　　一路上，只要看見背影和夏筱筱相似的女孩，蘇辰逸就會停車下去看，但每次都遭遇了從欣喜到失望的過程。他從城北開車到城南，又從城南到城西，把整個晨海市幾乎都找遍了，還是沒能見到夏筱筱的蹤影。

　　晚上七點，已經筋疲力盡的蘇辰逸回到社區，這一天，他體會到了什麼叫做患得患失，為了一個女人費心費力他不是沒有做過，但曾經的他不怕傷害和拒絕，因為那時的他認為可以等，可以用真心去感動對方，但現在，他害怕，害怕付出的東西付諸東流，就像今天，努力了，換來的還是虛無。

　　心情糟糕透頂的蘇辰逸不想坐電梯，他開始爬樓梯，一步一步，一層一層，直到大汗淋漓，直到腿腳痠軟，十八樓，他一口氣便爬了時十七層，太累了，他停下腳步休息了一會，然後又抬腳往上走。

　　就在他從十七樓樓梯轉角處轉過去的時候，一個人影映入他的眼簾，她坐在十八樓最高處的臺階上，穿著男式誇張的短褲和 T 恤，像上次一樣，靠著牆壁閉著眼睛睡著了，但和上次不同的是，她的眉頭輕蹙，像是被無數心事纏繞著。

第 31 章

我在這裡，我會陪著妳

　　蘇辰逸的內心像個裝滿佐料的五味瓶，酸甜苦辣鹹各種滋味一起湧出，幾秒鐘後，他分明感覺到一種失而復得的甜膩在心裡占了上風，他不由自主地抬起腳踏上樓梯，一點一點靠近正在睡夢中的夏筱筱。

　　蘇辰逸沒有刻意放輕腳步，他本以為聽見聲響的夏筱筱會醒過來，會看見勞累奔波去尋找她的自己，然後會感動落淚。但自始至終，夏筱筱都保持著一個姿勢不變，像是在做無聲的抗議，也像是在昭示著她的倔強和原則。

　　正俯下身要叫醒夏筱筱的蘇辰逸突然停住了動作，心靈深處另外那個自我、剛硬的小人冒了出來，他對蘇辰逸說：她憑什麼這樣對你？你可是曾經救過她的人？蘇辰逸默默點頭，對啊，從什麼時候開始，對於眼前這個人的喜怒哀樂，他開始那麼在意了？

　　小人說：你不要忘了，你愛著的，是一個叫梁函韻的女人。

　　那隻溫柔的大手本要撫摸女孩的頭髮，卻在近在咫尺的時候忽然停止，但他又捨不得收回，於是就那樣懸在半空，最終，還是默默地垂了下去。

　　蘇辰逸直起身子，輕輕喊了夏筱筱的名字，雖然聲音小，但這樣的

距離足以讓她聽到，但夏筱筱沒有任何回應，這讓心緒本來就複雜的蘇辰逸十分惱火，他提高了嗓門喊道：「夏筱筱！」

除了樓梯間的回音外，夏筱筱似一尊雕像般沒有聲息，蘇辰逸忍無可忍，衝過去抓住她的手臂，試圖將她拉起來，卻在用力的過程中感覺到下墜的力量遠遠超過了他的預期，她的身子隨著拉扯的力量傾斜下來，蘇辰逸意識到什麼，趕緊坐到她旁邊，擋住了她的身體，她的頭無力地靠在了他的肩頭上。一陣溫熱的氣息襲來，蘇辰逸轉過頭，騰出一隻手摸了摸夏筱筱的額頭，已經灼熱到燙手了，原來她不是假裝不理他，也不是在和他賭氣，而是生病了！愣了兩秒鐘的蘇辰逸瞬間忘記了所有的隔閡和猜忌，他起身去打開了家門，然後抱著夏筱筱衝進了自己的臥室。

「怎麼搞的！一天到晚亂跑！生病了也不知道好好在家待著！」將夏筱筱放到床上的蘇辰逸一邊皺眉抱怨，一邊拿出體溫計夾到她腋下，幫她蓋上被子，然後去洗手間拿了毛巾包好冰塊敷在她額頭上。正當他起身準備去幫夏筱筱接熱水時，身後傳來夏筱筱痛苦的呻吟：「不舒服……喉嚨好痛……」

蘇辰逸轉身，看見她翻身拿被子蒙住了頭，輾轉了幾下才恢復平靜，蘇辰逸伸手幫她把被子蓋好，又將她的手也放了進去，然後坐在床邊看著滿臉倦容的夏筱筱。剛剛在樓梯間的行為和之前說過的話讓他無比自責，如果不是他，筱筱不會離家出走，也不會生病，更何況，在他的內心深處，根本就不希望她離開。

「對不起，是我錯了，妳快點好起來好不好？」蘇辰逸輕聲呢喃著，生怕大聲了會連自己都嚇壞，為什麼會如此心疼？心疼到想要代替她承受那些病痛？在他已經規劃好的人生裡，這是絕對不可能發生的事情。

夏筱筱妳這個刁蠻自私的女人，為何要攪亂我的生活，一點一點啃噬我的情感，讓我無處可逃？

　　蘇辰逸輕輕坐到床邊，聽著偌大的房間裡均勻的呼吸聲，他的那隻大手又不受控制地抬了起來，他想要幫她撥去額前的頭髮，想要輕撫她的臉頰，但在手剛一觸到她頭髮的時候又縮回來，心裡另外一個他又跳了出來，質問他：你知道你在做什麼嗎？他點頭，知道，又搖頭，不知道。

　　「如果你的心已確定改變，那麼就請你面對；如果你還沒想好，就不要去傷害無辜的女孩。」

　　大手再次垂下，是啊，他還沒有資格，因為他無法理清雜亂的情感，蘇辰逸默默起身，站立一會，又轉身幫夏筱筱拉了拉被子，然後抬腳準備離開。

　　「咳咳咳……」一陣強烈的咳嗽聲拉住了蘇辰逸的腳步，就那麼一瞬間，他再次忘記了那些煩心的事情，轉身伏在床邊，一隻手伸到夏筱筱後背，幫她輕拍。直到咳嗽停止，他才緩緩抽出手臂，生怕動作太大將她弄醒，但偏偏她就在此刻睜開了惺忪的睡眼，於是蘇辰逸半摟著夏筱筱的動作便停住了。

　　兩人雙目交會，時間靜止。

　　「是你嗎？」過了一會，睡眼迷離的夏筱筱夢囈般地擠出三個字，然後期待地看著眼前的男人，男人卻不敢出聲回答，因為他害怕，害怕她問的那個人不是自己，而是別人。

　　「我知道是你，蘇辰逸。」夏筱筱忽然虛弱地笑了，伸手撫摸蘇辰逸的臉頰。蘇辰逸聽到她喊自己的名字，感受到她小手的細膩，那些隱忍的情感和防備再也無法抑制，這是第一次，夏筱筱喊他的名字，也是

第一次，和她有這樣溫柔的肢體接觸，他的心臟像是被電流擊中一般忽快忽慢，眼眶也漸漸發熱，他將另一隻大手覆蓋到她的小手上，輕聲回答：「是我，我在這裡，我會陪著妳。」

「對不起，又要拖累你了，但我想不到別的去處了，在大街上走不動路的時候第一個想起的人就是你，我也不知道為什麼，決定離開的時候居然覺得心痛和不捨，但我知道我必須要走了，因為我不能再影響你的生活。」夏筱筱的聲音變得硬咽，眼淚也順著臉頰悄然滑落，蒼白的嘴唇微微顫抖，蘇辰逸本以為是因為爭吵賭氣的離別，卻有著另外的隱情。

原來女孩害怕將他原本陽光燦爛的生活打亂，害怕影響他和梁函韻的感情，更加害怕，他會牽連到自己的事件中受到傷害。

蘇辰逸終於在這一刻讀懂了夏筱筱的良苦用心，他一邊伸手幫她拭去淚水，一邊含著淚輕聲責罵：「傻瓜！」

夏筱筱閉上眼睛，感受著如此溫暖美好的時刻，她分不清楚這是夢境還是現實，如果是夢，那她永遠都不想再醒來了，他說的話，他的懷抱，他的手掌，那樣真實，那樣柔軟！如果醒來，這一切都會幻化成灰吧？就像每次在夢裡和爸爸媽媽重逢，但醒來以後卻是極度的失落和空乏。

夏筱筱再次握住蘇辰逸的手，然後將它貼在臉上，生怕一鬆手身邊的人就會消失，蘇辰逸也配合地俯下身，將頭放在床邊，近距離看著眼前的女孩，她已經重新閉上了眼睛，呼吸漸漸變得厚重，但她握著他手的力度卻沒有改變。

蘇辰逸看著夏筱筱長而濃密的睫毛，看著她乾澀小巧的嘴巴，本來就起伏不定的心臟忽然加速地跳動起來，他居然覺得眼前的人特別好看，她雖沒有柳眉小臉，但卻清新單純，沒有經過任何雕琢的臉頰真實

155

秀雅，無數個和她相遇過的瞬間在腦海中閃過，蘇辰逸的眼神漸漸迷離，他緩緩靠近夏筱筱，感受著她溫熱的鼻息，尋找著她的嘴唇，他的鼻子已經觸碰到她的臉頰。

「好冷……」一聲輕微的呢喃嚇得蘇辰逸差點坐到地上，但因為他還保持著半摟的姿勢，所以趕緊回歸到了原位，心跳還沒有減緩，臉頰也跟著熱辣辣地燙起來，他看了一眼睡夢中的女孩，心裡感嘆多虧她沒有看見自己狼狽的樣子。

蘇辰逸調整了一下情緒，然後輕輕抽出手臂和手掌，他幫筱筱看了體溫計，又給她換了溼毛巾，然後脫掉外套躺在了她旁邊，他感覺到她的身體不時在顫抖，於是將她擁入懷中，用自己的體溫來溫暖她。

她太瘦了，嵌在蘇辰逸的懷裡幾乎找不到了，蘇辰逸雙手環住她的肩膀，下巴抵住她的額頭，她顫抖的身體漸漸恢復平靜，而他卻再也沒有鬆開雙手。

第二部分

直到後來的後來，

蘇辰逸一個人站在大海邊，

回憶起當時的場景：

夏筱筱的眼淚，

那句愚蠢至極的安慰，

他還是會陷入無限的自責當中。

第 32 章
有些人，生來就是糾纏在一起的

「啊！」一聲淒厲的慘叫讓整個樓層都在顫動，還處在睡眠狀態的蘇辰逸已經被裹緊被子的夏筱筱踹到了地板上，後背的疼痛讓他突然清醒過來，一下從地板上跳起來，指著瘋狂喊叫的夏筱筱喝斥道：「夏筱筱，妳幹嘛？」

夏筱筱的喊聲太大，蘇辰逸的聲音就像蚊子一樣淹沒在了她的聲波中。

蘇辰逸沒辦法，只得跳到床上，忍著被拳打腳踢的疼痛伸手捂住夏筱筱的嘴巴說道：「別喊了，讓鄰居聽到了還以為我把妳怎麼了！」

夏筱筱沒有停止喊叫，聲音雖然在蘇辰逸的干擾下小了很多，但她的手也沒閒著，摸索著蘇辰逸的臉，由於手短，摸索了半天也沒抓到，只好調整了身體，然後一把按在蘇辰逸臉上，兩根手指伸進了蘇辰逸的鼻孔裡。

「夏筱筱，我跟妳沒完！」又是一次樓層的震動，只不過喊叫聲換成了男人。

蘇辰逸痛得齜牙咧嘴，捂住夏筱筱的手也鬆開來，夏筱筱趁機從床上跳下去，然後開門衝了出去，蘇辰逸不知道她要去哪裡，便跟著她出

了臥室，結果看見夏筱筱直接去了廚房，蘇辰逸頓時覺得一陣涼氣漫過，她要幹嘛？該不會是拿刀去了吧？正想著，夏筱筱舉著一口平底鍋跑了出來。

「你這個色狼，你別過來，不然別怪我不客氣！」夏筱筱把平底鍋對準蘇辰逸警告著，腳下卻控制不住地往後輕挪。

本來還很生氣的蘇辰逸看到這一幕便徹底沒了脾氣，還以為她能放個多大的招呢！他在心裡竊笑著，臉上卻故意裝出一副淫魔的表情，往前一步用胸口抵住了夏筱筱手裡的平底鍋，正當他準備繼續靠近的時候，夏筱筱混合著哭腔的尖利聲音響起：「你別以為我好欺負，再過來我真的要打人了！」

蘇辰逸強忍住笑，低頭看著夏筱筱問：「打人？就妳？用這個東西嗎？」一邊說著一邊從夏筱筱手裡奪平底鍋，夏筱筱死命抱住不放手，兩人從廚房門口拉扯到客廳，最終，夏筱筱還是敵不過蘇辰逸強壯的手臂，敗下陣來。

蘇辰逸好久沒有見過夏筱筱如此屈服害怕的樣子，內心的成就感呼呼上漲，他將平底鍋放好，然後抓住想要逃跑的夏筱筱，將她按到牆上，就像上次在「三味粥屋」一樣，把她圈在雙臂中間，然後歪起嘴角壞壞一笑，一點一點探下頭去。

既然妳說我是色狼，那我就妳給你看囉。

而此刻的夏筱筱已經完全失去了反抗能力，在這個只有他們兩人的房子裡，如果蘇辰逸想要對她不軌，那她再怎麼掙扎也是徒勞的，所以她只能側著頭緊閉雙眼，手指狠狠地摳著牆壁，以此來表明她最後的立場。

蘇辰逸近距離看著眼前的女孩，被她可愛的樣子逗得忍俊不禁，終於「噗哧」一下笑出聲來，溫熱的氣息噴到夏筱筱臉上，夏筱筱睜開眼

睛，看見已經笑得直不起腰的蘇辰逸。

夏筱筱心裡湧上一絲莫名的失落，但這失落很快就被氣憤代替了，因為蘇辰逸的笑聲越來越大，邊笑邊指著夏筱筱說道：「夏筱筱，妳，妳說我是色狼，那妳也要看看妳的樣子，我怎麼可能色妳？妳在我眼裡哪是女人？拜託妳先檢查一下自己的衣服再施展暴力好不好？」

夏筱筱氣得臉紅脖子粗，那種似乎要被人重視卻又被嘲弄的感覺讓她覺得無地自容，而且此刻，她的窘相還被蘇辰逸這個小男人盡收眼底，夏筱筱漲紅了臉，低頭看了看身上的衣服，的確是昨天早上出門的那一身，但她不想就這樣被蘇辰逸壓制住，於是張口大聲質問：「那剛剛起床，你怎麼和我睡在一起，而且還──」

夏筱筱腦海中閃過那個場景，窗外的陽光透過窗簾的縫隙照射到房間裡，她睜開眼睛，發現自己居然陷在某人寬闊的胸膛裡，她的身體被一雙結實的手臂緊緊環住，她抬頭，看見一個如雕刻般男子的容顏。

「還怎麼樣啊？」蘇辰逸看著夏筱筱那因為怒氣漲紅的臉頰慢慢轉變為羞怯的緋紅，故意繞著語調逼問她。

「就那樣啊！」夏筱筱頗有些氣急敗壞，難道他不知道自己在說什麼？難道他要讓女孩子來說破嗎？

「就哪樣啊？」調皮的蘇辰逸緊追著夏筱筱不停閃躲的眼睛，沒有一絲放鬆，彷彿要將她的心理防線徹底擊垮。

而此刻的夏筱筱也的確快要招架不住，她不敢和蘇辰逸的眼睛對視，因為她害怕有太多隱忍的情感被他獲悉，但他的咄咄相逼，又讓她無處可釋放的尷尬、羞澀、緊張和憤怒全部堆積到胸口，從而氣息不暢、痛苦不堪，終於，在蘇辰逸漸漸靠近的身影當中，夏筱筱忍無可忍，她必須要給自己找一個出口，不然就要被蘇辰逸徹底逼瘋了。

「呼」的一聲，夏筱筱伸手狠狠摟住了蘇辰逸的脖子，然後大喊一聲：「就是這樣啊！」

時間在這一刻彷彿凝結住了，蘇辰逸沒有想到夏筱筱會突然抱住他，這出乎意料的動作讓他的大腦出現短暫的空白，身體也僵硬了，而夏筱筱在幾秒鐘之後才一個激靈回過神來，她迅速鬆開手臂，然後在心裡狠狠搧了自己幾耳光，太丟人了！她恨不得一頭撞死在對面的牆壁上，這樣她就永遠不會有這樣屈辱的記憶了！為了掩飾尷尬，她一邊手足無措地撥弄著頭髮，一邊笑著打哈哈：「我就是給你做個演示，你想不起來了，我提醒你嘛。」

「是嗎夏筱筱？但我還是想不起來，怎麼辦？」蘇辰逸賤兮兮地攤開雙手裝無辜，內心早已溢滿了甜蜜。

那種要被逼上梁山的感覺又回來了，夏筱筱不停地在心裡警告自己，要克制，克制！但要怎麼克制？她轉身看見廚房的冰箱，然後衝過去拉開門，裡面空空如也，她這才想起，為了澆滅那些悄然萌生的情愫，她已經把礦泉水都喝完了，到現在喉嚨還有火燒火燎的感覺，就是因為這樣才生病的啊！夏筱筱默默唸叨著，這所有的一切像一枝紅色的記號筆，再一次點明和加重了她本身想要躲避的東西，這使她更加焦慮不安起來，因為她知道，她和他，只是偏離了方向的平行線，偶爾相交，但終歸是要回到各自軌道的，更何況，他心裡有喜歡的女人。

想到這裡，夏筱筱「呼」的一聲關上了冰箱門，轉身氣呼呼地來到蘇辰逸面前，雙手叉腰說道：「喂，你別自以為是！也不要誤會，我對你沒有別的意思，你不是我喜歡的類型！」

本來還洋洋得意的蘇辰逸聽到這話立刻像被放了氣的氣球，但還是存著一絲希望，他問：「什麼？那妳喜歡什麼類型的？那個叫什麼沐澤的

那種，是妳喜歡的類型？」

夏筱筱像是抓住了一根救命稻草，頭點得像波浪鼓：「對對，沐澤哥脾氣好，人也長得帥，當然人見人愛了。」

蘇辰逸立刻暴跳如雷：「長得帥？妳什麼眼光啊夏筱筱！我看妳也就這水準了，多虧妳沒喜歡我，真是萬幸，我也不可能對妳有任何想法，我說了在我眼裡妳不是女人，我昨晚之所以和妳睡在一起，是因為妳拉著我不讓我走，讓我陪妳，一把鼻涕一把眼淚的！妳這個人還真是健忘，一覺起來就什麼都不記得了，我就是心地太善良了，但我現在真後悔，後悔對一個忘恩負義的女人給予同情。」

蘇辰逸青筋暴起，唾沫橫飛，一口氣罵完，然後頭也不回地走進臥室關上了門。

暴風雨過去的平靜，留下的卻是無限的空虛和不安，隔著一張門板，男人和女人各自懷揣了心事。男人責怪女人忘記了昨晚所有的事情，留他一個人深陷未知莫名的情感當中；女人則害怕那些一直轉移、壓抑、試圖忘記的感覺非但沒有離開，反而會越來越深刻！他們都不知道這條路的終點會在哪裡，也不知道走到何時就會分道揚鑣，所以只能裝傻、疏離。

他們本以為，只要不去觸碰，這所有的一切就會不留痕跡地消失，也以為，可以透過內心的意志將其改變。殊不知，有些感情，有些人，生來就是要糾纏在一起的，哪怕結局是兩敗俱傷，它也不會放過你一絲一毫。

第 33 章

嗯，喜歡！

　　下午一點，夏筱筱的肚子無數次發出「咕咕」的抗議聲，躺在床上的她輾轉反側，不停掙扎，出去找吃的？萬一碰到小男人怎麼辦？想起他那張臭臉就來氣！不吃了？人是鐵飯是鋼，更何況自己還是個大病初癒的人，不吃東西怎麼可以？

　　「哎呀煩死了！」夏筱筱一頭翻起來，狠狠地甩了甩頭髮，心裡鼓勵自己，怕什麼！大不了再和他吵一架吧！然後氣勢洶洶地下了床，結果打開門的時候立刻縮了脖子，躡手躡腳起來。

　　客廳沒人，夏筱筱心裡竊喜，蘇辰逸臥室的房門也是緊閉的，猜想睡著了吧，夏筱筱一邊想著一邊輕輕挪到廚房，打開冰箱的冷凍室，裡面有蘇辰逸從超市買回來的微波食品，只要一熱就可以吃了，夏筱筱嚥下一口口水，感覺肚子已經迫不及待要和食物融合了，她把餐點放到微波爐裡，剛要按下加熱鍵，刺耳的門鈴聲驟然響起。

　　夏筱筱嚇得腳下不穩，差點滑倒，她像一個偷東西未遂的小偷，撒開腿就往臥室跑，不巧的是，她還沒打開臥室房門，蘇辰逸已經出來了，於是夏筱筱只好苦笑著轉過身，看著將她視為空氣的蘇辰逸，自說自話地笑道：「我就出來轉轉，在房間裡悶得太久了。」

　　蘇辰逸從她身邊走過，直接去了玄關處，連眼睛都沒有斜視一下，夏筱筱呆呆地愣在那裡，過了一會才猛然反應過來，對著蘇辰逸的背影拳打腳踢，待他回過身來，夏筱筱又立刻換上那張笑得比哭還難看的臉，直到蘇辰逸再次狠狠摔上房門。

　　傻笑了一會的夏筱筱忽然覺得哪裡不太對勁，仔細一聽，門鈴還在響，而蘇辰逸剛剛去玄關處看了卻沒有開門！真是個陰晴不定、行為詭異的小男人！夏筱筱一邊咒罵，一邊好奇地挪到玄關處，低頭一看，貓眼裡晃動的人影居然是沐澤，她思考了幾秒便恍然大悟，難怪他不願意開門，因為是比他長得帥的男人啊！

　　而此刻躲在臥室的蘇辰逸早就一改冷臉的狀態，他半蹲著身子，把耳朵貼在門上，努力地聽著門外的動靜，但因為門的隔音效果太好，門外的聲響幾乎全部演變為了嗡嗡聲，不甘心的蘇辰逸輕輕轉開臥室門，透過狹窄的一條縫隙悄悄往外窺視。

　　他看見進門後的沐澤雙手扶住了夏筱筱的肩膀，然後上下打量著她，而夏筱筱居然沒有躲，蘇辰逸之前還沒消的火氣又冒了出來，這個女人！和一個僅僅是朋友的男人靠這麼近，一點都不矜持！蘇辰逸正咬牙呢，又聽門外的男人說：「打電話給妳是蘇辰逸接的，然後就一直聯絡不上妳，我還以為妳出什麼事了！」

　　蘇辰逸差點破門而出，什麼意思？難道是我把夏筱筱藏起來了嗎？他強忍住心中的怒火，繼續聽他們接下來的對話。

　　夏筱筱：沒事，昨天身體有點不舒服，所以就早早休息了。

　　沐澤：身體不舒服？現在怎麼樣了？還難受嗎？

　　夏筱筱：已經好多了，多虧了蘇醫生照顧。

　　本還想著一會如何刁難夏筱筱的蘇辰逸聽到這句話忽然就樂開了

花，他更加好奇下面沐澤會說什麼，於是身高一百八十五公分的他打算換個姿勢偷窺，但卻忘記了頭上有個大大的門把手，他就那樣一邊傻樂著一邊起身，結果「哐噹」一下，一聲慘叫便傳了出來。

正在說話的沐澤和夏筱筱聽到動靜便齊刷刷地看向了蘇辰逸的臥室門，不一會，只見沒關嚴實的門自動打開了一半，一個捂住頭面目猙獰的男人坐在地上，他好半天才晃徘徊悠地爬起來，看見門外兩雙訝異的眼睛，頓覺形象大失，便假裝若無其事地躕蹀出來左看看右瞧瞧，然後乾笑兩聲說：「我就出來轉轉，在房間裡悶得太久了。」

「蘇醫生。」沐澤喊住了即將溜掉的蘇辰逸。

蘇辰逸頭部傳來陣陣疼痛，但還要佯裝鎮靜地笑著問：「有事嗎？」

「我要和筱筱出去吃飯，不知你是否願意和我們——」沐澤本想客套地邀請一下蘇辰逸，卻沒想到夏筱筱忽然跳到他前面打斷他，然後替蘇辰逸做主：「他不去，蘇醫生很忙的。」

蘇辰逸又要忍不住發作了，但他一想到之前的尷尬場面，便強行克制情緒，冷笑著點頭道：「對，我沒空，我還有很多事要忙，不過某人，就打算這身裝扮出去吃飯？」蘇辰逸挑釁地看著夏筱筱那不合身的男人裝，見縫插針地對她冷嘲熱諷。

「沒事，我會帶她去買。」像是昭告主權一般，沐澤聽似平和的話語裡帶著強勢，噎得蘇辰逸啞口無言。

哐噹一聲，房門關上了，今天，蘇辰逸是要和這個臥室門過不去了。

但隨著遠離的腳步聲和漸漸安靜的房間，蘇辰逸的心變得焦躁起來，他在確定他們已經離開之後打開房門，看著空空如也的客廳，一種挫敗和失落疊加的感覺湧上心頭，挫敗是因為嫉妒，而失落，則是他早

就計劃好晚上帶她去吃頓大餐，然後替她買幾件漂亮的衣服，但這一切，已被另一個男人取代。

蘇辰逸走進廚房，打算隨便找點吃的，近一天沒有吃東西的他此刻也覺得填飽肚子是正事，結果當他拿著餐點打開微波爐的時候，便看見了夏筱筱留下的傑作，他忽然就笑了，這個迷糊又邋遢的女人，既然不想被他發現，就應該銷毀證據啊！哦不對，她是個連謊都不會撒的人，哪裡能有這樣高的智商？恍悟的蘇辰逸搖搖頭關上了微波爐。

夜晚，海邊。吃飽喝足的夏筱筱踏著海浪，嘴裡哼著輕快的曲調，身後跟著淺笑的沐澤，好久沒有這樣輕鬆的時刻了，也好久沒有和筱筱單獨見過面，一瞬間，沐澤有種恍若隔世的感覺。他看著夏筱筱一會踩著海水，一會蹲下玩海砂，像個沒長大的孩子，他多想這條路能夠一直延續到海那端的地平線，這樣就可以永遠跟在她身後，看著她笑，感受她所有的喜怒哀樂。

「沐澤哥，你快來看，這裡有發光的寶石！」夏筱筱興奮的聲音拉回了沐澤的思緒，他湊到她跟前，看到夏筱筱的腳邊有一圈螢光色的藍點閃閃發亮，它們像是有靈性一般，隨著海浪的拍打，不停撲向夏筱筱的腳踝，連她的臉都被映射得熠熠生輝。

「真美！」夏筱筱咯咯地笑著，然後拿出手機保留珍貴一刻。沐澤看到她驚奇的樣子不禁失笑，正要告訴她這就是傳說中的藍眼淚，她卻在拍好照片後補上一句：「回去給那個小男人看看，他一定沒見過！」

沐澤的世界開始搖晃，即將倒塌。

在這樣的時刻，她想到的人，居然是蘇辰逸！他雖然覺察到她和蘇辰逸之間的微妙情感，但他一直都不願意承認，他以為那是他太過敏感，庸人自擾，卻不想其實是在自欺欺人。

「筱筱，妳喜歡他，對吧？」沐澤思索良久，終於還是問出了這個問題。

女孩的笑容剎那凝固，她的腦海中浮現出蘇辰逸的臉，那胸口的煩悶再次襲來，她想要大口喝冷藏礦泉水。

原來，這個問題從旁人的嘴巴裡問出來，答案居然那樣清晰，連一點逃避和改變的可能都沒有，就好比今晚，她之所以不願和蘇辰逸一起出來，是想借此機會轉移注意力，把堆積許久無處安放的感情釋放。

但此刻她覺得，這一切，已成定局。

夏筱筱垂下手，眨著眼睛，乾澀的嘴巴輕輕張合，良久，一個聲音緩緩發出：「嗯，喜歡。」

第 34 章

等待是最卑微的煎熬

　　回程的路上少了來時的歡樂，他們都在各自的困擾中掙扎，沐澤無法接受夏筱筱的答案，而夏筱筱則因為面對了內心更加擔心，她不知道是要繼續向前還是就此打住。

　　十二點，社區樓下，夏筱筱和沐澤說了再見便轉身上樓，剛走了一步，身後便傳來沐澤平靜的聲音：「筱筱，我不會放棄的。」

　　不知該如何回答，也不知該如何面對這個和自己從小一起長大的哥哥，她承認，在蘇辰逸沒有進入她的生活之前，他是她最依賴的人，但她從沒有因為他有過劇烈心跳的感覺，也沒有因為他寢食難安過。

　　那種依賴，是對朋友、對親人的信任，絕對不是愛情。

　　夏筱筱害怕說出傷害他的話，但又不得不說，因為她不能讓他白白浪費時間，於是她轉過身笑著對沐澤說：「沐澤哥，我們是一輩子的家人，你一定會找到一個好女孩的。」

　　比起這樣的決絕，他更希望她能欺騙他，哪怕一下下。

　　拖延的腿不肯用力氣，走到家門口了夏筱筱還在躊躇要不要進去，進去後怎麼面對蘇辰逸？自己喜歡他的事該不會被他發現吧？正想著，門忽地被推開了，「哐噹」一聲，夏筱筱的臉和門板來了個親密接觸，

她只覺得頭上飛來了一圈星星，還帶著聲音，片刻才回過神來，她看著一臉無辜的蘇辰逸正要發作，忽然想起今晚和沐澤的對話，便收起了脾氣，揉著臉從他身邊走過，進了房間。

而另一邊的蘇辰逸其實一直都在等夏筱筱，他先在窗戶邊閒晃，又看電視打發時間，最後索性守在玄關處看貓眼，當他百無聊賴的時候，夏筱筱穿了新衣服的身影出現在門口，蘇辰逸仔細觀察了一下她的衣服，帶著小圓點的長袖雪紡襯衫，褲子和鞋看不到，他想等她進門後好好嘲笑她的新衣服，但她卻心事重重地思考著什麼，遲遲不肯開門。

索性，蘇辰逸把門推開了。

於是就有了剛剛那一幕，但令蘇辰逸沒有想到的是，夏筱筱居然沒有發飆，要是以前，她早就跳起來和他吵架了，但今晚她卻平靜得有些異常，這讓蘇辰逸感到巨大的不安，他轉身看著夏筱筱的背影喊道：「夏筱筱，剛剛在門口站著不進門幹嘛呢？」

「沒幹嘛啊。」輕描淡寫的一句，沒有任何有效資訊。

蘇辰逸明顯感覺到夏筱筱不想和他聊天，但他又想知道她為什麼這樣，所以就沒話找話：「這就是沐澤買給妳的衣服嗎？誰挑的？真難看！」說完後哈哈大笑，卻看見夏筱筱轉過身鄙夷地看著他，他也覺得似乎很無趣，就收起了笑容。

夏筱筱往臥室挪步了，蘇辰逸的手機忽然響了起來，他看著螢幕上顯示著梁函韻的名字，也沒多想，就故意炫耀般地大聲接電話：「函韻，是我，對對，不忙，這麼晚打電話怎麼了？」

命運總是喜歡和人開玩笑，她讓你在心裡裝下一個人，然後又會想盡一切辦法讓他離開。

蘇辰逸臉上的表情漸漸發生了變化，他的眉頭皺成了一個「川」

字，過了一會，他對電話那端的人說：「妳在哪裡？我馬上過去！」

迅速換了衣服，拿了車鑰匙，蘇辰逸都沒有和呆立在臥室門邊的夏筱筱打招呼，就打開門衝了出去。

房間安靜得可以聽見鐘錶的滴答聲，吊椅的晃動聲，以及一種叫做心痛的聲音，它在空氣裡肆意竄動、碎裂，然後散落在房間的各個角落。夏筱筱的眼淚就要下來了，但她告訴自己，不能哭，這不就是妳想要的結果嗎？他和心愛的人在一起才能快樂，妳絕對不能阻止他的幸福！

夏筱筱扔下手裡的包，踱步到蘇辰逸的臥室，她想起昨天清晨，她和他就是在這個房間醒來，她清楚地記得他的樣子，還有他身上的氣息，有這一切，足矣！她深吸了一口氣，準備離開，卻在轉身的一刻被什麼東西晃了一下眼睛，她循著那光亮看去，發現蘇辰逸床頭櫃的檯燈上綁著一枚戒指，那枚戒指的款式雖然有些老舊了，但成色和品質絕對一流。夏筱筱淚眼朦朧，伸手拿過戒指一看，果然，上面寫著：1999年，爸媽，筱筱想你們。

戒指怎麼會在這裡？本來以為它丟了，她也問過沐澤有沒有在他家見過一枚鑽戒，沐澤認真地把家裡找了一遍，都沒發現。

這是上帝冥冥之中的安排，還是又一次不懷好意的玩笑？

而那邊已經開車在路上的蘇辰逸一邊加大油門，一邊發語音給梁函韻：「我馬上就到了，妳不要亂跑，等我！」梁函韻聽完並沒有回覆，只是微微一笑，她看了看時間，距離她給蘇辰逸打電話還不到五分鐘，一切，還是原樣，不曾改變。

蘇辰逸的車開到步行街停下，然後下車一路小跑到一家叫做「如果」的咖啡店，隔著玻璃，他看見正在悄悄抹眼淚的梁函韻，她穿了一件米

色休閒長裙，外搭黑色小皮衣，長髮披肩，一如多年前的樣子。蘇辰逸的心忽然就變得柔軟起來，那些關於青春的記憶湧上心頭：他幫她買早餐，他幫她抄筆記，他和她一起放學回家，他們一起逃課去海邊……那些在他的生命中是占了很大比重的，所以一個小石子就能激起層層波瀾。

這是他的軟肋，他知道，梁函韻也知道。

推門進入咖啡店，在梁函韻對面坐定，蘇辰逸才小心翼翼地問：「函韻，妳沒事吧？」

聽到這關切溫柔的聲音，梁函韻越發抽泣起來，手摀住臉肩膀不停聳動，蘇辰逸起身坐到她旁邊，剛一抬手搭在她肩膀上，梁函韻便一轉身伏進了蘇辰逸懷裡。

二十分鐘前，梁函韻在電話裡告訴蘇辰逸，她和艾倫分手了。

原本最為期待的消息，卻讓他此刻感覺到了負擔，因為在他得知這個消息和見到梁函韻的過程中，他總是會有意無意地想起夏筱筱，她睡了嗎？會不會等他回家？蘇辰逸不知道是該高興還是難過，他似乎陷入了兩難的境地，習慣上，只要梁函韻受傷流淚他都會第一時間出現在她身邊，而感覺上，他不再只被梁函韻一人牽動神經，他的心裡多了一個若隱若現的人，她時不時就會出現在他腦海中，分散著他的注意力。

沒有等到蘇辰逸有力臂膀的梁函韻自信心頃刻碎成渣，本來胸有成竹的她一下亂了方寸，她仰起頭，看著滿臉愁容的蘇辰逸，索性湊過臉去親吻他，卻在馬上要得逞的時候將回過神的蘇辰逸嚇得縮了身子，於是，兩人就靜默在了那裡，蘇辰逸是後知後覺的驚訝，梁函韻卻是徹底失去的覺悟。

她不能再這樣矜持，否則連一點迴旋的餘地都沒有了，雖然這是她

極度不願意去承認的事實。

「辰逸，我好難過，你不要離開我好不好？」再次摟住蘇辰逸的脖子，眼淚也順勢下滑。蘇辰逸對於剛剛自己的行為也有一點歉疚，因為在以前，能和梁函韻手牽手都是莫大的幸福，但他卻在這一刻無意識地閃躲，他連自己都不懂自己了。

「辰逸……我什麼都沒有了……只有你……」梁函韻斷斷續續地哭訴，這讓本來就搖擺不定的蘇辰逸模糊了心意，他終於伸手環住了她的身體，然後拍著她的肩膀，輕聲安慰道：「別害怕，有我在。」

凌晨，坐在沙發上看電視的夏筱筱表情呆滯，電視裡演著一對笨蛋好友一起去探險，然後從雪山上滾下來的搞怪畫面，本應是捧腹大笑的情節，夏筱筱卻落了眼淚，原來，等待是最卑微的煎熬。

她關了電視走到窗前，看著萬家燈火早已熄滅，而自己卻捨不得關上心裡這盞燈，她不怪他不回來，只怪自己太貪心，感受過他的好，就想擁有他的人，但，這怎麼可能？

手裡緊緊攥著那枚戒指，那些巧合也許只是她一廂情願的臆想，他是一場美麗的煙火，出現在她生命中，雖然美輪美奐，卻短暫異常。

夏筱筱閉上眼睛，眼淚長流，命運的繩子將兩個人連在一起，卻又鬆開，只有一人痛徹心扉。

第 35 章

她的快樂，他從未參與

天色漸亮，蘇辰逸透過車窗看著天邊的啟明星輕微嘆息，他的左肩上靠著的是熟睡的梁函韻，她緊緊抓著他的手臂，眼角的淚痕在他的衣服上留下一個小小的印子。

想要叫醒她，於心不忍，但如果就這樣下去也不是個辦法，蘇辰逸拿出手機看了看，連一條訊息都沒有，他有點沉不住氣了，側頭輕聲呼喊梁函韻的名字：「函韻……」見對方沒有回應，便又加重語氣，「函韻！」

明明已經聽到蘇辰逸的聲音，但梁函韻就是不願意睜開眼睛，她只是撒嬌般地蹭了蹭頭，然後更緊地挽住了蘇辰逸的手臂。

「函韻，醒醒，我送妳回家吧！」見梁函韻沒有醒來之意，蘇辰逸索性拿另一隻手扶起了她的臉頰，這下，梁函韻只能無奈起身，她雖一百個不情願，但還是假裝驚訝道：「天都亮了？對不起啊辰逸，耽誤了你這麼長時間。」

蘇辰逸想著另一端的事情，無暇顧及其他，只是敷衍地笑笑說：「沒事，妳回去再好好休息。」

放下梁函韻，蘇辰逸便加大油門飛似的離開了。梁函韻一直看著車

173

影消失在晨光中，緊緊地捏住了拳頭，毋庸置疑，蘇辰逸的心裡已經有了夏筱筱，那種莫名牽掛的心情，旁人看得一清二楚，而他自己可能還不自知。

梁函韻的指甲嵌進了手心裡，眼淚也忍不住湧出眼眶，那個說過要一直陪伴她左右的人，她怎麼可能輕易放棄？

六點十分，蘇辰逸打開房門，他習慣性地看向客廳，卻忘了看腳下，以至於被什麼東西差點絆倒。蘇辰逸低頭一看，已經睡熟的夏筱筱坐在門邊，耷拉的腦袋靠著牆，一如之前在樓梯口等他的模樣。

雖然是他極為期待的畫面，卻還是狠狠戳痛了他的心臟。

蘇辰逸輕輕蹲在夏筱筱面前，看著她熟睡的樣子，一種叫做後悔的感覺在他身體肆意蔓延，他應該打個電話給她，或者發個訊息，又或者他就不應該徹夜不歸。蘇辰逸伸手撩開她額前的頭髮，手順勢滑落到她的臉頰，這一次，他沒有退縮。

也許是她太睏了，這一系列的動作都沒有攪擾她的好夢，蘇辰逸像往常一樣橫抱起夏筱筱，將她放到沙發上準備給她蓋薄毯，卻被她無意中伸出的小手抓住了衣袖。蘇辰逸轉身，看著輕微挪動身子的夏筱筱，她的眉頭又皺在了一起，她做了什麼夢？是和自己相關嗎？不然為什麼每次都是這樣難過的表情？

只猶豫了一下，蘇辰逸便俯下身，在她的眉心處輕輕一啄，印上了一個淺淺的吻，雖然夏筱筱在睡夢中，但蘇辰逸還是紅了臉頰，像個初次遇見愛情的孩子。

安頓好夏筱筱，蘇辰逸便進了廚房做起早餐來，雖然一夜未眠的他此刻也很疲累，但為了補償夏筱筱，他願意忍住不斷襲來的睏意。

夏筱筱完全是被廚房飄來的香味叫醒的：之前的那些傷感的夢境瞬

間被一桌子美食所取代，夏筱筱想吃，但怎麼都找不到筷子，然後她就被生生氣醒了，醒來發現那香味原來不是夢，是真的！通常這樣美好的事情就會讓夏筱筱的壞心情煙消雲散，她跑到廚房，看著忙前忙後的蘇辰逸，一邊抓起吐司往嘴裡塞，一邊含糊地問：「什麼時候回來的？」

「早就回來了，只不過妳沒發現而已。」蘇辰逸的聲音混合著煎荷包蛋的嗞啦聲。夏筱筱吃吐司的動作停住了，她忽然想起了什麼，然後試探性地問蘇辰逸：「你回來的時候，我在哪裡？」

蘇辰逸忍不住彎起嘴角笑起來，夏筱筱看到他這個表情，頓時肯定了自己的猜測，雖然她記不得具體位置，但她知道，她的窘相又一次被蘇辰逸一覽無餘。

「我肚子痛，先去趟洗手間！」夏筱筱恨不得找個地縫鑽進去，沒有地縫，那就只能逃跑了，她一頭鑽進洗手間。夏筱筱對著鏡子揉亂了頭髮，為什麼不會掩藏自己的情感？再這樣下去遲早會被他發現吧？如果真是那樣，是不是就意味著，她和他之間，就要分開了？

雖然是不願直視的問題，但還是赤裸裸地擺在了她的面前。

「夏筱筱，該吃早餐了，快出來。」蘇辰逸的聲音隔著門板傳遞進來，夏筱筱才拉回了思緒。

餐桌前，夏筱筱滿懷心事地將食物放進嘴裡，蘇辰逸發現了她的異樣，於是伸手將她盤子裡的荷包蛋夾起來遞到她嘴邊道：「吃飯的時候不要發呆好嗎？想什麼呢那麼出神？」

夏筱筱看著蘇辰逸寵溺的動作，眼睛開始微微發熱，但她很快調整了情緒，張嘴咬住了煎蛋，她不知道這樣單純美好的時光還能持續多久，所以她要珍惜每一刻和他在一起的時間，好讓他回憶起她的時候，都是溫暖的畫面。

蘇辰逸看著夏筱筱乖乖吃飯才放下心來，他以為她在為昨晚的事情耿耿於懷，思索了一會，決定主動坦白：「我昨晚去陪函韻了，她和男朋友分手了，心情不好。」

夏筱筱沒有想到蘇辰逸會跟她解釋昨晚的去向，她以為她只是一廂情願的暗戀，卻沒想到蘇辰逸給了她似是而非的回應，她有點受寵若驚，又有點霧裡看花的迷糊，她看著蘇辰逸低頭輕輕咀嚼食物的樣子，恍惚地答道：「哦。」

「以後我去哪裡都會告訴妳的，不會再讓妳擔心了。」蘇辰逸抬頭看了一眼夏筱筱，嘴角彎起一個好看的弧度。

這算是承諾嗎？但這承諾的意義到底是什麼？是喜歡，還是他曾說過的同情？看她每日可憐地盼他回家，從而心生憐憫？夏筱筱徹底陷入迷霧中，她放下筷子，認真地問蘇辰逸：「你和梁主播，是男女朋友的關係嗎？」

蘇辰逸剛入口的食物差點噴出來，他沒想到夏筱筱會問這個問題，他也意識到自己剛剛對夏筱筱說的話、做的事已經跨越朋友的界線，再想起之前的偷吻，蘇辰逸的表情變得微妙起來，他盡量不去看筱筱的眼睛，含糊其辭地回答：「不是，只是好朋友而已。」

「那你喜歡她嗎？」

「我──」

明知不會有答案，但還是忍不住去探尋，夏筱筱本想聽他說喜歡，然後問：那我呢？但蘇辰逸沒有給她這個機會。

夏筱筱看著蘇辰逸閃躲的眼睛一下就心軟了，於是不再去逼迫他做出艱難的回答，她立刻換上一張和自己無關，只是想八卦一下的笑臉，轉移話題：「不想說就算囉。哦，對了，你猜昨晚我和沐澤哥去海邊看到什麼了？」

　　一聽到沐澤的名字蘇辰逸立刻變得敏感起來，尤其是聽到他們一起去了海邊，便迫不及待地反問：「什麼？」

　　夏筱筱把手機舉到蘇辰逸眼前：「你看，就是這個，沐澤哥說這個叫藍眼淚，漂亮吧？」

　　蘇辰逸瞇起眼睛仔細端詳了一會手機螢幕，一雙白嫩的小腳踩在海水中，周圍是一圈藍顏色的耀眼星點，他恍惚記得，有幾次他和梁函韻去海邊的時候，也見過這種叫做藍眼淚的東西，但梁函韻並沒有表現出像夏筱筱這樣的驚喜。

　　蘇辰逸內心漫過一絲愧疚，這樣微小的發現就能讓眼前的女孩歡呼雀躍，但她的快樂，他似乎從未參與其中。

　　「筱筱，想奶奶嗎？明天我帶妳去看她，好不好？」

　　蘇辰逸終於明白，雖然他不能毅然做出抉擇，但他在乎她的悲喜，所以他能為她做的事情，就是默默地保護和付出。

第 36 章
這個女孩，非同一般

　　一夜醒來數次的夏筱筱終於在鬧鈴聲中蹦了起來，像是完成了定時任務一般，她迫不及待地穿衣洗漱，然後準備早餐，等蘇辰逸睡眼朦朧地打開臥室門的時候，她已經坐在餐桌前等他了。

　　蘇辰逸知道夏筱筱有多急切，於是也加快了速度，迅速收拾完畢，吃完早餐，便帶著夏筱筱出了門。

　　那些暗藏湧動的陰霾似乎在此刻全部隱退，夏筱筱的心被甜蜜和期待填滿了，再也裝不下任何不美好的東西，但她卻不知道，那些不快只是暫時被喜悅所掩蓋，它們並沒有消失，反而在某個角落發酵著，正準備張牙舞爪地向她襲來。

　　車開到晨海綜合醫院地下車庫，蘇辰逸和夏筱筱都戴上了提前準備好的口罩，以免被醫院的人認出，惹來不必要的麻煩。筱筱先下的車，然後去按了電梯，蘇辰逸鎖好車後緊隨其後，但就在這個過程中，蘇辰逸總覺得有一雙眼睛在盯著他們，他轉身掃視了一下車庫周圍，並沒有發現異常，於是懷疑是自己太過敏感，便也沒再過多擔憂。

　　早上醫院的病人非常多，幾乎沒人注意到人群中的夏筱筱和蘇辰逸，他們乘坐電梯直接去了住院部三十六號病房。病房裡沒有其他人，

老人還在昏睡中，點滴安靜地注入她的血管，夏筱筱看著這久違的畫面，頓時溼了眼眶。

「奶奶……」硬咽的聲音從嗓子裡擠出，還沒來得及說出下一句話，筱筱已經止不住地抽泣起來。

老人聽見動靜後醒了過來，看見眼前突然出現的兩個人有點恍惚，盯著他們的臉來回看了好久才突然清醒：「是你們？筱筱，妳終於出差回來了？」

蘇辰逸上前扶住了筱筱的肩膀，示意她控制好自己的情緒，不要讓奶奶看出異常，筱筱也會意地收起眼淚露出笑容道：「嗯，回來了，奶奶妳身體怎麼樣了？最近有沒有難受？」

「我很好，你們別擔心我，去忙你們的工作，這裡有護工，把我照顧得很好，不過……」老人頓了頓，話語裡充滿感傷：「晚上在收音機裡聽不見妳的聲音，總覺得少了點什麼。」

夏筱筱忍不住又要落淚了，見此情形，蘇辰逸立刻上前，將筱筱擋在身後，對老人說：「很快就能聽到了，筱筱回來以後忙完手裡的工作，就能繼續上節目了。」見身後的筱筱依然微低著頭，蘇辰逸將手放到背後，摸索著悄悄握住了她的手，筱筱頓時感覺一股暖流穿過心房，她抬頭看著眼前堅實的背影，一時間分不清楚這一切是現實還是夢境。

想念的奶奶，溫暖的手掌，以及喜歡的人。

從醫院出來的筱筱還在恍神，奶奶的叮囑在耳旁環繞：「你們兩個要好好在一起，不要吵架，辰逸你要替奶奶多照顧筱筱。」而蘇辰逸也將錯就錯地回應：「放心吧奶奶，筱筱就交給我了。」

有的時候，我們需要善意的謊言，但筱筱還是覺得那一句承諾像剛剛采出的花蜜，甜蜜至極。

「蘇醫生，今天好不容易出來一趟，我們一起去海邊好不好？」夏
筱筱勇敢地向蘇辰逸提議，而蘇辰逸也正打算帶她去散散心，便笑著點
頭：「好啊！」

難得的悠閒時光，是第一次，也許會是最後一次，所以夏筱筱特別
珍惜，他們沿著海邊走了一會，夏筱筱覺得氣氛有點沉悶，於是趁蘇辰
逸不注意，抓起地上的沙子抹到他臉上，待蘇辰逸反應過來，夏筱筱已
經壞笑著逃跑了，蘇辰逸見此情形也來了興致，他追著夏筱筱，兩三下
就將她的手臂拉住，然後以牙還牙，幫夏筱筱塗了個大花臉。

海邊瀰漫著歡聲笑語，他們全然忘記了身旁人異樣的目光。

筱筱拿手機拍下了自己大花臉的照片，又將極其不情願的蘇辰逸也
拉入鏡頭中，他們在耀眼的陽光下記錄了最美好的一刻。

潛水、開沙灘車、坐快艇……直到天色漸漸昏暗，筋疲力盡的兩人
才在賣海鮮燒烤的攤販坐下來，夏筱筱捂住咕咕叫的肚子點菜：「我要
吃這個，還有這個，這個也要！」蘇辰逸坐在對面看著一臉滿足的夏筱
筱，想起每次他和梁函韻來海邊，她從來不吃路邊攤，因為她覺得不
乾淨。

而此刻，蘇辰逸卻有著前所未有的輕鬆，眼前的一切是那樣融洽美
好，沒有負擔，沒有顧慮。

「蘇醫生，你喜歡吃什麼？」夏筱筱的問話讓蘇辰逸回過神來，他
感覺夏筱筱這樣喊他很彆扭，他希望聽到更加親近的稱呼，於是答非所
問地回道：「夏筱筱，以後能不能直接喊我的名字？別弄得跟剛認識一
樣？」

「蘇，辰，逸？」

「不對，不是這個！」

「辰逸。」

直到很久很久之後，夏筱筱都認為，那一刻蘇辰逸的笑容，是她見過的最美風景。

從燒烤攤出來，夏筱筱看著眼前翻滾的海浪，心裡湧上一絲遺憾，她悠悠地呢喃：「今晚為什麼沒有看到藍眼淚？」

雖然她的聲音很小，但還是被敏銳的蘇辰逸聽到，他轉頭看著夏筱筱期待的眼神，一絲心疼泛上心間，便伸手拉過筱筱，看著她的眼睛說：「下次我再陪妳來找，直到找到為止，好不好？」

夏筱筱迷茫地點頭，她分明從他的眼睛裡看到了友情與同情之外的東西，但她又害怕那僅僅是一廂情願的錯覺。

「蘇醫生，哦不，辰逸……」改口後的夏筱筱頗不習慣，聲音也變得小而羞澀，蘇辰逸看著她小心翼翼的樣子忍不住笑起來，低頭尋找她躲避的眼睛問：「怎麼了？」

「這枚戒指是我在你房間發現的，它是我媽媽留給我的遺物，你是怎麼得到它的？」猶豫許久的夏筱筱終於還是忍不住發問了。

蘇辰逸看著筱筱手心的戒指，黑夜中它依然明亮耀眼，熠熠生輝。蘇辰逸想起那天他開著車從醫院出來，本來已經將戒指扔進了垃圾袋，但車開出十幾公尺後，他又將它拿了出來。

那一刻的蘇辰逸認為只是於心不忍，而現在，他卻覺得是冥冥之中宿命的安排。

「那天在警察局妳遺落的，我撿到了。」蘇辰逸看著夏筱筱期待的眼神解釋道。

「那你為什麼一直都不還給我？」夏筱筱還是滿眼疑惑。

蘇辰逸一時語塞，對啊，為什麼？是因為怕她知曉自己一直在默默

注意她嗎？還是因為他知道，如果有一天他們走散了，他可以憑藉這枚戒指和她取得連繫？

蘇辰逸的心跳變得強勁起來，他發現那些模糊不清的畫面漸漸變得真實，那些一直無法確定和面對的心情，此刻也正在給他傳遞著一條重要的訊息，那就是，眼前的這個女孩，對他來說，非同一般！

「妳先回答我一個問題，我再告訴妳為什麼，好不好？」蘇辰逸的眼睛綻放出明亮的光芒。

夏筱筱歪頭：「什麼問題？」

「如果此刻，全世界都靜止了，時鐘不走動，只有你和我有意識，讓妳選擇做一件事情，並且這件事只有妳和我會記得，妳會做什麼？」

夏筱筱被蘇辰逸問矇了，她抓著頭認真地思索著：「只有我們兩個，做什麼好呢……」還沒等她想出答案，一雙強壯有力的臂膀已經將她圈入了懷中，然後是兩片冰涼的唇任性地壓了下來，夏筱筱的大腦像被抽空一般，一片空白。

良久，她才真實地感覺到他的氣息，口中淡淡的菸草味，略微急促的呼吸，和唇間蕩漾著的如薄荷般的清涼。

整個世界的繁華都已退去，那些嘈雜熱鬧的聲音被隔離出去，只剩下心跳聲在空氣中不停旋轉，跳躍。

如果全世界都靜止了，我唯一想做的事情，是親吻妳。

我之所以不還給妳戒指，是不知在哪一次和妳相遇對視的時候，早已默默動了真心。

但，這些後知後覺的事情，是否能夠改變患得患失的處境，把妳繼續留在我的身邊？

第 37 章
美好戛然而止

　　微風徐徐，一天的燥熱退卻後剩下絲絲清涼，夏筱筱的手被蘇辰逸緊緊包裹住，他們沿著海邊往前走，夏筱筱像是受了驚嚇一般，一路上低著頭一言不發，手心也緊張地出了汗，蘇辰逸看著身邊嬌小人兒的模樣，索性伸手攬住了她的腰，夏筱筱卻因為這突然的動作退了退身子，轉頭看著嘴角上揚的蘇辰逸呆立在那裡。

　　這到底是夢境還是現實？她害怕到連聲音都不敢發出，生怕一有動靜，這所有的一切就會像謝幕電影般消失，她想就這樣和他在一起，直到海也枯了，石也爛了，他們變成了化石，也不分離。

　　然而，夢境終歸有醒來的一天，大喜過後便是大悲，在不遠處的樹叢裡，有一個長鏡頭探出來，喀嚓喀嚓的快門聲清脆而又響亮。

　　「筱筱，妳最大的願望是什麼？」

　　「妳想去哪裡旅行？」

　　「妳怎麼不說話？快告訴我！」

　　我最大的願望是奶奶康復，還有和你在一起；我最想去的地方，只要有你在就行；我不敢說話，是害怕唇間你的味道消失，害怕一開口我們就回到現實。

記憶中所有的美好就在此刻戛然而止，像斷了的琴弦一般，決然，刺耳。

蘇辰逸的車剛一開進社區大門，便被蜂擁而上的記者圍了個水泄不通，夏筱筱還沒反應過來怎麼回事，已經被不停跳動的閃光燈晃得眼冒金星。她看著那些不停拍叫車窗的猙獰面容，一下子想起了不久前那些唾棄厭惡她的臉，她覺得胃裡陣陣翻騰。

蘇辰逸也被這突然出現的狀況弄得措手不及，但冷靜睿智的他很快鎮定下來，他先是長按喇叭示意圍塞車輛的人讓開，在沒有造成任何效果之後，索性慢慢向後挪動車輛，那些舉著長槍短炮的人見此情形只好躲開，蘇辰逸趁機踩下油門，迅速倒車，掉頭，朝著大門的方向狂飆而去。

但他沒想到的是，社區大門已經被鎖了，另一批扛著機器的人襲來，他們已經無法逃脫。

「開門！」震天的敲打聲讓車子劇烈晃動，夏筱筱驚恐地看著四周的人，他們像突然襲來的洪水，又像龐大凶殘的獸，似乎要瞬間吞滅他們。

「筱筱，沒事的，有我在！」蘇辰逸看出了夏筱筱的惶恐，他毫不猶豫地握住了她的手，卻被夏筱筱極力掙脫，她一反常態地對著蘇辰逸發火：「你放手，別碰我！」

這麼多鏡頭對著他們，無非就是想捕捉到此類畫面，她不能在如此關鍵的時刻，將蘇辰逸也拖下水。

「開門，讓我下去！」夏筱筱開始拉車門，但車門被蘇辰逸鎖住了，拉不開。夏筱筱轉頭哀求蘇辰逸：「把門打開，讓我下去，求求你辰逸。」蘇辰逸不知道這些人從哪裡來，也不知道他們到底要做什麼，但有一點

是肯定的，那就是絕對和夏筱筱相關，所以他怎麼可能讓她一個人去面對那些只求話題和點擊率，而沒有任何人情味的記者？

「筱筱，別鬧！乖乖待著！」蘇辰逸的口吻變得強硬起來，他伸手抓過筱筱的手腕將她固定住，任她怎麼掙扎都不鬆手，最終，夏筱筱在蘇辰逸的強勢面前敗下陣來，她不再做徒勞的反抗，身體像一個洩氣的皮球般癱軟下去，眼淚也順著眼角緩緩滑落。

蘇辰逸看著夏筱筱的樣子既心疼又氣憤，他知道外面那些人造成了她多大的傷害：讓她失去最愛的工作，飽受不實輿論的指責，現在，他們又來了，變本加厲、不知反省。蘇辰逸越想越生氣，他抬頭對夏筱筱交代：「記住，等下無論發生什麼事情，妳都不要下車！」

夏筱筱知道蘇辰逸是個說一不二的人，再加上此刻混亂的情形讓她束手無策，她只能聽從蘇辰逸的安排，默默地點了點頭。

蘇辰逸推開門下了車。

「蘇醫生，你怎麼會和夏筱筱住在一起？」

「是不是之前的傳聞是真的，你們早就是情侶了？」

「她的案子還沒了結，我們也一直找不到她人，那你這樣做算不算犯了藏匿罪？」

「哐噹」一聲巨響，然後是漫天飛濺的破碎零件。

蘇辰逸摔了那個記者的攝影機，又將他一拳揮倒在地，湧動的人群開始後退，因為他們看到了一個幾乎發狂的男人，他順勢將倒地的人按住，拳頭像雨點一般砸落下去。

「辰逸，別打了，住手！」在車裡看到這一切的夏筱筱根本顧不得剛剛答應蘇辰逸的事情，她推開車門狂奔過去，拉住瘋狂揮動手臂的蘇辰逸，卻被他反手一推坐到地上。夏筱筱見阻攔不住，乾脆起身從後面抱

住了蘇辰逸的身體，祈求的話從嗓子裡發出：「辰逸，你別這樣好不好，我求求你了。」

抬起的手僵在了半空中，緊握的拳頭在微微顫抖，蘇辰逸聽著身後筱筱嘶啞的哭泣聲，終於漸漸地垂下手去。

本來是想好好保護她的，但卻發現，此刻他所做的一切都是那樣徒勞，無力。

這一場鬧劇，最終因為警察的到來而停止，蘇辰逸和夏筱筱去警局配合調查和賠償等一系列事情，折騰到了凌晨兩點才疲憊地進了家門，夏筱筱走在前面，蘇辰逸跟在身後，兩人彼此無言，各自懷揣了心事。

蘇辰逸在想，如何不讓夏筱筱看到即將出來的報導；而另一邊的夏筱筱卻在想，今天他們拍到了多少蘇辰逸的照片，明天會怎麼去寫他，如何把對蘇辰逸不好的影響降到最低。

於是，蘇辰逸進了家門開始拔網線，拆除電視機機上盒，而夏筱筱卻坐在沙發上呆呆地看著窗外。

「筱筱，把妳的手機給我。」蘇辰逸半蹲在筱筱面前，伸出手。夏筱筱的思緒還在遊走中，她木訥地看著眼前的男人，直到低頭發現他手臂上刺眼的猩紅，才突然跳起來，抓住他的手臂，焦急地問：「辰逸，你受傷了？痛不痛？」

蘇辰逸微微一笑將她按到沙發上，再次伏在她面前，將那隻受傷的手臂藏到身後，搖搖頭說：「沒事，一點也不痛。」

「你騙人。」夏筱筱的眼淚已經成串地落下，她自己受再多的傷也無所謂，但她不願他一起承擔這些無端之痛。

「真的筱筱，只是皮肉傷，沒有大礙，我是醫生，我知道的。」蘇辰逸拂去了筱筱臉上的淚珠。

「我幫你上藥！」夏筱筱說著就要起身去拿藥箱，卻被蘇辰逸一把拉住，他起身用手壓住她的肩膀，定定地看著她的眼睛說：「真的沒事筱筱，不用擦藥，快把妳的手機給我。」

夏筱筱不知蘇辰逸為何這樣急切地要她的手機，太多的事情夾雜在一起讓她的思緒無比混亂，她只能機械地履行蘇辰逸提出的要求，拿出手機遞給了他。

蘇辰逸握住手機長吁一口氣，他迅速直起身去了臥室，不一會又折返回來，然後將一個老舊的銀色 Nokia 遞給夏筱筱說：「這幾天妳先用這個，有點舊，只能打電話傳簡訊，不能上網，就先委屈妳一下了。」

夏筱筱這才明白了他的用意，她轉頭看著那些被拆得七零八落的線，努力克制許久的眼淚再次瘋狂地湧了出來。

以前，他不在她的身邊，所以沒辦法替她擋風遮雨，而現在，他要為她撐起一把安全的傘，不讓那些殘酷的槍林彈雨再來刺傷她的心。

然而，他所做的這一切，是否真的可以和喜歡捉弄人的命運抗衡？夏筱筱那剛剛被收走的手機忽然響起了刺耳的鈴聲，蘇辰逸攔住了要去拿手機的夏筱筱，自己前往臥室，結果手剛一觸到手機，鈴聲便停了下來，幾秒鐘後，一條簡訊閃入。

是沐澤，他問：筱筱，還好嗎？欲言又止的話語裡透露出的訊息，是他已經透過網路知道了所有的事情。

蘇辰逸正想著如何回覆，螢幕又閃動起來，第二條訊息是：我幫妳租好房子了，妳的行李我已經搬進去了。

第 38 章
我們一起面對

夜深人靜，蘇辰逸躺在床上輾轉難眠，他想起剛剛沐澤的那條簡訊，一種不好的預感在心間蔓延，雖然他迅速刪除了簡訊，也對筱筱撒謊說是騷擾電話，但他還是心有餘悸。

夏筱筱會不會離開他？想到這個問題，蘇辰逸再也無心睡眠，他掀開被子下床，然後來到夏筱筱的臥室門前，抬手剛要敲門，卻又怕驚擾她的好夢，不敲吧，他又實在等不到天亮。正當他猶豫的時候，臥室門吱呀一聲打開了，蘇辰逸嚇得退後了一步，探身一看，夏筱筱站在門口，還穿著之前的那身衣服，像是知道蘇辰逸要來找她一樣，在等著給他開門。

「我聽見你的腳步聲，所以就來開門了。」夏筱筱看著蘇辰逸不解的表情解釋道。

「哦。」蘇辰逸點點頭，此時，他的思緒特別雜亂，想說的話有好多，卻又不知從何說起，於是一開口變成，「妳怎麼還不睡覺？」

「我睡不著，怎麼，找我有事嗎？」

「我，沒，沒什麼。」

蘇辰逸還是沒有足夠的勇氣，他躊躇了一會，最終只對筱筱說了句早點休息便欲離開。

　　跨出了兩步，卻終究不甘心，他不能讓心裡這棵已經發芽的雜草瘋狂生長，所以一瞬間，那些猶豫不決全部消失，他轉過身擋住了即將關上的門。

　　「筱筱，妳能不能答應我一件事？」

　　「什麼事？」

　　「以後無論發生什麼事，妳都不要不告而別，不要讓我找不到妳，好不好？」

　　隔著一條縫隙，蘇辰逸的言語裡盡是祈求和擔心，他再也不吝嗇於表達他的情感，因為他害怕，害怕她消失了就再也尋不回來，那種不安在他心裡湧動著，遲遲無法散去。

　　夏筱筱的心被這一句話觸動得特別柔軟，她想不顧一切地衝過去擁抱他，然後告訴他，她哪裡都不去，就只和他在一起！然而，殘酷的現實卻提醒著她，她不能。她不想欺騙他，更不忍傷害他，所以，她只能沉默著低下頭去。

　　沒有等來答案的蘇辰逸急得像熱鍋上的螞蟻，他索性推開門一把拉過夏筱筱，看著她的眼睛逼她給出承諾：「筱筱，答應我！」

　　善意的謊言，是不是可以讓你安心？是不是能夠減輕對你的傷害？如果真的可以，那我也學著撒謊吧！

　　夏筱筱看著蘇辰逸急切的樣子，點點頭輕聲回應：「好，我答應你。」

　　心裡懸著的大石頭終於落地，蘇辰逸感覺整個人都要癱軟下去，他像是失而復得般，將夏筱筱拉入懷裡狠狠擁住。不知從何時起，他已經不習慣視線裡沒有她，他開始那樣小心翼翼、如履薄冰，只因害怕失去一個人。

「筱筱，妳答應了我，就絕對不能反悔！」

早上八點，城北區一幢豪華別墅內，一個鐵青著臉的中年男人背著手站在窗前，他的身後散落了一地報紙，不遠處的電視機裡，正在播放蘇辰逸瘋狂打人的畫面。

何祕書和男人的妻子推門而入，看到這一切，妻子趕緊關了電視，而何祕書則將地上的報紙整理好拿出了房間。男人默不作聲，等身後人收拾得差不多了，才開口問道：「怎麼樣了？」

妻子停下手裡的動作，看著男人的背影，有些怯懦地回答：「他們還守在門口不肯離開。」

沉默了一會，只聽一聲沉重的嘆息，蘇安和轉過頭來，原本威嚴沉穩的他此刻有些憔悴，妻子心疼地上前扶他坐到沙發上，順勢試探地對蘇安和說：「安和，你別著急，辰逸可能也有苦衷。」

「他有苦衷？他的苦衷就是不管不顧家族榮辱，爆出這樣的醜聞？他的苦衷就是不去醫院上班，天天和這個女人待在一起？」本來就在氣頭上的蘇安和幾乎是一點就著，他抑制不住內心的憤怒，一揮手，茶几上的茶杯應聲落地，摔得粉碎！

聽見動靜的何祕書推門進來，看到地上的碎片，趕緊喊了傭人來打掃，蘇安和的臉更加陰沉，房間裡除了碎瓷片碰撞在一起的叮噹聲外，只能聽見幾個人的呼吸聲。

「何祕書，幫我準備車。」不一會，蘇安和壓抑憤怒的聲音終於打破了熬人的沉靜，何祕書知道他要去哪裡，但想想外面那麼多的記者，這樣盲目出去正中他們下懷，所以還是小心地提出異議：「可是董事長，我們怎麼出去？」

「硬闖出去！」

看來這一次，蘇安和是真的生氣了。

蘇家大門外的記者已經在這裡守了一晚上，過了上班時間也不見蘇安和出來，他們索性搬來了地鋪，拿來了泡麵，準備打持久戰。就在他們席地而坐、睏意綿綿的時候，大門緩緩地打開了，一輛黑色的越野賓士駛了出來，記者們瞬間像是打了雞血，跳起來圍住車開始狂拍照片。

何祕書將車窗簾拉起來，然後轉頭看了看蘇安和，在得到他的點頭許可後，踩下了油門。

就算再想搶頭版，命還要保住的，所以只見一群人向四周嘩啦一下散開來，一輛黑色的車子飛一般地衝了出去。

透過窗戶目睹了這一切的蘇太太轉身拿了手機，撥出了蘇辰逸的電話號碼。

「喂，辰逸，你爸爸去找你了，他看了新聞非常生氣，你先躲一躲吧，如果躲不過，也千萬別和他頂嘴，要好好認錯，知道嗎？」

還在睡夢中的蘇辰逸接到電話一下清醒過來，家離這裡那麼近，幾分鐘就能到！蘇辰逸迅速穿衣起床，然後打開臥室門衝了出去，他發現夏筱筱早已坐在餐桌前等他，來不及向她解釋太多，他拉著她就往門外走，夏筱筱不知緣由，掙扎著停下腳步問蘇辰逸：「怎麼了？」

「沒事，帶妳出去散散心。」蘇辰逸隨便想了個理由，他不想讓她知道那些殘酷的真相，他要竭盡全力地守護她。

「可是，最近這幾天我們兩個應該在家裡，不要出去露面，不然的話──」

「不去人多的地方，妳跟著我就行，走吧！」還沒等夏筱筱說完，蘇辰逸已經迫不及待地打斷了她，容不得她再過多發問，只是拉著她一個勁往外走，結果剛一打開門，便聽見電梯門叮咚一聲，蘇辰逸聞聲退

回，門關上那一刻，何祕書的聲音傳來：「就是這一層，1805。」

就差一點點！蘇辰逸懊惱至極，但他不能坐以待斃，他想起那個夏筱筱曾經藏身過的衣櫃，於是改變策略，邊將她往臥室推邊說：「筱筱，事情太突然，以後我再慢慢向妳解釋，妳現在藏起來，不管聽到什麼發生什麼都不要出來！」

「我不要！」急得火燒火燎的蘇辰逸的耳邊突然響起一個倔強的聲音，他轉過頭，看見夏筱筱的手抓著臥室門框，仰著小臉，眼眶裡的眼淚在轉著圈圈。

「我不要藏起來，這些事情都是因我而起，應該由我來處理，而不是你總幫我擋著扛著。」夏筱筱雖然不知道來者何人，但他知道，蘇辰逸所做的一切，肯定是為了她。

「筱筱妳聽話！」蘇辰逸幾乎是喊了出來。

「不要！」筱筱拚命搖頭，「我們一起面對好不好？你不要總是把我藏在身後，這樣我會特別愧疚，覺得我好沒用，一直都在連累你！」

有人說過，陪伴是最長情的告白，而此刻，因為筱筱的那句「我們一起面對」，讓蘇辰逸覺得，原來攜手才是最溫暖的承諾。他本想用一個安全的罩子將她圍擋住，可是如果他的安全無法保證，她在裡面也會窒息。

蘇辰逸抓住筱筱手臂的手漸漸鬆了，與此同時，刺耳的門鈴聲響了起來，他的手順著筱筱的手臂下滑，然後探到她的手掌，交叉，十指相扣。

直到門鈴聲越發急促起來，蘇辰逸才不捨地鬆開手走向了玄關處。

第 39 章
成全是最好的愛嗎？

　　貓眼裡兩個男人有著各自不同的狀態：一個眉頭緊皺，臉上寫滿了憤怒和急躁；一個則唯唯諾諾地站在旁邊，一副聽從命令的樣子。雖然已經準備好和夏筱筱一起去迎接即將到來的風雨，但蘇辰逸還是調整了一下呼吸，才緩緩地開了門。

　　站在蘇辰逸身後的夏筱筱這一刻才知道來者是誰，難怪他要讓她躲藏起來，因為這不同於之前任何一次周旋對峙，它也許真的會是一場血雨腥風，那力量足夠拆散一對緊握著的手。

　　「董事長，何祕書！」蘇辰逸像平時一樣打著招呼，卻沒想到火上澆油，讓怒火中燒的蘇安和暴跳如雷，他上前抓住蘇辰逸的衣領罵道：「你這個不孝的逆子，都這個時候了，居然還像什麼事都沒有一樣！」

　　夏筱筱和何祕書見狀立刻上前阻攔，何祕書拉開了蘇安和，夏筱筱則擋在了蘇辰逸面前，她強調般地對蘇安和大喊：「蘇伯伯，不怪辰逸，都是因為我，是我的錯，您要怪就怪我好了！」

　　蘇安和推開了何祕書，眼睛直直地看著這個其貌不揚的女子，蘇辰逸害怕筱筱受傷害，趕緊將她拉到身後，他的眼睛正好和蘇安和冒著火焰的眼神撞上。

「董事長，我自己的事情我會處理，請您不要再將我和您的榮辱連在一起！」

此話一出，蘇安和頓時覺得血往頭上湧，心臟也隱隱絞痛起來，他雖料到蘇辰逸不會輕易低頭屈服，卻沒想到他說出了這般鐵石心腸的話，他雖常罵他，甚至動手打他，但哪一次不是痛在自己身上？

蘇安和的呼吸變得急促，他本還想說些什麼，一張嘴卻沒有了聲音，雙腿也跟著癱軟下去，只聽撲通一聲，蘇安和癱倒在地，手捂著心臟全身抽搐！

「董事長！」何祕書一個箭步飛奔過去，蘇辰逸被眼前的一幕驚住了，他愣在那裡遲遲沒有反應，直到夏筱筱也衝了過去，他才恍然大悟般地喊了一聲：「爸！」

「爸，你怎麼樣了？你沒事吧？」爭吵、冷戰都有過，但從未發生過這樣的事，有那麼一瞬間，蘇辰逸感到了害怕，害怕眼前這個很少被他稱呼為「爸爸」的人有一絲閃失。

那畢竟是血濃於水的親情，不同於其他，他會讓你瞬間拋卻所有的記恨和隔膜。

何祕書已經將藥塞進了蘇安和的嘴裡，他的呼吸慢慢平穩起來，耳邊蘇辰逸的呼喚聽得真切，他居然一下子沒忍住眼眶發起熱來。這樣的情景，恍若是幾個世紀以前的事情了，在蘇辰逸還小的時候，有一次他生病臥床，蘇辰逸就一直守在床邊，拿小手摸他的額頭，問：爸爸，你好點了嗎？但隨著時間的推移，蘇辰逸越來越叛逆，不願意再聽從他的安排，開始頂嘴、不從，甚至反抗。蘇安和認為，蘇辰逸是家裡的獨子，要繼承家業，本身就要比一般人受到的束縛多，但蘇辰逸卻覺得，自己應該享有選擇的權利，應該和其他人一樣自由。

　　不同的觀念造就了越發嚴重的矛盾，結局就是，一個搬離家自己獨住，另一個不會表達感情的男人想要挽回卻依然只是指責。

　　蘇安和在眾人的攙扶下坐了起來，時至今日，他也深深感覺到，他的那套方式已經發揮不了任何作用，反而會讓事態更嚴重，甚至不可收拾，於是他抬眼看了看夏筱筱，對何祕書和蘇辰逸說：「你們迴避一下吧，我要和夏小姐聊一聊。」

　　蘇辰逸本能地跨出一步將筱筱拉到身後，口氣卻明顯溫和了許多：「筱筱什麼都不知道，是我把她帶回來的！」

　　「你放心，我不會為難她，也不會強迫她去做什麼的。」蘇安和也做了很大讓步，但蘇辰逸還是不放心，他剛要張嘴再說什麼，卻被突然上前的夏筱筱打斷：「去吧，沒事的，我就和蘇伯伯說會話，放心。」

　　看著夏筱筱眼裡的信任和堅定，又看著身體抱恙的父親，蘇辰逸終於無奈妥協，跟著何祕書走進了臥室。

　　傍晚，夏筱筱在廚房忙碌著，蘇辰逸則在一邊欲言又止，蘇安和和何祕書走後，夏筱筱像沒事人一樣，到點就準備晚餐，時不時還和蘇辰逸閒聊幾句，但隻字不提和蘇安和聊了些什麼。這讓蘇辰逸非常不安，他想問，可夏筱筱明顯沒有和他提起的意思，但不問，他猜想晚上連覺都睡不著。

　　「那個，筱筱……」蘇辰逸支吾著，夏筱筱聞聲抬頭，等待著他的下半句，但他卻說不出來。夏筱筱輕輕一笑，轉身將高壓鍋裡的南瓜粥盛出來，端到蘇辰逸眼前說道：「我們先吃飯，邊吃邊說，好不好？」

　　她總算願意正面回應，蘇辰逸深深吐了一口氣。

　　餐桌上，筱筱將南瓜粥推到蘇辰逸面前，蘇辰逸聞著南瓜粥散發出的香味，拿起湯匙正準備吃，對面的夏筱筱突然開口：「你還記得這南瓜粥嗎？」

　　蘇辰逸停下手裡的動作皺了眉，他和夏筱筱之間好像沒有關於南瓜粥的回憶，再看看夏筱筱期待的眼神，蘇辰逸努力翻找著記憶，可還是沒有頭緒，只好搖搖頭：「不記得了，我們以前一起吃過嗎？」

　　夏筱筱話鋒一轉：「是蘇伯伯告訴我的。」

　　那遺失已久的片段被拼接上，蘇辰逸隱約想起，在很久很久以前，他還小，有一次生病，媽媽不在，是父親做了一碗南瓜粥給他，為了安慰生病中的他，父親還答應以後會經常親手給他做吃的。但這個承諾並沒有兌現，時間全部被忙碌的事業占用，他們之間的交流也越來越少，最後演變為命令和服從，所以南瓜粥，自打那時起，蘇辰逸再沒喝過。

　　「他其實非常愛你。」一句話將回憶中的蘇辰逸拉回，他看著企圖說服他的夏筱筱，一股無名的抗拒湧上心頭，他承認今天確實和蘇安和緩和了關係，但這並不代表他認同了蘇安和曾經的做法，他放下湯匙直起身，語氣中充滿質疑：「妳根本什麼都不了解！」

　　「辰逸！」

　　「不要說了，我不想聽！」

　　這是他們第一次真正意義上的爭吵，蘇辰逸起身時用力過大，不小心打翻了南瓜粥，汁液飛濺到夏筱筱臉上，她痛得差一點喊了出來。

　　「筱筱！」蘇辰逸這才覺得自己有點過了，他飛奔過去察看筱筱是否燙傷了，卻被她抓住了手，直直地看著他的眼睛說：「我沒事，辰逸，你聽我說，十二歲那年我失去了爸爸媽媽，我覺得天都要塌下來了，還好有奶奶在，但是誰都不知道，我多麼希望有人在我犯錯的時候訓斥我一頓，在我遲遲不回家的時候打電話來催我，你現在多幸福，我根本連這樣的機會都沒有了。」

　　幾句話戳到了蘇辰逸心裡最柔軟的地方，他想起下午蘇安和倒地的

模樣，一絲動容浮上臉龐，但他轉身躲過了筱筱的眼睛，不動聲色地去書房拿了燙傷藥，然後返回拉筱筱坐到沙發上，挽起袖子，小心翼翼地將藥膏塗抹到她臉上的燙傷處。一股清涼舒適蔓延開來，筱筱仰著臉並不反抗，待他抹完轉身的時候，筱筱才補充一句：「辰逸，明天回醫院上班吧？」

她知道他的沉默就是認可和順服，所以她才能如此胸有成竹地提出最後的請求。

蘇辰逸停住腳步，然後轉身說出了交換條件：「我可以答應妳回去上班，但是妳也要答應我一件事。」

「什麼事？」夏筱筱似乎已經猜到幾分。

「告訴我，除了這些，我爸爸還對妳說了些什麼。」

「沒什麼了！」

「我不相信，真的沒有了嗎？」

「真的！」

夏筱筱違心地笑了笑，眼睛卻不由自主地溼潤了，還有一句話，她沒有告訴蘇辰逸，也只能深埋在心底，蘇安和在臨離開時對她說：「妳要是真的愛他，就應該離開他，成全才是最好的愛不是嗎？」

第 40 章

妳離開蘇辰逸吧！

　　蘇辰逸，晨海市身價過億企業家蘇安和的獨子，晨海綜合醫院的繼承人，擁有精湛醫術的醫生，各大新聞媒體眼中的紅人，一舉一動都會受到關注。

　　夏筱筱，曾經是一名電臺的小主播，現在，是還未洗清罪名的嫌疑犯。

　　他和她牽扯在一起，正好合了那些暗中嫉妒和等待時機的對手的胃口，他們買通狗仔，中傷醫院，攻擊蘇安和，將蘇辰逸形容成一個敗家的富二代。這些，對於蘇家企業的衝擊有多大，夏筱筱不是不知道他們兩個一天一地的差別，注定會引起軒然大波。

　　只是現在，讓夏筱筱離開，她如何捨得？相遇本來就是極其不易的事情，離別，又是否要經歷傷筋動骨的疼痛，才能有足夠的勇氣和決心？

　　早上六點三十分，蘇辰逸已經起床，他打開臥室門，照常的香味撲鼻而來，這讓他的心情大好。看著進出廚房的夏筱筱，他走上前一把將她拉到眼前，低頭盯著她的臉頰仔細看。正端著盤子的夏筱筱被這突然的動作嚇得僵在那裡，而蘇辰逸卻沒有發現，反而俯身湊得更近。

夏筱筱在蘇辰逸的注視下不禁紅了臉頰，正當她要問蘇辰逸幹嘛這麼盯著她看的時候，他直起身嘴角輕揚，語調裡帶著輕鬆道：「沒事，不用再擦藥了，連一點紅印都沒有。」

原來是在檢查她昨晚燙傷的地方，誤讀了蘇辰逸意思的夏筱筱窘迫不已，本來就緋紅的臉蛋染上了一層更深的顏色，她尷尬地轉身進了廚房，留下心知肚明卻假裝不懂的蘇辰逸偷偷微笑。

整理好襯衫，穿上西裝，蘇辰逸便出了門，有幾天沒去醫院上班了，一出去陽光出奇的明媚，不知道那些討厭的狗仔是不是還隱藏在各個角落偷拍，蘇辰逸下意識地環繞了一下四周，剛走兩步，便又停下，腦海中電光火石般地閃現出模糊的畫面：狗仔，偷拍，醫院！蘇辰逸想起那天陪筱筱去醫院看奶奶，在地下車庫裡，他感受到的那雙似有似無的眼睛。

來不及多想，蘇辰逸像是在打了死結的線團裡理出一根線頭，他飛似的衝到車庫取了車，然後奔向了醫院。他早就對記者的突然造訪心生懷疑，他們是怎麼知道他和夏筱筱住在一起的？又是從何時起開始跟蹤偷拍的？這些疑問本來毫無頭緒，但此刻有一個小口被打開，他就要弄清到底誰是幕後黑手！

到了醫院，蘇辰逸直接去找何祕書，讓他幫忙找出那個偷拍者，何祕書起初不同意，因為對他來說，只有蘇安和吩咐的事情他才會去做，但談話結束時蘇辰逸的一句話打動了他：「我不光是為了筱筱，也是為了我爸。」

多年以來何祕書一直跟隨蘇安和，深知他的脾氣秉性，他雖然嘴上不饒人，但是心地不壞，晨海綜合醫院是他一步一步踏踏實實打拚出來的，沒有做過任何投機取巧的事情！這也是為什麼這麼多年，他對蘇安

和一直忠心耿耿的原因。可如今，醫院陷入誠信危機，蘇安和整日愁容滿面，他也心急如焚。聽到蘇辰逸這句話，雖然模稜兩可，但總算看到他願意和這個醫院融合在一起，不像以前，總是排斥醫院，排斥蘇安和。

何祕書轉過身，看著蘇辰逸期待的眼神回道：「好吧，少爺，我們從哪裡查起？」

第一步，調取當天的監視錄影，查看可疑人員的蹤跡；第二步，檢查地下車庫，同時讓各個監視死角重新裝上監視器；第三步，加強醫院管理，注意防範不速之客。

定好了初步計畫，蘇辰逸和何祕書便忙碌了起來，他們先是去控制室調出了當天的錄影，然後一上午眼睛眨都沒眨地盯著監視畫面，卻沒有發現帶著拍攝機器的人出現，在夏筱筱和蘇辰逸戴著口罩出現在監視中的時候，不遠處有幾個人正在上車準備離開，不過也沒有看出任何異樣。

第一步沒有收穫，那就到第二步了，何祕書讓工作人員訂購了一批能夠三百六十度轉動的監視設備，徹底解決了死角的問題，然後依次安裝，並且叮囑控制室的人，要認真監視，如果發現可疑人員立刻彙報。最後還召集了醫院所有的安保人員，讓他們時刻注意醫院出現的每個人。

雖然忙碌大半天的蘇辰逸沒有查出什麼線索，但總歸是有了一個方向，他可以循著這個方向慢慢打開第二個突破口。

另一邊，待在家裡的夏筱筱坐在吊椅上看著遠方，落地窗戶外是蔚藍的天空和點綴的白雲，社區裡翠綠的樹木鬱鬱蔥蔥，猶如一幅美麗的油畫。可夏筱筱卻沒有把太多的心思放在看風景上，她的腦海裡全是蘇

辰逸的臉，他的笑，他的霸道，偶爾的呆傻，每一個表情都在她的眼前閃過，她是如此喜歡想念他的感覺，彷彿全世界只有他們兩個存在，她要把這種感覺記住，以便某一天他們真的離散，她還有這麼多美好的回憶可以回味。

身後被拆掉的機上盒還沒裝上，這幾天下來，不管外面發生了什麼樣的狂風暴雨，夏筱筱都一概不知，她被蘇辰逸藏在這個避風港裡，很安全，卻不安心。就好比此刻，她雖臉上淡然，心裡卻火燒火燎地急躁，不祥的預感始終翻騰著。

女人的第六感通常都很準確，果然，門鈴聲響了起來，夏筱筱渾身一顫：是誰？記者？警察？還是蘇辰逸提前回來了？她小心翼翼地起身前往玄關處，透過貓眼看見的，是那張熟悉的化了精緻妝容的臉，同時還有等待中的不耐煩，見沒人來開門，又皺著眉連續按了好幾次門鈴。

夏筱筱猶豫了一下，還是將門打開了，梁函韻一擠身便靠在了門框上，雙手環抱胸前看著夏筱筱問：「一個人在家？」

夏筱筱看梁函韻的樣子便知來者不善，但還是從容應對，點點頭道：「嗯，辰逸回醫院上班了。」

辰逸？梁函韻被這樣親密的稱呼刺激得不輕，以前只有她才能這麼喊他，現在卻多了一個她從來沒有放在眼裡的女人！她本想慢慢來，但此刻，她真的有點忍不住了，撞著夏筱筱的肩膀進了門，然後如女主人一般坐在沙發上，筱筱沒有介意她的無理，關好門隨她進了客廳。

「梁小姐，喝點什麼？」來者是客，筱筱禮貌地詢問梁函韻，卻沒想到梁函韻蹺起二郎腿擺擺手，拿下巴輕輕一點，示意夏筱筱坐下，筱筱雖不情願，但還是順她意坐了下來。

「最近報紙上、電視上的新聞看了嗎？」梁函韻頗有一種居高臨下的

姿態，夏筱筱搖搖頭，梁函韻看著被掐斷訊號的電視揚起了嘴角道：「想的真周到！」話裡全是酸酸的味道和隱忍的憤怒。

「梁小姐，辰逸不在家，您要是有什麼事找他，改天再來吧！」筱筱已經受不了她的刁難，可梁函韻卻一轉眼對上她的眼睛淡淡道地：「我就是來找妳的！」她換了個坐姿，也不再轉彎抹角，直接以命令的口吻對夏筱筱說：「妳離開辰逸吧！」

即便是蘇安和，也是以勸說的方式讓她離開，但眼前的梁函韻卻如此狂妄囂張，這讓一直好聲好氣的夏筱筱也來了火氣，她冷冷地回應：「我的事應該由我自己做決定，不用梁小姐您操心！」

一陣冷笑聲傳來，包含著輕蔑和不屑，這讓努力鎮定的夏筱筱還是心生慌亂，梁函韻收起笑聲坐到筱筱身邊，湊到她耳邊輕聲吐氣：「聽完這些，我就不信妳還會死賴著不走！」

那種氣場，如果沒有絕對的優勢，是沒辦法表現出來的，梁函韻從頭到尾都處於上風，雖然筱筱也在試著抗爭，但效果幾乎為零。夏筱筱承認，目前，她沒有像梁函韻這樣的自信，對於她和蘇辰逸，明天怎樣，未來怎樣，連她自己都不知道。一段本來就蒙上陰影的情感，她哪裡有底氣去和他喜歡了十幾年的女人叫囂？

就讓時間定格吧，屈辱也好，心酸也罷，總比那些傷人的話語，一層一層殘酷的真相，讓她本來就千瘡百孔的心更加鮮血淋漓要好得多吧？

第 41 章
一敗塗地

　　入夜，蘇辰逸還沒回來，夏筱筱依然坐在吊椅上，雙腳毫無意識地輕點，身體隨著節奏緩緩搖動著。她的眼裡是深不見底的憂傷，剛剛梁函韻的話語還在耳旁縈繞。

　　「我和辰逸認識已經十二年了，這十二年來他對我呵護有加，並且承諾會一直照顧我，妳跟他認識才多久？」

　　「妳該聽過他的手機鈴聲吧？妳知道那手機鈴聲是哪來的嗎？是我當年彈鋼琴的時候他錄下來的，從此就一直是他的來電鈴聲。」

　　「妳有和他聊天嗎？妳問過他最想做的事是什麼嗎？他其實一直都不想接手醫院的工作，他最大的夢想是和我一起去一座安靜的小鎮，開一家咖啡店，養一條狗，安靜度日，他和妳提起過嗎？他為妳許諾過未來嗎？」

　　每一個字，每一句描述都如尖刀一般刺進夏筱筱的心窩，是啊，那些擺在那裡的事實那麼清楚，那麼真實，只是她一直都不肯直視，她一直都在有意無意地躲閃、逃離。然而，總有一天它會來到妳的面前，將妳小心包裹的那一層面紗掀開，然後讓妳徹底無處可逃。

　　那個時候，妳才發現，妳一直的堅持原來不堪一擊。

　　眼淚已經順著臉頰滑落，從小到大，遇到的挫折不少，她都會咬牙不哭，但現在，她根本忍不住。

　　鑰匙在鎖中轉動的聲音響起，敏感的筱筱趕緊跳起來擦掉眼淚，坐到沙發上假裝看書。蘇辰逸推門而入，一隻手抓著西裝，一隻手撐著門框換鞋，待筱筱輕柔的聲音響起，他才轉過了疲憊的臉頰。筱筱問：「回來了？」蘇辰逸遠遠答應著，放好了西裝，便窩到筱筱身旁，仰頭靠在沙發上閉目休息。

　　他看上去非常疲倦，今天一定累壞了，筱筱雖然有無數的問題想問他，卻最終變成了一句：「累壞了吧？餓嗎？我去幫你做吃的？」

　　蘇辰逸其實一直都在想偷拍的事情，回來的路上他就一直反覆地回憶監視裡看到的畫面，又努力地搜刮記憶，看看有沒有被他忽略的細節。而此刻，夏筱筱的聲音響起，他覺得，他應該將此事暫時放一放，去享受兩人獨處的時間，於是他起身看著筱筱微笑道：「不累，我想吃⋯⋯」蘇辰逸說著湊近了身子，夏筱筱沒有躲開，直直地看著眼前帥氣俊朗的臉頰。蘇辰逸在離筱筱幾公分的地方停住了，曖昧的氣息在整個房間蔓延開來，正當下一步要順理成章的時候，筱筱岔開了話題，她輕微地退了下身子，嬌嗔地拿手指著蘇辰逸的額頭說：「想吃什麼？快說。」

　　蘇辰逸知道筱筱一直都是害羞保守的女孩，這一次，他又理所當然地認為是這樣。卻不想，其實在女孩心裡，那些隔閡已經悄然萌生，它像揮之不去的陰影，時刻在女孩的腦海中浮現。

　　「我帶妳出去吃吧，就不辛苦妳做飯了。」蘇辰逸的話語裡帶著寵溺。夏筱筱忽然覺得在房子裡快要透不過氣了，再加上這幾天記者們的行為也相對柔和了一些，所以點頭答應：「好啊，那我們就去離社區不遠的餐廳吃吧？」

可以步行，可以透氣，最主要的是，她可以試著去確認一下，梁函韻說的那些話，是否屬實。

吹晚風是一天中最舒適的時刻，但涼意明顯比之前增加了不少，夏筱筱才想起，夏天在慢慢溜走，秋天快來了，短短的時間，交替發生的事情，比季節的變換還要迅速。

「辰逸……」夏筱筱鼓足勇氣開了口，蘇辰逸轉頭看著半吞半吐的夏筱筱回應：「怎麼了？」

「我……」還沒等夏筱筱問出問題，蘇辰逸的手機響了起來，果然是那段輕柔舒緩的鋼琴曲，那些記憶碎片逐漸被連接在一起，警察局裡，蘇辰逸家，很多很多地方響起的手機鈴聲，都是這個。並且，每次聽到這段旋律，蘇辰逸都諱莫如深地躲避起來接聽，這一次也不例外。

夏筱筱聽見空氣中心臟碎裂的聲音，像是打碎的玻璃杯，殘渣四濺，不可挽回。

「妳該聽過他的手機鈴聲吧？妳知道那手機鈴聲是哪來的嗎？是我當年彈鋼琴的時候他錄下來的，從此就一直是他的來電鈴聲。」

多麼殘酷的事實！

打完電話的蘇辰逸若無其事地回到夏筱筱身邊，也許是最近發生的事情太多了，他並沒有發現筱筱的情緒變化，反而伸手抓住她的手腕輕鬆地說道：「餓了吧？我們快點走！」

剛剛的電話的確是梁函韻打來的，她繼續裝作一個情傷未癒的哀怨女子，希望蘇辰逸去陪她，但蘇辰逸婉言拒絕了，因為，此刻，在他身邊的人是夏筱筱，他不想再丟下她，讓她一個人去吃飯，一個人孤單地面對白牆冷壁等候他回家。

只是這一切，夏筱筱都不知道。她還以為他是故意避開她，和梁函

韻說著屬於他們的甜言蜜語，海誓山盟。

他們都是羞於張嘴去表達感情的人，即便有的時候已經情不自禁，可是重要的話語，還是沒有說給對方聽，比如，夏筱筱想問，你到底愛我嗎？比如蘇辰逸想說，我好像已經非常喜歡妳了。

在餐廳坐定，蘇辰逸開始點餐，夏筱筱恍惚地恍神。蘇辰逸一抬頭看見夏筱筱的樣子，以為是最近發生的事情對她造成的影響，於是伸手在她眼前晃了晃，夏筱筱回過神來，看著好奇模樣的蘇辰逸，終於忍不住問他：「辰逸，如果不在醫院工作，你最想去做點什麼？」

蘇辰逸從晚上次來就覺得夏筱筱怪怪的，現在又莫名其妙地問出這樣的問題，於是反問道：「怎麼突然想起問這個？」

「我忽然發現，我和你待在一起的這段時間，對你的了解少之又少，所以想多問問你，把你喜歡的、感興趣的都記在這裡。」筱筱說著伸手指了指自己的胸口。

蘇辰逸看著筱筱堅定認真的模樣噗嗤一下笑了，為了配合她，他認真地思考著，然後，他的腦海中就出現了這樣的畫面：藍天白雲，陽光燦爛，不遠處的海浪拍打著海岸，一隻漂亮的狗狗在海邊玩耍，牠應該是溫順善良的金毛犬，一個笑容十分燦爛的女孩拿著飛盤扔了出去。

蘇辰逸的嘴角有了一絲笑意，他沉浸在美好的幻想當中：接下來，男人坐在海邊的咖啡店裡遠遠看著眼前的一切，有客人來了就招呼一下，沒有客人就翻翻報紙雜誌，或者自製一份簡單的下午茶，等女孩和狗狗玩累了，她會回到咖啡店和男人擁抱，然後一起享用美味茶點。

其實在多年以前，這就是他的生活目標，他厭倦了被人關注，厭倦了被父親強迫，厭倦了所謂的富二代光環。於是蘇辰逸將這美如畫的生活情景說給了夏筱筱，他的眼神布滿了溫暖的光芒，像是在黑夜裡摸索

了很久突然看到了久違的陽光。

　　他描述得太詳細太投入，以至於都沒有發現對面的女孩早已淚溼眼眶，他說的每一個字都和之前梁函韻的話相契合，沒有一絲出入！他那麼入神，那麼嚮往，像一個老朋友一般對她傾訴暢想，而這個美麗的計畫，卻和她無關。

　　明明知道這一切從他口中說出，她會痛到五臟六腑都痙攣到一起，但還是為了僅存的一線希望去探究到底，最終，她還是失敗了。

　　是誰說的筱筱別怕，有我在？是誰說，無論發生什麼事情，都不要讓我找不到妳？那些剛剛鑄起來的信任和依賴，此刻卻像那飄渺的塵埃一樣，四處飄蕩，沒有方向。

　　本以為已經觸手可及的東西，現在才發現，原來伸手觸摸到的，全部都是幻影而已。

　　潰不成軍，一敗塗地！

第 42 章
我隨時可能把她搶走

　　有的時候，我們解讀一件事情是有偏差的，尤其是面對錯綜複雜的感情問題。

　　當蘇辰逸再次想起那個夢寐以求的場景，那無數次出現的女孩倩影，居然早就變更了影像，不再是瘦高的、長髮齊腰的梁函韻，而是眼前單純善良的夏筱筱。

　　沒錯，此刻，他確信無疑！他以為夏筱筱能夠懂得，他以為他們彼此已經心知肚明，卻不想一條鴻溝悄然踰越在中間，一人在等待，一人已經越走越遠。

　　有人說過，愛要歷經千山萬水，才能在迷霧中看到方向。

　　深夜孤寂的氣息在整個房間蔓延，淡淡的月光透過窗簾鋪進房間，輕打在夏筱筱的臉上。她大睜著眼睛，那些千頭萬緒的事情在她腦海中交替出現：蜂擁而至的記者、蘇安和的勸說以及梁函韻的警告。最後，當蘇辰逸那張總是帶著溫暖笑容的臉出現在筱筱眼前的時候，她再也抑制不住自己的情感，眼淚滴答滴答地落下，打溼了一側的枕頭，她翻了個身，另一側也頃刻印上了淚痕。

　　為什麼沒辦法把你從我的心裡趕出去？為什麼一想到你，那些責備

的、哀怨的心情全部轉化為心疼，再也沒辦法去怪你一絲一毫？夏筱筱哭著從枕邊摸索出手機，她想找個人說說話，不然她的心臟會被那無法承受的疼痛撐到爆炸。她先是打了通電話給燕子，那邊提示電話已關機，本來就糟糕的心情雪上加霜，她像個怕黑又迷路了的小孩，急需尋找一個方向和出口，她不停地翻找著電話本，最終看到了沐澤的名字。

　　沒有多想便撥出了沐澤的手機號，三聲忙音過後傳來一個清晰的男中音：「筱筱，還沒睡嗎？」

　　似乎猜到某個黑夜她會以這樣的方式聯絡他，所以沐澤並沒有表現出意外，他聽著麥克風那頭有點急促的呼吸聲，靜靜等待著她接下來的話語。

　　「沐澤哥……」過了好久，那急促的呼吸變成了斷斷續續的抽泣，然後是掙扎般的一聲呼喊。

　　沐澤的心像是被一根繩子勒住了，伴隨著筱筱的哭泣，那繩子也越拉越緊，彷彿要將他的心臟一分兩半，然後讓他徹底死掉！他不是因為她哭而心痛，而是因為她哭了，卻不是因為他，很有可能是為了另一個男人。

　　果然，夏筱筱在短暫的抽噎過後問沐澤：「愛上一個不該愛的人，是不是絕對不可能在一起？」見聽筒那邊的人沒有回應，夏筱筱似自說自話般繼續道：「他們都叫我離開他，說我會影響他的事業，干擾他的生活，他們都這麼說，每天，換著不同的人。但我真的不想走，想待在他身邊，哪怕只是看看他，和他說說話，偶爾看他開心地笑一下，就心滿意足了。」

　　沐澤握著聽筒的手在顫抖，他終於體會到了什麼叫做萬箭穿心，他知道此刻他什麼都不需要說，不用去勸她放棄，不用去回答她的問題，因為她的心裡早就有了答案，她只是需要一個傾聽者。

　　這個世界上，最可悲的事情，是你還沒來得及去爭取，就已經被宣判失敗。

　　夏筱筱哭累了就繼續說，沐澤想要將那些蝕骨疼痛的話語全部忽略掉，或者直接將手機扔到一邊，但他不能，因為電話那端的人是夏筱筱。

　　「我真的會為他帶來傷害嗎？如果是真的，我寧願選擇傷害我自己，但我好捨不得，我是不是很自私？我討厭這樣的自己！」夏筱筱已經說不下去了，含糊的話語混合著斷續的嗚咽，而沐澤，始終沒有回應一個字。

　　她知道他在聽，知道他會陪伴她、包容她，所以才能拚命將那些壓抑的情緒傾倒給他，可是，她卻忽略了一點，那就是，她此刻所有的心情他都感同身受，甚至，比她更疼！

　　平靜的夜晚變得焦躁異常，沐澤仰頭靠在牆上，隱忍的眼淚順著他輪廓分明的臉頰緩緩滑落。

　　我愛著妳，妳卻在我面前為了另一個人流淚心痛，那麼為了保持我最後的一點尊嚴，我能做的，就是對妳說的那些話裝作滿不在乎。

　　天邊泛出了微微的白，菸灰缸裡的菸蒂已經裝滿了，可沐澤在掐滅一個菸蒂的時候又拿出了一根菸，整個房間煙霧繚繞。疼了，痛了，只能靠這樣的方式來麻醉自己，不然，他該如何度過這漫漫長夜？他想起前幾天發給她的簡訊，她沒有回覆，那時他就知道，她已經附在另一個人的影子上，他走她跟，他跑她追，他停下了，她也不會單獨離開。

　　可是傻女孩，妳知道嗎？妳一心為了他著想，妳自己呢？妳的傷怎麼辦？誰來為妳一針一針縫合？

　　想到這裡，沐澤按滅了菸蒂，他看看時間，六點二十，他開始穿衣

洗漱，收拾完去找筱筱，應該剛好能碰到出門上班的蘇辰逸。

　　算好時間，沐澤便出了臥室，路過客廳的時候看見在沙發上正襟危坐的沐振川，遂想起那一晚如果不是他，他和筱筱也不會成為今天這個樣子，本來打算從一側離開的沐澤轉身來到沐振川面前，正在恍神的沐振川微微一愣，但很快恢復正常，他抬起頭和沐澤對視，兩抹微小卻耀眼的火焰便映入沐振川的眼簾。

　　「你和我媽媽離婚吧！」這是這麼多年以來，沐澤第一次主動和沐振川說話，而且是義正詞嚴地提出這樣的要求。沐振川並沒有回答，他蹺起二郎腿，雙手交握，眼神裡全是不屑與挑釁。沐澤早就料到他的反應，並不生氣，只是加強語氣說道：「我會保護好我愛的人，不再讓他們受到傷害！」

　　也許是因為那一晚弄丟了筱筱留下的後遺症，沐澤始終覺得自己太無能，他不想再這樣坐以待斃，最起碼他要讓沐振川知道，他完全有能力與他對抗，哪怕過程艱難，他也無所畏懼。

　　沐澤頭也不回地離開，留下沐振川心裡小小地堵塞了一下，雖然目前他可以完全忽視沐澤的那些話，但看著他漸漸寬厚的背影，他的心頭還是湧上一絲不安。

　　七點半左右沐澤到了名都雅城的社區門口，他本來是要前往車庫尋找蘇辰逸的，卻在進社區大門的時候看見緩緩駕車出來的蘇辰逸，趕得早不如趕得巧，沐澤上前示意蘇辰逸停車。蘇辰逸探出頭來看見沐澤，便想起那一晚被刪除掉的簡訊，今天他又一大早趕過來，肯定是來者不善。

　　身後是此起彼伏的喇叭聲，蘇辰逸看了看後視鏡對沐澤說：「有什麼事上車說吧，我趕著上班，也給後面的車讓路。」

　　沐澤站在原地沒有動，臉上拂過一絲不易察覺的輕蔑，頓了頓，他俯下身撐著車窗回應蘇辰逸：「不用了，一會我還要上去找筱筱，就對你說幾句話。」

　　蘇辰逸的脾氣沐澤多少還是了解的，他哪裡是受得了語言挑釁的人？沒有顧忌沐澤還撐著車窗，他轉了一把方向盤將車停在了路邊，幸好沐澤有心理準備，老早就退讓一步，才避免了跌倒的危險。

　　「什麼事？說吧，我趕時間！」蘇辰逸下車關上車門，火藥味已經在空氣中蔓延開來。

　　「筱筱對你來說到底算什麼？」沐澤直奔主題。

　　「我想這不關你的事！」蘇辰逸雙手插進口袋，故意挑起了眉毛，明顯不願好好和他探討這個問題。

　　沐澤強壓住怒火，因為此刻誰先爆發，誰就輸了。

　　「你最好把她保護好！如果我知道她在你身邊過得不好，或者因為你受到了傷害，我絕對不會放過你！」

　　沐澤說完朝社區走去，走了兩步又停下腳步，他覺得他應該說的更明白一些，這樣才能讓他徹底產生危機感，於是轉身補充：「我的意思是，雖然她現在在你身邊，但是，我隨時都有可能把她搶走！」

第 43 章
難道，我還不算妳的男朋友嗎？

　　蘇辰逸腦海中反覆出現沐澤說話時的表情，抓著方向盤的手不由自主地加了力道，一種擔憂和害怕的感覺悄然襲來，想像著此刻他和筱筱單獨待在一起，蘇辰逸一腳煞車踩了下去，後面緊接而來的是急促的煞車聲和謾罵聲，蘇辰逸顧不了那麼多，掉頭朝著家的方向駛去。

　　他記得那條簡訊，說我幫你租好房子了；記得筱筱在走廊裡等待時呼喊了沐澤的名字；還記得，筱筱說過，沐澤才是她喜歡的男人類型。那麼，如果他真的要和自己展開一番角逐，自己的勝算到底有多少？他自己也沒有答案。

　　蘇辰逸踩下油門加快了車速，不到十分鐘便將車子停在了社區的臨時停車位上，一路小跑乘坐電梯，然後打開房門衝了進去。

　　客廳裡是兩個同時轉頭帶著驚訝眼神的男女，女孩嘴裡還含一口咖啡。

　　咕都一聲嚥下去，筱筱看著莫名闖入的蘇辰逸問：「你怎麼回來了？你不是上班去了嗎？」一句話將蘇辰逸問得啞口無言，他總不能說，我是回來看你有沒有和沐澤跑掉吧？於是將視線轉到沐澤身上，皮笑肉不笑地說道：「家裡來了客人，我這個做主人的自然要招呼一下，不然多不禮貌。」

他把「主人」兩個字特別強調了下，說罷坐到沐澤身邊，一隻手搭在沐澤肩上，湊近他問：「是吧，沐先生？」

沐澤自認為和他的關係還沒有好到可以勾肩搭背，便伸手將他的手臂拿下，也順便挪了挪身子，和他拉開了些距離，轉頭迎上他的眼睛回嗆道：「連班都不上回來招呼我，鄙人實在承受不起。」

夏筱筱聽著兩人的對話一頭霧水，她放下杯子抓抓頭問：「什麼意思啊？你們之前已經見過了嗎？」

沐澤沒有挪開和蘇辰逸對視的眼睛，不過他的嘴角卻揚起一絲笑意，眼神裡寫滿挑釁，兩片薄薄的嘴唇動了動，馬上就要說出些什麼，蘇辰逸趕緊搶先一步：「是遇到了！沐澤說很久沒見妳了，想來看看妳。」

連稱呼都變了，可見蘇辰逸此刻有多緊張，他怕自己突然趕回來的目的被夏筱筱識破，更怕沐澤問起關於簡訊的事情。

第一回合交手小勝，這讓沐澤的信心增加了不少。

「辰逸，快去上班吧，時間來不及了，沐澤哥我來招呼就好了。」不明真相的夏筱筱開始催促蘇辰逸，蘇辰逸不好推託，再加上沐澤又上來補了一刀：「是啊，蘇醫生，可不要因為我耽誤了工作！」

蘇辰逸詞窮，只得悻悻地轉身，看著沐澤得意的樣子，他的上下牙一碰發出了咯咯聲。

蘇辰逸一路上都沒有什麼好心情，一直在想著沐澤意得志滿的模樣，再三思量，最終還是拿出手機給夏筱筱發了一條命令般的簡訊：夏筱筱，在家裡要和異性保持距離，不能和他單獨出去，晚上我要和妳一起吃飯，所以妳要等我回家！

簡訊發出後，蘇辰逸便數著時間等夏筱筱的回覆，過了幾秒鐘他查

看了下手機，螢幕上空空如也，蘇辰逸的腦海中即刻湧現出無數畫面：說悄悄話？牽手？擁抱？或者……蘇辰逸的眼睛快要噴出火了，索性撥通夏筱筱的電話，那邊很快接聽起來，不過還沒來得及說話，便被蘇辰逸一頓狂轟濫炸：「妳在幹嘛？沒收到我的簡訊嗎？為什麼不回覆我？我傳的內容妳看見了沒有？」

夏筱筱剛要張嘴回答他的問題，新的問題就又冒了出來，她只好閉嘴等待他全部問完，然後才答：「你才剛傳過來，我正在打字呢，哪有那麼快啊！」

蘇辰逸這才發覺此刻他幾乎處於一種快要失控的狀態，最煩人的是，對方還不知道他為什麼要這樣。

以前也擔心過會失去她，但沒有任何一次像今天這樣強烈，那些潛在的威脅和敵人曾經都是隱藏起來的，偶爾露出頭來張望一下，也沒有什麼攻擊性，但現在他們走出來了，一點點逼近，他這才意識到，他絕對不能認輸。

「那妳現在答應我，不要和沐澤出去，在家裡要和他最起碼保持五公尺的距離，晚上在家等我吃飯！」如此關鍵的時刻，蘇辰逸再也顧不得什麼面子問題，乾脆逼迫夏筱筱答應他的要求。

在一旁的沐澤將一切都聽進了耳朵裡，他的心裡泛起一半欣慰一半酸楚，欣慰的是，他對蘇辰逸的警告總算產生了作用，也許日後他能好好待她，不再總是忽略她，讓她傷心流淚；酸楚的是，原來他們彼此都是相互傾心的，此刻的筱筱眼泛淚花，完全忘記了沐澤的存在。

我想我就在這裡，一直在這裡，不打擾妳，不靠近妳，但也絕不允許妳被他人所傷。

掛了電話的筱筱轉過身抱歉地看著沐澤，正要說什麼，沐澤已經微

微揚起嘴角搶先說道：「我都聽見了，妳就在這裡好好待著吧，最近妳也不宜出門，我就是過來看看妳過得好不好。」

筱筱垂下頭去，不敢看沐澤的眼睛，沐澤上前扶住她的肩膀繼續道：「妳要是不想走，就留下吧，律師那邊一直在和我聯絡，案子應該很快就會有結果了，等一切真相大白，你就能和蘇辰逸光明正大在一起了。」

夏筱筱輕微地愣了一下才反應過來沐澤表達的意思，她抬起頭來看著沐澤，不可置信地喊了一聲：「沐澤哥……」

她的眼睛裡全是感激，不知道此刻要說什麼才能讓沐澤的心裡好過一點，她知道他在強顏歡笑，他們從小一起長大，他的一言一行，她都瞭如指掌。

而沐澤又何嘗不是呢？筱筱一抬手他便知道她要做什麼，一皺眉他就知道她心所想。就如此刻，為了讓她安心，他只好努力保持著微笑，溫柔地伸手摸了摸她的頭髮安慰道：「我都知道，妳什麼都不用說，不過傻丫頭，妳要保護好自己，我退步並不代表我放棄，只是希望妳幸福而已。」

從蘇辰逸家出來，沐澤覺得陽光特別刺眼，不然為什麼他才輕輕一抬頭，眼睛就被戳得流下了眼淚呢？對，是陽光的原因，和其他沒關係，我的心不痛，不難過。沐澤手摀心臟靠在門上休息了好一會，才緩緩起身消失在了泛白的晨光中。

還沒到下班時間，蘇辰逸已經心神不安了，手下的病人看他一直恍神也頗為緊張，索性咳嗽兩聲提醒他集中注意力，蘇辰逸回過神來，三下五除二俐落地處理完傷口創面便脫下了工作服，跟助手交代讓後面的病人都掛到其他醫生那裡，然後匆忙地離開了醫院。

他是一刻鐘都等不及，他怕萬一他回去晚了，夏筱筱已經被沐澤的甜言蜜語給騙走了。

好在他緊趕慢趕打開門的那一刻，看到的是趴在餐桌前睡著的夏筱筱，她枕著手臂身體輕微起伏，旁邊是覆蓋著的盤子，那一定是她早已準備好的晚飯，蘇辰逸懸了一天的心終於落下。

輕手輕腳進門，可還是因為關門聲太大吵醒了她，夏筱筱抬頭和剛剛轉身的蘇辰逸對視，蘇辰逸便停了腳步，心跳莫名地加速，像一個不諳世事的少年偶遇愛情。

「回來了？」筱筱照常和他打招呼，可聲音卻有氣無力，這樣的微弱訊號也讓蘇辰逸心生疑惑：她怎麼了？是因為自己的強硬要求耿耿於懷嗎？蘇辰逸發現他已經不能控制自己的思維，完全被夏筱筱左右著了。

「哦，回來了。」他的回答也按照他假想的方式透著一絲抱怨和賭氣。

夏筱筱似乎沒有注意到蘇辰逸的反常，她起身準備去廚房熱冷了的飯菜，卻被蘇辰逸上前攔住了去路。

「沒讓妳和沐澤出去，妳就這麼不高興嗎？」

夏筱筱被這突如其來的問題問蒙了，她一下有些反應不過來，半天才回問：「什麼？」

「我是說，妳和沐澤之間，是不是也應該整理整理了……」

夏筱筱越發奇怪：「整理什麼？」

「當然是整理感情了，難道……」蘇辰逸停了停，他看著夏筱筱明亮的眼睛，終於鼓足勇氣，「難道，現在，我還不算妳的男朋友嗎？」

第 44 章
筱筱，我愛妳

　　夏筱筱的手一鬆，差一點將手裡的盤子砸在地上，好在蘇辰逸眼疾手快，伸手托住了筱筱的手，盤子在他們手中徘徊一下又平穩了，隨之而來的便是手與手之間如電流一般的溫度，筱筱抬頭看著蘇辰逸，他那張焦急期盼的臉瞬間幻化為很多張面容，有蘇安和的，梁函韻的，還有沐澤的。

　　夏筱筱感覺到一股強大的力量在將她的身體往後推，那些勸她離開的話語和沐澤的成全像亂碼一般植入她的大腦，她頭痛、胸悶、呼吸困難，腳步蹣跚地一步一步後退，最終碰到餐桌，才放下手裡的盤子，俯身輕微地喘著氣。

　　「筱筱，妳怎麼了？」蘇辰逸沒想到夏筱筱會是這樣的反應，他扶筱筱坐在椅子上，蹲在她面前看著她蒼白的臉。

　　夏筱筱搖搖頭，平復了一下心情，再次抬眼看著眼前男人俊秀的面容，才找回了一點真實的感覺，那句話的分量變得厚重起來，但她還是有一絲憂慮，於是問：「辰逸，你剛剛說的話，是認真的嗎？」

　　蘇辰逸的腦海中閃過那一晚他們在海邊擁吻的場景，那麼明顯的事情，難道她不這麼認為嗎？蘇辰逸心裡湧上一絲不快，似小孩鬧脾氣一般

往後挪了挪身子道：「當然是真的了，那一晚在海邊我們兩個不是都⋯⋯」蘇辰逸忽然紅了臉頰，眼睛也避開了夏筱筱四處閃躲著，半天才跳過關鍵字將後面的話補上，「那難道不是相互喜歡的人才做的事情嗎？」

夏筱筱其實想告訴他，她早就在揣摩他的心意，只是他沒有給過她確認的機會，她一直以為，在他心裡，梁函韻才是排第一位的。

「那梁主播呢？」夏筱筱將心中的疑慮問出。蘇辰逸聽後輕輕揚起了嘴角，自從那次筱筱問他未來生活打算怎麼過的時候，他已經非常明白內心的真實感情，曾經那個放不下追不到的人原來只是他的一份自尊心，一個要強的男人總是喜歡征服的感覺，尤其是那些欲拒還迎、若即若離的女人。所以這麼多年，他只是在和梁函韻玩一個關於獵人和獵物的遊戲，如果有一天他真的將獵物拿下了，對她的新鮮感便會消失，下一個獵物又會很快出現。

但夏筱筱不一樣，她真實、豁達又善良，她的一言一行都能牽絆蘇辰逸的心，一開始蘇辰逸很排斥這樣的感覺，他將那本末倒置的感情當成了主線，卻不想，和夏筱筱在一起的時候他才最放鬆最自我，他可以堅強可以軟弱，可以不用掩飾他所有的心情。

他終於理順了糾纏在一起的複雜情感，認定了那個可以一輩子陪在他身邊的人到底是誰。

夏筱筱遲遲沒有等來蘇辰逸的回答，便以為自己又給他出了一道難題，她起身打算岔開話題終止這糾纏不休的探究，卻被蘇辰逸順勢一把拉入懷裡，他的臉頰湊了過來，鼻尖已經觸到了筱筱的額頭，整個房間安靜下去，只聽得見此起彼落的心跳聲。

一個溫柔淡然的吻印在了筱筱額頭上，這是她第二次感受到他的唇，那樣輕薄，那樣細膩。

筱筱忍不住仰起臉看蘇辰逸，他滿眼泛開柔情，那深邃似海的眼眸似乎要將她的影子都刻進瞳孔裡，在她還沒來得及過多思考的時候，他再次湊過來，俯下身，順理成章地將唇覆蓋到她的唇上，男性陽剛的氣息迎面撲來，夏筱筱的呼吸因為緊張變得不規律，男人睜開眼睛看了看臉漲得通紅的女孩，索性將她擁得更緊，唇也加了力度。筱筱感受到蘇辰逸狂風暴雨般的急促，想要推開他，可是一伸手卻狠狠將他擁住。

原來，她根本就抵禦不了他哪怕一點點的攻勢，那些糾結憂慮的事情此刻全部都消失不見，她的眼裡、腦海中，只有蘇辰逸。

一分多鐘後蘇辰逸才緩緩起身，但他沒有立刻鬆開她，而是下巴抵住她的額頭回答她的問題：「以前，我以為我愛著函韻，以為這輩子不會再喜歡上別的女人了，但是妳出現以後，我發現那不是愛，只是一種莫名的占有欲，因為得不到，所以想占有。現在，我才知道愛一個人到底是什麼感覺，它是成全，是牽掛，是希望那個人過得比自己還要幸福。」

蘇辰逸扶起靠在懷裡已經淚流滿面的夏筱筱，深呼吸一下，鄭重地宣布道：「筱筱，我愛妳。」

也許這個世界上還有其他人對我們說過這句話，但只有一個人說得最動聽，它會讓你的防備在頃刻間坍塌。它像糖，讓你甜到心窩，又像毒藥，蠱惑你的心，蒙住你的眼。

所以，夏筱筱就這樣淪陷了，突如其來的美好和喜悅將一切陰晦遮蓋住，只讓她看到鑽石般耀眼的光芒。

然而，夏筱筱不知道，光芒太耀眼會刺痛雙眼，甚至在短時期內失去視覺判斷。

待在家裡的梁函韻接到電話，說夏筱筱和蘇辰逸仍然在一起，本來

以為上次的會面已經足以讓她離開，卻不想她像一塊狗皮膏藥一般黏在蘇辰逸身邊，尤其當她掛了電話又接收到剛剛偷拍來的照片，那輪廓雖然因為距離太遠不太清晰，但梁函韻還是一眼就認出了照片中的蘇辰逸和夏筱筱，他們旁若無人地擁在一起，忘情地接吻。

梁函韻的手開始顫抖，她無法接受這樣的事實，但眼睛又不肯從手機上挪開，最終，她被現實的挫敗感折磨得痛苦不堪，狠狠地將手機摔了出去，破碎的聲音隨即傳來，一地的殘渣預示著所有的東西都無法挽回，就像他們三個人之間，總有人要承受傷害，但她不願獨自咀嚼苦楚，要麼玉石俱焚，要麼夏筱筱退出，結束這荒誕的糾纏。

梁函韻平復了一下情緒，起身從抽屜裡重新拿出一部手機，她撥通了一串電話號碼，那邊傳來一個陌生男子的聲音：「喂。」

「你繼續監視他們，多拍些照片給我，暫時先不要在媒體公開。」梁函韻給電話那端的男子下著命令。

「你付多少？」男子微微頓了頓，提出了模稜兩可的疑問。

梁函韻本來就壓著火，此刻又被帶著威脅口吻的男人質疑，於是顧不得形象提高了嗓門：「你就照我說的做！錢不會少了你的！」

男人似乎並不買帳，他不緊不慢地笑了笑才回應道：「梁小姐不要動怒，現在想要我手裡照片的人太多了，出的價格也不菲，雖然一開始是妳找我來做這件事的，但人往高處走，水往低處流，我是個生意人，妳了解的。」

梁函韻知道此刻發怒也解絕不了問題，只能轉換方式穩住對方：「我明白，這樣吧，誰出價要買照片，你都告訴我一聲，我付高出兩倍的價錢！」

那邊傳來喜悅的聲音：「成交！」

　　愛有的時候會像天使降臨，幫你治癒傷痛，重見陽光；有的時候又會幻化成魔鬼，讓你痛恨交加，心如死灰。掛了電話的梁函韻用力地咬住了嘴唇，一點鮮紅滲出嘴角，眼角的淚滴也隨之滑落。

　　既然我感受不到天使，就變成魔鬼，然後和你們一起灰飛煙滅。

第 45 章
宿命

　　隔日的天氣有點陰沉，梁函韻算好蘇辰逸上班的時間，便梳洗打扮一番前往名都雅城尋找夏筱筱，這是她最後一次和她面對面談判了，沒錯，對她來說就是談判，因為她會把所有的事情和利害關係向她全盤托出，如果她還不肯放手，那她只能將那顆定時炸彈引爆，屆時，看他們這對苦命鴛鴦還怎麼堅持下去！

　　梁函韻一邊開車一邊揚起了嘴角，腦海中幻想出來的場景讓長期積壓在心裡的怨氣得到釋放。

　　孤注一擲也好，極力挽回也罷，她只要能看到想要的結果就足矣。

　　到了蘇辰逸家，梁函韻懶得再按門鈴，索性抬手拍打房門，巨大的聲響將裡屋的夏筱筱嚇了一跳。她放下手裡的水杯，前往玄關處打開貓眼，看到梁函韻身影的那一刻，她有一種本能的畏懼：她又來了！每次都是在她離幸福最近的時候，她就像一個陰魂不散的幽靈，瀰散在四周，不願看到她哪怕一絲的歡樂。

　　掙扎了片刻，夏筱筱還是打開了房門，這一次的梁函韻根本連照面都沒打就走進了客廳，她已經不想浪費過多口舌，直奔主題。

　　蹺著二郎腿在沙發上坐定，梁函韻便從包裡拿出一踏照片扔在桌

223

上，跟在身後的筱筱還沒弄明白怎麼回事，就被照片吸引了注意力，因為她看見照片上面的兩個人，不就是她和蘇辰逸嗎？夏筱筱趕緊拿過照片一張一張翻看，有他們在海邊的，有一起出現在醫院的，還有近期在家裡的，包括昨天晚上的。

夏筱筱的腦海中漸漸閃現出最近一系列事件，記者的圍追堵截，網友的謾罵施壓，原來，這一切都不是偶然，而很可能和眼前的這個女人有著直接的關係。

「妳想的沒錯，就是我做的，我本來只想給妳一點教訓，可是妳太不聽話了。」彷彿看穿了筱筱的內心，梁函逸準確無誤道地出了她的心聲。

夏筱筱本來只是持懷疑的態度，但卻被梁函韻直接確定，她抬起驚訝的雙眼看著眼前幾乎扭曲變形的臉，不可置信地發出驚呼：「妳說什麼？」

「我是說，是我找來狗仔跟蹤偷拍妳和辰逸，然後把照片交給記者，你們便上了各大電視、網路、報刊的頭版。」梁函韻說著換了姿勢，往前湊了湊身壓低聲音繼續道：「當然，如果那個時候妳能按我說的離開辰逸，這一切都會平息下去，新聞的熱度最多持續一週，沒有什麼可挖的，大家也就漸漸忘記了。但妳一而再、再而三的挑戰我的極限，我也沒有別的選擇了。」

最後一句話挑起了筱筱敏感的神經，她幾乎是吼了出來：「你什麼意思？」

「哦，對了，我忘記了，辰逸把妳保護得很好，外面的報導妳一概不知，那我就跟妳講一講吧。」梁函韻起身走近筱筱，拿過照片舉到她眼前，「這幾張照片前段時間已經公開，晨海綜合醫院和蘇氏家族因此受到了很大衝擊，誠信跌到最低點。」

梁函韻又將一張男女擁吻的照片換上：「這是昨晚剛剛拍的，妳想想，現在大家都忘記了這件事情，醫院的名譽也在慢慢回歸，如果我再把這張照片交給媒體——」

「卑鄙無恥！」夏筱筱忍無可忍地打斷了梁函韻，但隨之迎來的是一陣狂妄得意的大笑，梁函韻就想看到夏筱筱崩潰抓狂的樣子，這樣她越發覺得，這個遊戲，有點意思。

「有什麼事情妳衝著我來，不要傷害辰逸，妳到底想怎麼樣？」夏筱筱的聲音已經顫抖嘶啞。

見事情按照自己預期在發展，梁函韻非常滿意，她雙手交握看著夏筱筱的眼睛，一字一頓地說：「只要妳立刻離開辰逸，這些照片我就不公開，否則，妳就等著看好戲吧！」

房間裡死水一般的寂靜，夏筱筱透過落地窗看著樓下縮小的人影昂首闊步地離開，不爭氣的眼淚還是潸然落下，胸口像被剜掉了一塊肉一般疼痛異常，她難過，難過自己的無能，只能任由梁函韻操控牽制；她生氣，生氣自己的軟弱，對方說的任何話語都無力反駁。她就那樣看著樓下的車水馬龍，身體鬆軟地滑落下去，抱著膝蓋痛哭失聲。

而趾高氣揚離開的梁函韻此時心裡也並不好受，她的耳邊還迴盪著臨走時和夏筱筱的對話。

「幾天搬離？給我個期限，我不想等太久。」

「三天，三天後我就走，再也不會回來，不過，妳也要答應我，將照片刪除，永遠不要做傷害蘇辰逸的事。」

「嘖嘖嘖，真感動，好啊，就這麼說定了。」

梁函韻本以為，這一次的博弈以她全勝終結，卻沒想到夏筱筱喊住了她。

「梁小姐，妳不要以為我妥協離開是因為妳的威脅，我不怕被人罵，只是害怕牽連辰逸。所以，我的愛是大愛，寧願自己掉入黑暗，也要將他置於光明。妳的愛是小愛，說白了，妳是愛妳自己，愛妳內心的私欲，妳寧願將辰逸推上風口浪尖來換取妳想要的結局，妳真的愛他嗎？」

「妳胡說！我比任何人都需要他！」梁函韻只丟下一句沒有底氣的怒吼便匆匆離開，因為那句句戳中內心的話語讓她心生惶恐，她害怕再遲疑一會，一切都會暴露在光天化日之下，她還有感知，還有分辨醜惡的能力，所以那個心裡的毒瘤漸漸長大的過程中，她也有過焦慮憎惡，但最終都被她膨脹的欲望壓制下去，於是掩飾，忽略，自我化解。最終，她在這條黑暗的道路上越走越遠，停不下來。

傍晚，蘇辰逸下班回家，夏筱筱像往常一樣做好了飯菜等他，看著坐在餐桌前對他微笑的女孩，蘇辰逸越來越沉迷這樣的生活，白天在外忙碌打拚，晚上回家有心愛的人迎接，兩人共用晚餐，然後牽手出去散步，如果懶得動彈，就相擁在沙發上搶遙控器，看看球賽或者肥皂劇。

他發現，只要能和相愛的人在一起，無論在哪裡，做什麼工作，都是幸福的。

蘇辰逸忍不住上前從後面擁住筱筱，看著滿桌的美食稱讚道：「哇，我的女朋友好賢慧啊！」

夏筱筱忍了又忍，才將快要溢出的眼淚逼回，她伸手撫摸蘇辰逸的臉頰催促道：「快去換衣服吧，一會菜都冷了。」

蘇辰逸並沒有覺察出異樣，轉身朝著臥室走去，夏筱筱扭頭追隨他的背影，時間不多了，她不想錯過和他相處的每一分每一秒。

等蘇辰逸換了一身淺藍色休閒家居服出來坐定的時候，才發現夏筱

筱一直盯著他恍神，但這些都沒有引起他的足夠重視，他以為戀愛初期的女生都喜歡思索些小心思，而他也不想打破這種親密的氣氛，反而很享受地看她傻呆呆愣在那裡的樣子，直到他的筷子和碗觸碰發出清脆的聲音，才讓夏筱筱恍然回神，他看著她微紅的臉頰輕輕笑道：「想什麼呢那麼認真？」

夏筱筱垂下頭夾了菜放進碗裡，她紅了臉，不是害羞，不是撒嬌，而是隱忍了各種想要爆發卻又絕對不能爆發的情緒，它們憋在心裡快要讓她窒息了，但她知道，這一次，無論如何，她都要將這場戲演完。

夏筱筱將一口白飯送進嘴裡，麻木地咀嚼兩下，終於輕輕開口：「辰逸，你還記得上次我們一起去海邊的情景嗎？」

蘇辰逸將筱筱前後的發呆、臉紅連繫在一起，理所當然地理解為筱筱是處於熱戀中的小女生，於是挑了挑眉毛開心地回答：「當然記得了！」

「那你記得說過要陪我去找藍眼淚嗎？」

蘇辰逸放下筷子，身體微微前傾，伸手刮了刮筱筱的鼻子道：「怎麼可能忘記！」

夏筱筱停頓了幾秒，眼神裡流露出期盼：「一會吃完飯，我們就去找好不好？」

上帝讓我們愛上一個人，這個人便是我們的宿命，為了他，我們願意被流放天涯，永不歸家。看著蘇辰逸點頭說好，夏筱筱的鼻子發酸，眼淚差一點又要忍不住了，她趕緊將臉埋進碗裡，像患了暴食症的病人一般狼吞虎嚥。

在餘下的時間，就讓我多留存些記憶吧，這樣一來，在那些沒有你的清冷日子裡，我還有一種叫做回憶的東西可以用來取暖。

第 46 章
仙女丟了魔法棒

　　海風清新涼爽，蘇辰逸牽著筱筱的手悠閒漫步，筱筱悄悄看了看身邊的男人，被他握著的手自然而然地加了力氣，回握，緊一點，再緊一點，直到真實地感受到他手心的溫度，她才放下心來。

　　蘇辰逸轉頭看著女孩的模樣，也學著她的樣子用力握住她的手，兩個人玩起了幼稚的比試遊戲，你一下我一下，過了一會，蘇辰逸腦海中冒出一個感慨：果然，戀愛中的人智商都為零。

　　兩人邊走邊望向海面，期待著奇蹟出現的那一刻，可是尋找了半天，看到的依然是黑壓壓的海水，筱筱的內心不免失望，難道命運真的這麼殘忍？在最後的日子裡，如此小的一個願望都無法實現嗎？

　　蘇辰逸看出了筱筱的失落，他停下腳步將她扳過來面對自己，安慰道：「別著急，說不定一會就會像變魔法一樣，嘩地一下出現了。」蘇辰逸說著還伸手做了一個誇張的手勢。

　　筱筱看著他為了想要滿足她的願望而做出來的可愛樣子，終於露出了一絲笑容，她就是這樣一個容易滿足的女生，一個小細節、小動作就能讓她喜笑顏開，她從不貪心，從開始到現在所擁有的這一切，於她來說，已足夠了。她只是偶爾會難過，難過不能長久地陪他感受這些小幸福。

　　天色越來越晚了，可是他們還是沒有盼來所謂突然出現的魔法，夏筱筱想，也許施魔法的仙女睡著了，或者她的魔法棒丟了。既然如此，也不強求了，這一切的一切，都是冥冥之中的安排，也預示著他們感情的最終結局。夏筱筱苦笑一下，將頭靠在蘇辰逸的肩膀上撒嬌：「辰逸，我累了，我們休息一下吧！」

　　蘇辰逸轉頭看了一眼筱筱，忽然向前跨出一步擋在她面前，半蹲下身子，留給她一個堅實的後背，說：「上來，我背妳走。」

　　夏筱筱只遲疑了幾秒鍾，便輕輕伏在了他背上，他身上有著古龍香水和淡淡菸草混合的味道，她閉上眼睛，伸手摟住他的脖子，側臉緊緊貼住他的身體。她多想讓時間就此定格，他就這樣背著她走啊，走啊，一直走到彼此白頭。

　　夏筱筱還是忍不住哭了，眼淚順著臉頰無聲滑落，溫熱的淚滴落到蘇辰逸的脖頸處，察覺到的蘇辰逸嚇壞了，側過頭問：「筱筱，妳怎麼了？」

　　夏筱筱知道躲不過，便將錯就錯，不再克制哽咽的聲音道：「沒事，就是覺得這一刻好幸福。」

　　原來是這樣，蘇很逸聽完噗哧笑了，拿頭蹭了蹭筱筱的額頭：「傻瓜，不許哭，幸福是要笑的。」

　　傻瓜，不許哭，幸福是要笑的。直到後來的後來，蘇辰逸一個人站在大海邊，回憶起當時的情景，夏筱筱的眼淚，那句愚蠢至極的安慰，他還是會陷入無限的自責中，為什麼那個時候沒有看出端倪？為什麼只覺得她變得多愁善感了，卻不知瘦弱堅強的她獨自承受了多少痛苦傷害。

　　蘇辰逸背著筱筱走了許久後才將她放下，兩人坐在海邊休息，筱筱

像個黏人的貓咪，一刻也不能離蘇辰逸，她挽著蘇辰逸的手臂把頭放在他肩上，似乎輕輕一起身，蘇辰逸就會沒了一樣。

　　海平面在夜晚的微光中閃爍著若有若無的光芒，海浪的嘩嘩聲極具催眠效果，他們相互依偎著很快進入到睡眠狀態，尤其是蘇辰逸，白天的忙碌加上此刻天時地利的好機會，他自然不會錯過小瞇一會，他將頭靠在筱筱頭上，為了不讓她著涼，還雙手環住了她的身體。

　　「筱筱，筱筱，起來了，天亮了，該回家了！」不知道什麼時候，太陽已經從地平線冒出了頭，蘇辰逸醒了過來，呼喊著依然熟睡的夏筱筱。

第 47 章
請給他幸福

　　早上的鬧鈴都響了無數遍了，可蘇辰逸還是蒙著頭無動於衷，凌晨三點多才入睡，此刻自然還處於睡眠狀態，以至於那鬧鈴聲就成了他夢境中的點綴，他夢見和筱筱一起在外面吃飯，旁桌人的手機不停地響，聲音刺耳又尖銳，讓他厭煩至極。

　　於是他就想轉過身去對那人說，煩不煩啊一直響，趕緊接電話啊！結果還沒來得及做這個動作，他自己的手機又響起來了，蘇辰逸就開始找自己的手機，桌子上，外套裡，任何一個角落，都不見手機的蹤影。

　　在雙重鈴聲的轟炸下，蘇辰逸終於睜開了眼睛，他仔細一聽，除了聲嘶力竭的鬧鈴以外，果然還有一個稍微弱小的聲音傳來，在枕頭底下，是自己的手機。

　　蘇辰逸摸出手機，揉了揉眼睛一看，是何祕書打來的，再看看時間，分明還沒到催他上班的時候，蘇辰逸立刻警覺起來，想起之前交代給何祕書的事情，趕緊按下接聽鍵，那邊傳來何祕書急切的聲音：「少爺，我們從之前的監視影片中發現了一點線索，但不能完全確定，需要您過來幫忙看一下。」

　　聽聞此消息，蘇辰逸立刻穿上衣服衝出臥室，夏筱筱一如既往地準

備好了早餐，不過今天蘇辰逸是沒時間享用了，他去洗手間簡單洗漱了一下便拿了公文包和車鑰匙準備出門，剛走兩步，身後響起一個留戀的聲音：「辰逸……」

蘇辰逸這才想起，還沒來得及跟筱筱說再見，他轉身走到她面前將她擁入懷中道：「醫院有急事，我要早點過去，晚上等我回家，我帶妳去吃好吃的。」

蘇辰逸轉身匆忙離開的時候，沒有發現夏筱筱眼睛裡隱忍的淚水。

她瞪大了眼睛看著他的背影，直到漸漸模糊，變成一個熟悉的輪廓。

他走了，夏筱筱一個人坐在餐桌前，看著眼前擺放整齊的餐具，本來還想和他吃最後一頓早餐的，看來這個願望也落空了，夏筱筱的眼淚滴落到餐盤裡，她拿起筷子，將荷包蛋夾了一塊放進自己的碗裡，又夾了一塊放進對面的碗裡，然後低頭輕咬了一口。

假裝你就在對面吧，假裝我們一起吃了最後一頓早餐。

蘇辰逸不到二十分鐘便趕到了醫院，他直接去了控制室，何祕書和其他人正圍著監視錄影仔細研究著，見蘇辰逸來了紛紛讓出了位置，一個個沉默不語不再討論，房間裡的氣氛變得奇怪壓抑起來，只有何祕書，上前一步微微低頭道：「少爺，您來了。」

蘇辰逸也顧不得去想那麼多，隨便應答一聲後問：「你們發現了什麼重要線索？」

何祕書示意其他人出去，然後關上門，將蘇辰逸帶到螢幕前，指著一張拉近了的定格畫面問蘇辰逸：「少爺，您看看，這畫面中有沒有您熟悉的人？」

蘇辰逸湊得有點近，本來像素不高的畫面放大後更是一片模糊，他

向後挪了挪身子，只能分辨出這是一張略像人臉的定格照，但根本無法認出是誰，他疑惑地看向何祕書，何祕書沒說什麼，又將畫面拉小，戴著口罩的筱筱和蘇辰逸出現在畫面中，在他們的不遠處，有幾個人正準備打開車門上車。

這段監視前幾天不是已經鑑別過了嗎？並沒有發現什麼異常啊！蘇辰逸皺起眉頭略顯急躁，他一隻手扶住下巴盯住螢幕，眼睛從畫面中每一個覆蓋的區域略過，一遍，兩遍，三遍，等等，好像哪裡不太對勁，蘇辰逸的目光折回，終於停留在那輛打開門的車子上，透過前面的擋風玻璃，蘇辰逸看見後排座位上有一張若隱若現的臉。

蘇辰逸眼睛一亮，雙生撐住桌子再次湊近身體，他仔細看著那張臉，從輪廓來看應該是女性，而且有熟悉的感覺，但他想不起是誰了。蘇辰逸握住滑鼠轉動滾軸，將畫面放大，又縮小，往復幾次，他的動作慢了下來，眼睛由尖銳凌厲忽然變得慌亂，何祕書知道他已經看出了一絲眉目，便不再說什麼，只等他慢慢去接受這個事實。

蘇辰逸最後一次放大了畫面，一雙布滿雪花點的眼睛豁然顯現在那裡，如果說之前因為客觀原因讓他沒有及時認出梁函韻的臉，那這雙眼睛絕對是他確定下來的重要依據。他記得她的眼睛，微微上翹，目光總是深不見底，無法預測。

她怎麼會在醫院裡？而且時間也吻合，她和這次事件有什麼關聯？蘇辰逸被這突如其來的變故攪擾得措手不及，一連串的問題也冒了出來，他起身看著何祕書問：「你們幾時發現的？」

「昨天晚上，但不敢確定，所以今早喊您來看一看。」

蘇辰逸點點頭，眼睛在螢幕上定格一會，便轉身急急出門，剛走了兩步又回頭交代何祕書：「先不要輕舉妄動，一切等我回來再說。」

　　目前唯一的辦法，就是找到當事人問清楚，將這些霧裡看花的謎團一一揭開，蘇辰逸從控制室出來往電梯走去，結果發現人太多，乾脆走了樓梯。他的大腦一團亂，各種破碎的片段無法銜接上，醫院的人來來回回撞著他的身體，他也無動於衷。

　　直到走出醫院大門，他才想起剛剛撞他的某個人有點面熟，他停下腳步轉身，看見的是不停穿梭著的醫生和病人，每天都在醫院上班，有面熟的人很正常，蘇辰逸沒再多想，繼續往地下車庫走去。

　　畫面拉遠，躲在柱子後面的人露出了一半身子，是沐澤，沒錯，剛剛就是他不小心撞上了蘇辰逸，不過他發現對方似乎處於游移狀態，並沒有看見自己，再加上之前筱筱的交代，他便急走兩步藏在了柱子後面，待蘇辰逸離開之後，才乘坐電梯上了住院部。

　　蘇辰逸取好車先打了通電話給梁函韻，說有事想要問她，看她有沒有時間。電話那端的人卻支吾半天不肯回答，蘇辰逸越發奇怪，繼續追問：「怎麼，妳不方便嗎？」

　　梁函韻心裡沒有底，不知道蘇辰逸打來電話所為何事，是已經知道所有的事情了嗎？那個討厭的女人難道沒有打算離開，說好三天走，今天才一天，如果蘇辰逸知道了這一切，那麼之前的所有努力就會前功盡棄！她不能確定這些假設是否有可能實現，只能模稜兩可地回答：「不是，臺裡面還有點事沒忙完，你等等，我跟我們總監請個假，一會再打給你。」

　　掛了電話，梁函韻立刻走入角落撥通了夏筱筱的手機，那邊的人接起來沒有說話，聽筒裡傳來窸窸窣窣的聲音，梁函韻仔細一聽，應該是車子行進時發出來的聲響，她的心裡有了一絲欣喜，語氣也變得急切：「夏筱筱，妳在哪裡？」

沉默良久，一個空曠疲倦的回答彷彿穿越而來：「我已經走了。」

「請遵守妳的承諾，將照片刪除，不要再製造輿論，如果有可能，請給辰逸幸福。」

車窗外的風幾乎快要將她說的話掩蓋，在梁函韻聽似平靜的語氣裡，其實是一張早已淚流滿面的臉。裝作不在乎，裝作已經沒有留戀，只是為了能夠給梁函韻一個錯覺，讓她沒有後顧之憂，從此能一心一意對蘇辰逸好。

可是那些違心的話啊，讓筱筱痛入心骨，肝膽俱裂，她不想讓他們在一起，不想最終是由梁函韻陪伴蘇辰逸走完人生的路程，但她沒辦法，她不能自私地為了自己而去犧牲蘇辰逸的未來。

車子的轟隆聲壓不住她痛哭的聲音，周圍的人紛紛投來異樣的目光，可是她顧不得那麼多了，她只想用盡此生最大的力氣，將那些思念、愛戀，一次性全部哭完。

那個時候，心，是不是就不會再痛了？

沒來得及說話的梁函韻聽著麥克風裡的嘟嘟聲，思緒徹底陷入了空白，這不是她期盼已久的結局嗎？這一刻她不是應該歡呼雀躍、大笑大叫才對嗎？可為什麼她卻感受到前所未有的空虛？不，這不是我應有的狀態，梁函韻仰頭冷笑，淚水卻抑制不住地滑落臉頰。

原來，我們一直所期盼的，未必是我們內心能接納的。

第 48 章

筱筱，等我！

　　沒有等來電話的蘇辰逸內心瀰漫著疑惑，他看了看時間，乾脆先駕車前往晨海電視臺，梁函韻逃避躲閃的態度讓他更加懷疑這件事情是不是和她相關。

　　半個小時後，蘇辰逸的車停在了電視臺門口，正當他準備再次打電話給梁函韻的時候，副駕駛上的手機響起，蘇辰逸拿過一看，是梁函韻。蘇辰逸接起電話，那邊是梁函韻不慍不火的聲音：「我請好假了，你在哪裡？」

　　「我就在電視臺門口，妳出來就能看到我。」

　　有那麼一瞬間，梁函韻真的想找個後門逃掉，她害怕，害怕當所有的一切都浮出水面的時候，她是否還能鎮定從容地面對蘇辰逸，她之前辛辛苦苦花了大量時間和心思給自己鋪好了路，卻發現上面的石子太堅硬，踩上去有點刺腳。

　　但她還是沒有那麼做，因為有一句被傳得爛俗卻極有道理的話，叫做：自己選擇的路，跪著也要走完。

　　梁函韻闊步而出，看見蘇辰逸時揚起嘴角莞爾一笑，她像個完全不知情的局外人，靠近蘇辰逸略帶撒嬌道地：「今天想起來找我了？有本事永遠別見我啊。」

　　蘇辰逸本能地退後一步，他現在和以前不一樣了，他已經有了筱筱，所以無論在心理上還是身體上，他都要做到謹言自律，以免再給那些小人可乘之機，同時也給面前的人一份提醒。

　　梁函韻感受到他的疏離並不生氣，因為她心裡清楚，結局早已寫好，只是蘇辰逸還被蒙在鼓裡罷了。

　　「函韻，我今天來找妳是想問問妳，七月二十九號那天，妳在幹嘛？」蘇辰逸沒有拐彎抹角，開門見山地逼問梁函韻。

　　雖然不能確切地對上時間，但梁函韻知道，蘇辰逸肯定是掌握了一些證據的，只不過這些證據都太散太碎，他無法拼接出完整事件，所以才會大老遠跑來問她這樣的問題。

　　「聽你這口氣，好像是在審問犯人啊！」梁函韻的語氣變得輕佻起來，大有一種魚死網破的氣勢。

　　蘇辰逸聽梁函韻這麼一說，越發確定她有問題，她只是想要跟他周旋，或者說，她在報復他。

　　「我從醫院的監視錄影中發現了妳，那天我和筱筱一起去醫院看奶奶，隔天我們就被媒體曝光了，這件事情到底和妳有沒有關係？」蘇辰逸抓過在一旁撥弄頭髮的梁函韻面對著自己，他急切地想要知道答案。

　　梁函韻的肩膀被蘇辰逸捏得生疼，但她依然優雅地抽身，不緊不慢地靠近蘇辰逸，在他耳邊輕輕吐氣：「我就不告訴你。」

　　說完梁函韻便打算轉身離去，卻被一步上前的蘇辰逸抓住手腕拉回來，看著蘇辰逸快要噴火的眼睛，梁函韻的心裡瀰漫出一絲焦灼，但好在她練就一身表裡不一的絕佳工夫，才成功將這份心思掩藏，繼續挑眉微笑道：「怎麼，捨不得我走嗎？」

　　「妳……」明明知道有什麼，但對方就是緘默，讓你去猜，這樣的情

況真的讓人咬牙踩腳,但此刻再著急也於事無補,只能換個方式。蘇辰逸鬆開了梁函韻的手腕,口氣溫和緩慢許多,「函韻,我知道妳恨我,但是我自問沒有做過對不起妳的事情,我曾經以為我愛妳,是妳沒給我機會,自從筱筱出現後,我才發現原來這一切等待都是值得的,我和妳之間其實一直都在進行著一場較量,看看誰先認輸,但那個對的人來了,我不想較量了,願意放下一切守護她,我這樣的決定,有什麼錯呢?」

梁函韻聽在耳裡痛在心裡,她沒有想到,之前為了挽回蘇辰逸費盡周折做的事,在這一刻全部傾塌,有什麼用呢?他的心都已經飛了,甚至連他的靈魂都附在了另一個人身上,就算她把他身邊的愛人趕走,他依然不愛自己。

那些動聽的情話,再也不是說給她聽。

想到這裡,梁函韻不禁悲憤交加,一次又一次的打擊將她逼上了崩潰的邊緣,她退後一步和蘇辰逸拉開距離,努力克制著即將奪眶的眼淚,良久,她終於張嘴,每一個字似乎都是內心情感的宣泄:「誰讓你有了新歡忘記舊愛的?你忘了曾經說過的話嗎?你說你要陪著我,一直照顧我,可是現在呢?」

眼淚終於滑落下來,她不想再隱忍,不想再偽裝了,她就是難過,想哭,就是不想失去蘇辰逸,就是想要留住他,哪怕不擇手段!

「妳的意思是……果然是妳……」雖然蘇辰逸已經做好了心理準備,但他還是難以承受這樣的結果,畢竟,在他心裡,曾經一直認為她是個善良的女人,雖然任性,但不至於陰險,他為自己的判斷失誤感到極度沮喪。

「我沒想到妳的心腸這樣壞,妳知道妳所做的一切會帶來什麼樣的後果嗎?我父親辛苦一輩子的事業也許會就此毀掉,筱筱有可能永遠沒有

辦法再回到電臺做主持人，這就是妳想要的結局嗎？」蘇辰逸握緊拳頭一步步逼近梁函韻。

「我管不了那麼多了，我只想和你在一起！」

整個世界都安靜了，這就是癥結所在，緣起於此，緣滅於此。

「晚了，不可能了。」幾秒鐘後，輕盈卻堅定的話語穿透空氣，像飄忽的蒲公英一般緩緩落地。

所有的希望都被掐滅，僅存的一絲光亮也被黑暗包圍。梁函韻開始後悔，後悔曾經還有過心軟和自責，她就是這樣一個人，即便是錯的路，只要能夠滿足一時的快感，她也要走下去。而且，她並沒有完全輸。

「那你就回去找你的可人兒啊，看她還能不能像往常一樣等你回家。」她就等著這一刻說出這件事情，萬劫不復之時再為自己討回一點尊嚴。

「妳說什麼？」蘇辰逸聽聞此言如晴天霹靂，雖然是一句指向不明的暗示，但蘇辰逸已經猜到一二，他根本沒有想到，梁函韻居然也會對筱筱下手。

蘇辰逸覺得頭暈眼花，眼前女人的臉頰變得模糊不清，身體也疲軟下去，他不停地後退，直到靠在車子上，才沒有頹然跪倒在地，筱筱，筱筱，他的嘴巴動著，卻發不出一點聲音來。

那是多麼珍貴的人啊！好不容易才把她留在身邊，如果失去，就等於掏空了他整個世界。

「我忽然發現，我和你待在一起的這段時間，對你的了解少之又少，所以想多問問你，把你喜歡的、感興趣的都記在這裡。」

「辰逸，我們一起去找藍眼淚好不好？」

「沒事，就是覺得這一刻好幸福！」

那麼多具有預兆性的回憶如泉水般冒了出來，蘇辰逸不顧一切地打開車門，用顫抖的手啟動了油門，此刻，他再也不想去管任何事情，他只想趕緊見到夏筱筱。

晨海市的大街上，一輛黑色的賓士在超速行駛，車上的男人心急如焚，額頭上也滲出了細密的汗珠，他一隻手握著方向盤，一隻手撥打著電話，但聽筒那邊傳來的始終是一個冰冷機械的聲音：「您好，您撥打的電話已關機。」

不要，筱筱，等我，妳一定要等我！妳答應過我，不會突然消失，不會讓我找不到你！

蘇辰逸的眼眶泛起了微熱，眼前的路變得時而模糊時而清晰，他努力地睜大眼睛，踩下油門，拋下身後不停倒退的風景。

第 49 章

我愛妳，就會成為妳

　　四周都是壓抑而來的黑，一層一層將蘇辰逸包裹著，他想掙扎，卻發現不能挪動身體，不遠處有一個熟悉女子的身影，她就站在那裡，對著蘇辰逸微微笑著，一如曾經的樣子。

　　「筱筱，是妳嗎？」蘇辰逸的問話飄渺而又空曠，女子沒有回答，轉身離去，毅然決然。

　　「不要走，不要走！」悲泣的吶喊也沒能留住女子的腳步，蘇辰逸清楚地感覺到那一顆充滿期盼的心慢慢枯萎下去，直到變得冰涼徹骨。

　　忽地一下清醒過來，渾身的汗水已經浸透了被子，蘇辰逸看看周圍的白牆冷壁，才明白那又是每天重複的夢境，已經連著一個多月了。

　　掙扎著起身到浴室，打開蓮蓬頭，任由水柱打到身上、臉上。沒有加熱的水，在已經入秋的季節，讓蘇辰逸身體的每一個器官都感到寒冷刺痛，彷彿只有這樣，他才能感受到一絲活著的氣息。

　　穿著浴袍走出浴室，不知道下一步該幹嘛的蘇辰逸癱軟在沙發上，這樣的一天又開始了，行屍走肉般的生活。

　　蘇辰逸望向廚房，以前的這個時候，筱筱早已準備好了早餐，客廳裡瀰漫著歡聲笑語，窗外明媚的陽光和勤勞的人兒的影像交映在一起，

而如今，蘇辰逸只能隔著一個時空，看著眼前的幻影淚溼眼眶。

那寂寥晃動的吊椅，發出吱呀吱呀的聲響，蘇辰逸有時能盯著它看大半天，他總是在柔光交錯時看見一個綁著馬尾的女孩的背影，她輕輕搖動身體，離他那麼近，彷彿從來不曾離開過。

蘇辰逸被無數的回憶包圍著，終於，在窗簾縫隙的陽光照射進來劃過他臉龐的時候，他用手捂住了臉，壓抑的哭聲隨即傳出，指縫間含糊不清的是男人的囈語：「對不起，筱筱，妳回來好不好？」

他後悔，後悔沒能夠及時發現苗頭阻止筱筱離開，如果他能哪怕留心一點點，這所有的一切都不會發生。

畫面切回到筱筱離開那天，蘇辰逸開著車回家，他還抱著一絲幻想，希望打開門的時候能看見坐在餐桌前的女孩，她不是每次都那樣嗎？等著他回家，然後眉眼溫柔地對他微笑。

然而，迎接他的卻是空無一人的客廳，以及那個再也撥不通的電話號碼。

臥室裡的行李已經被帶走了，房間的每一個角落都打掃得乾乾淨淨，乾淨到看不出來一個人的生活痕跡，蘇辰逸靠著牆的身體漸漸滑落下去，為什麼？為什麼要離開我？你明明知道我不能沒有妳。

他的腦海中湧現出早上筱筱不捨的表情，她對他說的最後一句話，是輕輕喚著他的名字。

辰逸⋯⋯

他根本不知道她有多麼不捨，他也不知道，這句呼喊包含了多少情感。

回憶繼續泛濫，在餐桌上，筱筱祈求蘇辰逸陪她去找藍眼淚，那個時候她就去意已決，只不過有太多的事情掩蓋住了蘇辰逸的雙眼。上帝

總是這樣，祂會給你若隱若現的提示，但祂從不挑明，當你發覺的時候，一切都太晚了。

那個關於離開的夢境，不就是最好的詮釋嗎？

蘇辰逸仰起頭閉上眼睛，側臉緩緩滑下一道淺痕，一顆淚珠在若隱若現的微光中熠熠生輝。

滴答的時鐘讓整個房間更顯淒涼，蘇辰逸就那樣癱坐著，頭靠著牆，任由回憶占據整個大腦。突然，如電光火石一般，蘇辰逸突然睜開眼睛，所有的事情都連成了一條線，他想起了那個夢，轉而思緒又回到早上去過的醫院，在他下樓的時候，有一個人撞了他一下，那個人有點面熟。

那個人，不就是沐澤嗎？穿著黑色 T 恤，戴著一頂鴨舌帽，故意將帽檐壓得很低，但依然露出了大半張臉。

有的時候，我們只有在拋卻了萬千雜念，才能撥開雲霧看清本質。

蘇辰逸一個激靈站起身來，拿了車鑰匙重新衝出家門，他要去醫院找奶奶，他要和時間賽跑，雖然他知道，他贏的機率微乎其微。果然，開車到醫院的蘇辰逸在病房裡看到的，是一張空床。

「這張床的病人去哪裡了？」蘇辰逸順手抓過一個推著藥品車的護理師詢問道。

「早上辦理出院手續出院了。」

猶如一把刀，一下又一下，將他身上的肉剜下來，直到抽筋扒皮，剩下白骨。

「是誰同意辦理出院手續的？你們不知道這個病人需要靜養不能隨意挪動嗎？出了事情誰來負責？」幾乎失控的蘇辰逸上前一步抓住護理師的肩膀搖動著，震耳欲聾的吼聲將其他人也吸引了過來，幾名男醫生將

他拉開，那無辜的小護理師才趕緊離開。

那時的蘇辰逸，已經瀕臨崩潰的邊緣，他看著周遭人們異樣的眼睛，聽著他們的竊竊私語，頓時覺得天旋地轉，他衝開人群跑了出去，一路跑啊跑啊，汗水浸溼了他白如雪的襯衫，等他停下來的時候，已經分不清臉上的是汗水還是淚水。

海浪拍打著海岸，嘩啦嘩啦，那麼熟悉，卻又那麼遙遠。蘇辰逸抬頭，原來，他已經一口氣跑到了海邊。

他就在那裡一直待到了晚上，又盼到了天明。他在等，等她回心轉意，等她來海邊找他，因為她說過，要讓蘇辰逸陪她找到藍眼淚。

夏筱筱，這些，妳都忘了嗎？妳答應我的事情，也不算數了嗎？

夏筱筱，妳這個騙子！

……

一晃一個月過去了，在夏筱筱離開的這段時間，蘇辰逸動用了所有方法去找她，他知道，在保釋期間，筱筱是不能去外地的，所以他除了去他們經常去的地方、讓何祕書幫忙以外，還去了警察局，他們對她的行蹤應該是了解的，可令蘇辰逸沒想到的是，他得到的回答卻是：我們不能隨意透露她的行蹤和聯絡方式，這是她本人的意思，也是為了案情偵破過程中不受其他因素干擾，希望你理解！

至此，蘇辰逸才發現，沒有了那一連串的數字，想要找到一個人，是如此之難。

一個月的時間，蘇辰逸沒有再去醫院上班，他每天都過著機械化的生活，早上起床，問問何祕書有沒有筱筱的消息，打開電腦看看新聞，心情稍微好點的時候，就會去海邊散散步，或者去樓下的餐廳吃份簡餐。

　　他所做的每一件事情，都和夏筱筱相關，希望偶遇，希望在海邊看到那個總是笑得沒心沒肺的女孩向他跑來，希望推開餐廳的門看見一道熟悉的背影。

　　我愛妳，就會成為妳，只是妳已離開，我該如何釋懷？

　　靠在沙發上的蘇辰逸伴著回憶緩緩睡去，髮梢上的水珠滴答到他的臉上，身上，沙發上。茶几上的手機發出了嗡嗡的震動聲，螢幕亮了起來，聽見聲響的蘇辰逸驚醒過來，抓過手機一看，是何祕書，他趕緊接起來問：「何祕書，有消息了嗎？」

　　早就料到蘇辰逸會是這樣的反應，何祕書並不驚訝，他沉默了兩秒鐘才回道：「還沒有，少爺。」如抽絲一般，蘇辰逸整個身體又疲踏下去，他打算掛電話了，其他的一切，他都不想聽。

　　可是聽筒那邊的人卻急急地喊住他：「少爺，您先別掛電話，董事長託我帶個話給您。」本來已經拿遠了電話的蘇辰逸忍住了動作，重新放回耳朵問：「什麼話？」

　　「他很擔心您，想要見見您，不知道您今天能否回家一趟。」

　　思索片刻，蘇辰逸回道：「知道了，讓我考慮一下。」

　　從筱筱失蹤到現在，他沒有見過任何人，在他心裡，或多或少都對他們有著埋怨，雖然梁函韻是造成整個事件的主要原因，但蘇安和等人也形成了推波助瀾的作用。

　　而此刻，聽著何祕書說的話，蘇辰逸的內心還是輕微地泛起了波瀾，那個一向偏執不肯低頭的威嚴父親，居然會說擔心他，這讓他想起了那一晚，筱筱做的那碗南瓜粥。

　　她說，你父親非常愛你。

　　她說，我多希望和你一樣，能有個人在我犯錯的時候訓斥我一頓，在我遲遲不回家的時候打電話來催我。

　　想到這裡，蘇辰逸站起身來，別人說的話他可以不聽，但筱筱說的他卻不能不聽。

　　換好衣服的蘇辰逸一邊對著鏡子整理衣領，一邊打電話給何祕書：「跟爸爸說一聲吧，我一會就回去。」

第 50 章
去找她吧！

　　車剛在蘇家大院裡停穩，便有傭人上來打開車門，畢恭畢敬地低頭道：「少爺，您回來了。」蘇辰逸很久不曾感受過這樣的待遇，頗有些不適應，他輕聲應了一下，將車鑰匙交給傭人，便朝著棕色小樓走去。在二樓窗戶上目睹了一切的蘇太太下樓去迎蘇辰逸，快小半年沒見過兒子了，最近聽何祕書說了他的狀態，蘇太太非常心疼。

　　大門打開，蘇太太快步走出，遠遠就看見蘇辰逸暗黑憔悴的臉，她的嘴巴動了動，想要說些什麼，卻終究只是抓住蘇辰逸的雙手，紅了眼眶。

　　蘇辰逸最近的情緒比較脆弱，看見母親為了自己黯然神傷，一絲愧疚湧上心頭，他伸手攬住母親的肩膀，輕輕安慰道：「媽媽，我沒事的。」

　　話一出口，蘇辰逸的心裡泛起陣陣酸楚，怎麼會沒事呢？那日日夜夜熬人的思念，已經快要將他摧殘殆盡，只是這一份脆弱不能在別人面前過多展示，所有的苦澀，他只能自己吞嚥。

　　蘇辰逸和母親進了客廳，她開始張羅傭人準備晚餐，蘇辰逸環視著客廳周圍的擺設，一切都沒有改變：蘇辰逸曾經挑選的客廳燈和茶几，

他高中的時候種的一盆富貴竹，現在已經長得枝繁葉茂，靜靜地放在沙發旁邊。

這些小細節，在之前的二十多年裡都被他忽略了，而今天，他彷彿看見一個兩鬢花白的老人，每天都拿著噴壺給那盆富貴竹澆水。

蘇辰逸的心狠狠地抽搐了一下，他終於上前對著忙前忙後的母親發問：「爸爸呢？」

蘇太太停下腳步看著蘇辰逸，多少年了，他沒有開口喊過爸爸，這一刻，她有種恍若隔世的感覺。

「醫院裡有點事情，他處理完馬上就回來了。」蘇太太的言語裡盡是欣慰，她本以為，蘇辰逸受夏筱筱事件的影響，對蘇安和還心存怨恨，沒想到，他非但沒有想像當中的樣子，反倒越發懂事起來，這讓蘇太太感慨不已。

正說著，客廳大門被推開，拎著公事包的蘇安和闊步而入，他或多或少耳聞了母子兩人的對話，之前的諸多擔心也一掃而空，放下手裡的東西，先和蘇辰逸打招呼：「回來了？」

雖說剛剛的蘇辰逸的確心軟了，但面對面站在這裡，他還是不能像什麼事情都沒發生一樣輕鬆應對，他避開蘇安和的眼睛，面無表情地應答一聲：「嗯。」

比預想當中要好得多，原本以為，他根本連家都不願回。

「回來就好，晚上叫他們多準備幾道菜，我們一家人好好聊聊。」蘇安和的口氣也和以前大相逕庭，再也不是命令和指責，而是多了幾分溫情。

傍晚，一切準備就緒，一家人圍坐在餐桌前，滴酒不沾的蘇安和拿出了存放在櫃子裡的拉菲，和蘇辰逸一起碰起了杯，蘇太太見狀，便以

吃飽了為由離開了餐桌，她知道，這是個難得的機會，也許他們父子兩個有很多話要說。

果然，幾杯酒下肚，所有的感情都被浸潤得柔和起來，兩人之間的距離也不由得被拉近，蘇安和見時機成熟，就以試探的口吻對蘇辰逸說：「辰逸，你在家休息有些時日了，現在醫院的事情特別多，光靠我和何祕書，還有身邊那幾個人根本打理不過來，你能不能回醫院來幫我？」

這是第一次，蘇安和以這樣的方式和蘇辰逸對話，沒有高高在上，沒有冷嘲熱諷，有的，只是最後的說服和祈求。

蘇辰逸仰頭將紅色的液體倒進嘴裡，然後醉眼朦朧地看著眼前已經重疊的人影，不管是對筱筱的思念，還是兒子和父親之間那種又愛又恨的糾葛情感，他都只能放在心裡，然而今天，他可以釋放了，藉著酒精的作用，把那些壓抑心情全部傾瀉。

「爸爸，我終於明白，一直以來，我不喜歡當醫生，並不是我討厭醫生這個職業，而是因為你，你總是不停地壓迫我，不顧我的感受。當初你想讓我學外科，我偏偏選了牙科，這也是對你的一種抵抗。」

蘇辰逸一邊說著一邊抓起酒瓶倒酒，蘇安和默不做聲地從他手裡搶下酒杯，蘇辰逸抬頭看看他，自嘲地笑笑，說了每個醉酒人都會說的辯解詞：「我沒醉！」

蘇安和的手忽然就停在了那裡，他們以前的生活，會不會就是這樣一種情景？他想要，他卻一直在搶奪？並且從未反省對方的需求？就好比此刻，蘇辰逸也許真的需要一點酒精的刺激，才能讓心裡好受一點。

蘇安和將那杯酒放到了蘇辰逸面前，緩緩說道：「喝吧，我陪你。」

那麼縹緲而又遙遠的一句話，蘇辰逸的眼眶忽然就紅了，他的身體

雖然感受到了紅酒後勁帶來的影響，可是大腦卻無比清醒。他緩緩推開酒杯，直起身來看著皺眉的蘇安和繼續說道：「我本來以為，我和你之間，可能一輩子都會是那種狀態了，但是筱筱讓我改變了這種想法，她告訴我，你小時候為我做過南瓜粥，還有，你一直都很愛我。」

蘇辰逸的聲音微微顫抖，眼眶裡泛著密密麻麻的星點，蘇安和表面上不動聲色，內心卻早已翻江倒海，他沒想到，那個讓他覺得像瘟疫一樣的女人，生生將他的兒子改變了。

「我知道你們都不喜歡她，對她存有偏見，因為她特殊的身分，但是爸爸，你和媽媽那個時候不也是白手起家，相互扶持著一路走來的嗎？媽媽並沒有因為你的貧寒離開你，你也沒有因為她的累贅棄她而去，愛情，不就應該是這樣嗎？不論富貴，相濡以沫，假如我在選擇愛人的時候要看她是否權貴，那叫交易，不叫愛情！」

伴隨著蘇辰逸的話語，蘇安和的腦海裡出現了一幅畫面：那一年，他還很年輕，也有著和蘇辰逸一樣挺拔的身軀和英氣逼人的臉頰，唯一不一樣的是，他沒錢，只是個醫科大學畢業的窮小子。初到醫院上班的時候遇到了蘇辰逸的媽媽，她溫婉美麗的樣子將他吸引，兩個年輕人很快墜入愛河，但卻遭到女方家長的強烈反對，理由是，她的家境比他好，以後跟著他會過苦日子。

然而這一切並沒有阻擋他們相愛，女孩和家人對抗、冷戰，甚至採用絕食來爭取機會，最終，他們的執著感動了女方父母，才圓滿地走到了一起。

當然，最初在一起的時候，她的確跟著他吃了不少苦，創業的失敗，生活的坎坷，無不摧殘著本來就不被祝福的婚姻，但好在她一直都沒有抱怨過，一直支持他，做著他背後的女人。蘇安和現在想想，他的

成功，都是她給予的，如果沒有她，他的那些財富根本一文不值。

　　想到這裡，蘇安和好像忽然明白了，明白了蘇辰逸為何會為了一個女人如此大動干戈，如失了魂魄一般日漸萎靡。原來，那些加在身上的名利、利益、金錢，都是身外之物，失去了深愛的人，才是失去了一個人的所有。

　　這些道理，蘇安和不是不懂，只是有了一個父親的身分，他便理所當然地以另一個角度看待問題，無比現實。他以為這樣可以為他掃清一切人生的障礙，殊不知，沒有任何風險損失的生活，就如一杯白開水，平淡無味，放置的時間長了，還會泛出苦澀。

　　那不如就放手讓他去愛吧，還他自由，不再束縛。曾經擔心夏筱筱影響到蘇氏企業，現在看來，他一直信任喜歡的梁函韻才是隱藏的殺手。

　　有的時候，我們不能一味地按照自己的觀點去看待問題，因為有盲點，所以會傷害到最親的人。

　　蘇安和倒了一杯酒晃了晃，放到嘴邊輕抿一口，然後看著滿臉通紅的蘇辰逸說：「去找她吧，只要你能找到，我不會再阻攔你們！」

第 51 章

夏筱筱，我替妳報仇了！

蘇辰逸根本不敢相信自己的耳朵，他怔怔地看著蘇安和，酒也醒了一大半。在他眼裡，那張有著絲絲皺紋的臉頰看上去不再那麼淡漠遙遠，而是被染上了柔和的線條，多年的死結如抽線一般瞬間打開。

原來，只要相互理解了，所有的事情就會變得情有可原，比如父親的嚴厲，只是希望他不要像身邊的同類孩子一樣玩物喪志。再比如，強迫他學醫，也是因為他是家裡唯一的血脈，如果他放棄，那麼以後的蘇氏企業誰來繼承？

他一下子能夠站在對方的角度，看到許多他曾忽視的問題。

這所有的一切他都可以妥協了，因為父親接納了筱筱。雖然時間晚了那麼一小步，但對蘇辰逸來說，已經足夠了。

「謝謝你能接受筱筱，雖然我不知道能不能找到她，但是我不會放棄的，我會一邊找她一邊回醫院幫你打理業務，你放心，我不會丟下蘇氏企業不管。」

只要你肯伸出手，我就不會轉過身，蘇辰逸終於向父親做出了承諾，結在心裡多年的疙瘩也在兩人不斷的情感表露、退讓、溝通中一點點消散開來。

　　蘇安和等了這麼多年，終於盼到了他想像中蘇辰逸的樣子，雖然過程曲折了一點，但能有如此結局，之前所經歷的那些都不算什麼了。

　　從蘇家大院出來，蘇辰逸搖搖晃晃推開父親和母親，也不同意傭人開車送他回家。他想藉著漸漸秋涼的晚風走回家去，距離不遠，還可以醒醒酒。

　　蘇太太不肯放手讓他獨自一人，卻被蘇安和默默拉回了身邊，他知道，時至今日，他們應該相信，孩子已經長大，不論是年齡上還是精神上，都應該讓他有自己做決定的權利。

　　於是蘇辰逸就那樣一步三晃地離開了，他的身體雖然不聽使喚，但大腦從始至終都是清醒的，他能夠感受到身後牽掛的目光，但他沒有回頭，這樣才是最好的，知道心裡放不下，但克制著不干涉、不搗亂，每一個人都在改變和成長。

　　只是，讓這一切發生變化的夏筱筱，妳到底在哪裡？

　　蘇辰逸在路邊的臺階旁停下來，然後看著遠處被燈光照耀得五彩斑斕，夜晚的繁華和他此刻的形單影隻形成了鮮明的對比，他像一隻被丟棄的獸，在無邊的黑暗裡奔跑尋找，可依舊一無所獲。

　　他就那樣無力地癱坐在臺階上，伸手從口袋裡拿出手機，那個白色的手機有點磨舊了，自從筱筱走後，他便開始用這部手機，快要被想念的洪水侵吞的時候，就打開資訊欄和相簿，那裡面有他不回家時筱筱發送的催促簡訊，還有，他們在海邊的唯一一張合影。

　　淡藍的光照映著蘇辰逸快要滴出水的眼睛，螢幕上的女孩笑靨如花，臉上被海砂塗得花裡胡哨，一旁的男人雖然滿臉的不情願，但兩人之間還是瀰漫著溫馨的氣息。蘇辰逸的指尖一遍一遍劃過女孩的眼睛、鼻子、嘴唇，直到雙眼模糊看不清那熟悉的容顏。

空曠的馬路上蔓延著寂寞的味道，蘇辰逸完全沉浸在悲傷的情緒中無法自拔，忽然，不遠處一個拉長的人影一閃而過，當蘇辰逸抬起頭的時候，殘留的一抹影子也消失殆盡。

這個時候，任何一個信號都會讓他無比警覺，那身影是修長的，似乎還留著長髮，蘇辰逸的大腦迅速把剛才看到的東西消化，然後瘋狂地衝了出去。

筱筱，是妳嗎？是妳回來找我了嗎？蘇辰逸在越過一棵擋住視線的大樹之後，果然看見了一個女人的背影。

還沒有緩過勁的酒精作用加上連日來的期盼心情，讓他生生將眼前的人看成了夏筱筱，她低著頭緩緩挪動著腳步，披散下來的半長頭髮隨風拂動，蘇辰逸甚至都能想到她轉過頭來看著他微笑的樣子。

三步並作兩步上前抓住她的手臂，手掌中傳來的溫熱讓他熱淚盈眶，是真實的，不是幻覺！他拉著她，轉過身來，面對自己。

微微上翹的丹鳳眼，精緻卻沒有特點的臉頰，蘇辰逸愣了兩秒鐘，一顆沸騰的心瞬間跌入冰點。

「怎麼會是妳？」他失望地鬆開手，連眼皮都不願再抬一下便準備轉身離去。

沒有怨恨，沒有驚訝，甚至沒有憤怒，原來，一個人給另一個人最大的傷害，是對她完全無感。

梁函韻的身體冰涼，手指尖陣陣發麻，她沒有想到，在蘇辰逸心裡，她已經成了一個路人甲。

「辰逸！」梁函韻不甘心，對著那挺拔的背影大聲呼喊，而對方似乎完全沒有停下來的意思。她索性一個箭步衝上去擋住男人的去路，那倔強的臉頰卻輕輕別過，不願與她對視。

　　眼淚大顆大顆地滑落下來，梁函韻終於體會到愛一個人的感覺，那種緊跟步伐又被甩遠的失落讓她明白，這一切，都是報應！她本以為趕走夏筱筱，蘇辰逸就能回心轉意，即使不回到她的身邊，也能滿足她報復的快感。可是自從那天蘇辰逸失魂落魄地離開，她便再也沒有片刻安心。

　　她早就愛上他了，只是沒有發現而已。我們都是遲鈍的愚人，總是在錯過以後才想著珍惜。

　　於是她開始打探蘇辰逸的近況，託朋友去醫院，發現他沒有上班；去他家樓下，很久才見他去超商買些東西，凌亂的頭髮，憔悴的面容，空洞的雙眼，和之前那個神采飛揚的男人判若兩人。

　　如果還有一次機會，她是不是可以嘗試著用另外一種方法，將他留在身邊？看著蘇辰逸頹廢的樣子，梁函韻不止一次的假設過。

　　可是，這個世界上沒有後悔藥，我們所做的任何事情，如果不盡如人意，除了彌補，別無他法。

　　好不容易看著他穿戴整齊地出門，她一路緊隨，看著他回蘇家，再看著他酩酊大醉獨自出來，他的身影是黑夜裡一道孤單的風景，遙遠不可觸及。

　　本想著就這樣遠遠地看著他，卻一不小心被他發現了。她以為他會搖著她的肩膀喝斥她，甚至痛罵她！但是，這些情景都沒有出現，她就像一抹空氣，完全被忽視。

　　這是最難以承受的結局。

　　「你為什麼還是忘不了她？」明明知道這是一個自取其辱的問題，可她還是忍不住問了出來。

蘇辰逸終於轉過頭來，對上了梁函韻的眼睛，幾秒過後，他的嘴角揚起一絲輕蔑的笑，腳步上前靠近梁函韻，在她耳邊輕聲回道：「因為我愛她。」

因為我愛她……這個聲音似乎還帶著回音，在梁函韻耳邊不停地重複，蔓延。蘇辰逸在說完這句話後毫不猶豫地輕推開眼前呆立的女人，頭也不回地大步離開，無論身後的痛哭多麼撕心裂肺，痛楚徹骨，都沒有讓他有一絲動容。

愛很美好，也很快樂，只是當我們都用錯了力道和跑偏了方向的時候，它便成了一把利劍，隨時會在我們的身體上劃出傷口。

回到家已是深夜，蘇辰逸連燈都懶得開，直接栽倒在沙發上，如果那個想見的人不在，開著燈豈不是更顯淒涼？蘇辰逸拉過毯子蓋住微涼的身體，回想剛剛和梁函韻碰面的情景，他的嘴角露出一絲久違的笑容。

夏筱筱，我替妳報仇了呢！妳看，她曾經欺負妳，今天都被我討回來了，是不是很過癮啊？我向妳保證，以後，我再也不會讓妳受任何委屈了。

所以，妳快點回來好不好？

第 52 章
妳可不可以忘記他？

　　社區的路燈下晃動著一個女孩單薄的身影，她看上去孱弱嬌小，仰起的臉頰上寫滿傷感，她目光堅定地望向高處，眼睛裡閃動著點點星光。

　　沒錯，就是夏筱筱，她和梁函韻一樣，一路跟隨著蘇辰逸的步伐，只不過她一直都在安全距離外，所以沒有被蘇辰逸發現。

　　離開你是被迫的選擇，但不妨礙我想念你。

　　夏筱筱一路上目睹了蘇辰逸的醉態。看著他拿出手機眼泛淚光，看著他毅然決然和梁函韻擦身而過，看著他步履蹣跚兀自落寞地進入電梯。指甲已經深深陷進了掌心裡，有鮮紅的血跡湧出來，夏筱筱狠狠地咬住嘴唇，才忍住了立刻衝過去擁住他的衝動。

　　對不起啊辰逸，真的對不起！我不想看到你難過，但我又不能靠近你。

　　夏筱筱凝望的眼睛突然像開閘的水龍頭，眼淚順著臉頰汩汩流下，她壓抑著情緒，不想讓哽咽的聲音驚動已經安睡的黑夜，但胸口的疼痛卻一點點放射開來，侵蝕著她最後的底線，她終於忍不住蹲下身去失聲痛哭。

　　黑夜的盡頭有一個黑點由遠而近，模糊的輪廓也漸漸清晰。原來，我們的身後總是站著一個人，你為他哭，他為你傷。

　　沐澤站在筱筱身後不遠處，他聽著她壓抑許久的哭泣在這一刻完全噴發，便忍住了繼續上前的步伐，也許這一刻，她只想一個人待著。

　　她曾說，我不愛蘇辰逸了；她還說，忘記一個人其實沒那麼難。可是今晚，她說想要出去透透氣散散心、不要他陪的時候，他就已經猜到她的去向。愛一個人，哪有那麼容易割捨？就算你在心裡說一千遍一萬遍我不愛他了，但你的心卻無法幫你繼續圓謊。

　　哭聲減弱，筱筱抽動肩膀的頻率也減緩了，沐澤心疼地看著她的背影，不由自主地伸出了手，卻在馬上要喊出她名字的時候戛然而止，他聽見她小聲地呢喃，那是另一個男人的名字，他的心臟瞬間被撕裂，痛入骨髓。

　　「筱筱……」幾乎聽不見聲音，沐澤用足了十二分的力氣，才將那艱難的字眼喊了出來。

　　夏筱筱頓了頓，轉過身看見沐澤，她不知道他是什麼時候來的，從哪個階段目睹了這個尷尬的過程，她只知道此刻臉上的淚珠還沒拭去，於是趕緊抬手抹乾，又整理了一下衣服和頭髮，才勉強擠出一絲笑容問道：「你怎麼來了？什麼時候來的啊？」

　　「剛剛。」知道她在逃避掩飾，所以絕不讓她難堪。

　　筱筱點點頭，似乎放心了一些，但心虛的她還是不敢直視沐澤的眼睛，生怕一不小心就暴露了內心的真實情感，還是沐澤先走過來，若無其事地抱抱她的肩膀，然後拉著她離開。

　　他抓著她的手腕，可還是感覺到那份僵硬，沐澤的手心變得冰涼，悄然地鬆開手掌，她便退身到他身後，跟著他的影子，一前一後。

空氣中瀰漫著小而隱祕的細碎情緒，兩人彼此無言，卻在內心各自掙扎，筱筱不捨的腳步緩慢地挪動，時不時回頭看看身後，雖然除了昏暗的路燈，什麼都沒有。沐澤聽著那輕微的聲響，終於下定決心，他停下腳步，身後的女孩沒來得及反應，硬生生撞在了他身上。

沐澤順勢轉身將她輕拉過來，看著她的眼睛問：「筱筱，妳確定妳可以忘記蘇辰逸嗎？」

筱筱瞪大眼睛看著沐澤認真的模樣，雖然心裡早有了答案，可還是脫口而出：「可以。」

全世界都知道這是一個不怎麼有技術含量的謊言，連夏筱筱自己都覺得，沒人會相信她說的這句話。

沐澤卻鬆開抓著她的肩膀的手，點點頭，似乎在說服自己道：「好。」

就算是謊言，只要是妳說出來的，我就選擇去相信，最起碼我看到了一絲希望，哪怕它微弱得幾乎看不到一點光亮。

「跟我走，我帶妳去一個地方。」沐澤沒有徵求筱筱的意見，直接轉身離去。雖然不知道他要帶她去哪裡，但是在這個四周無人的夜晚，除了跟著他，筱筱別無選擇。

街上幾乎沒什麼人了，偶爾有車輛呼嘯而過，入秋的風襲來陣陣涼意，筱筱不由地抱緊了雙臂，沐澤見狀，脫下外套披在她身上。筱筱想拒絕，可他雙手的力量堅定倔強，於是她不再推辭，伸手拉了拉衣服問道：「沐澤哥，我們到底要去哪裡？」

沐澤側頭看了看筱筱，並沒有立刻回答她的問題，他只是看著遠方，嘴角輕輕揚起笑容，眼神裡湧出一分憧憬，悠悠道地：「一會妳就知道了。」

　　經過了海邊，跨過一條石子路，然後翻越了一座小山，終於站在了山頂，筱筱抬頭，看見滿天的星光閃爍著明亮的光芒，天空離她那麼近，她似乎一伸手就能觸摸到那一片汪洋的蔚藍。

　　「好美。」夏筱筱將手掌放在眼前，透過指縫看著銀河系裡不停跳動的精靈。沐澤看著她欣喜的模樣，心裡有了一些安慰，有多久了，她都是在黯然神傷，或強顏歡笑，沒有一次發自內心的喜悅。

　　「喜歡嗎？」沐澤和她肩並肩，同樣抬頭仰望著這一片美景。

　　「喜歡，你是怎麼發現這個地方的？以前也沒帶我來過。」筱筱沉浸在突如其來的驚喜當中，完全沒有發現沐澤的笑容忽然就隱退了，他轉過頭，似乎在掙扎，良久，他才開口，聲音小而憂鬱：「十歲的時候就發現了，每次挨完打，就會獨自來這裡。」

　　那曇花一現的快樂悄然飛逝，筱筱看著沐澤，他的側臉在夜晚和遠處燈光的映襯下忽明忽暗，看不見表情。

　　「沐澤哥……」原來帶給她快樂的，卻是他蝕骨疼痛的回憶，她試圖安慰他，卻發現此刻語言是那樣匱乏。

　　「沒事，雖然每次都是發生不好的事情才來這裡，但它留給我的回憶是美好的。」沐澤一眼便看穿了筱筱的心思，他不想讓她有負擔，於是拋卻那些不快的記憶，轉身直視著筱筱的眼睛繼續道，「一個人來這裡療傷，渾身的疼痛會慢慢消失，我有時會在這裡待一晚，偶爾流星劃過，許個願，基本上都能實現。」

　　「那你都實現了哪些願望？」

　　「爸爸不再打媽媽，我能夠保護媽媽，還有，讓我留在妳身邊。」

　　如畫的美景下這樣溫潤的表白更加柔和暖心，沐澤的眼睛像夜燈一般明亮，他目不轉睛地看著眼前的女孩，似乎要將她深深嵌入心底，不

再放過任何機會。而此刻的筱筱卻有點發蒙，雖然她一直都知道沐澤的心意，但他這樣的迫切和堅決，還是頭一回。

「忘掉蘇辰逸吧，他只會帶給妳傷害。」果然，沐澤靠近筱筱，開始一點一點碰觸她的心理防線。

筱筱沒有回話，只是抬頭看著他，似乎在思考著什麼，沐澤不管她的意願，將她反身拉入懷中，從後面握住她的雙手，然後輕輕合在一起。

「我來幫妳許願好不好？」

女孩的身體僵住了，任由身後的男孩將自己擁在懷裡。男孩見勢微微低下頭，在她耳邊輕聲呢喃。

「閉上眼睛，在心裡說……蘇辰逸，我再也不愛你了。」

第 53 章
為什麼妳和他在一起？

　　恐怖的夢魘再一次捆綁住蘇辰逸的身體，他的耳邊是一個女孩的低聲囈語：「蘇辰逸，我再也不愛你了。」他努力睜開眼睛，看見一個模糊的臉頰在眼前晃動著，那輪廓太熟悉，蘇辰逸忍不住伸出手去觸摸，卻發現自己身體的每一個關節彷彿都被釘在床板上，根本動彈不得。

　　他就那樣眼睜睜地看著女孩的倩影漸行漸遠，慢慢消失。

　　好不容易清醒過來，蘇辰逸的臉上早已布滿淚痕，那句決絕的話語聽起來那樣真實，真實到他一度分辨不清現實和夢境到底有多遠。

　　興許是一次未卜先知的預兆呢？又或者說，上帝是在用另一種方式告知他們的結局。

　　蘇辰逸不敢再多想，四周蔓延的孤寂讓他蜷縮起身體，無論如何，他都不願相信，最後的最後，他們還是會分道揚鑣，各安天涯。

　　不到最後一刻，怎能輕易放棄？除非我見到妳，妳親口說不再愛我。

　　帶著惶恐和不安漸漸入眠，一晚上都是半夢半醒的狀態，到天亮，蘇辰逸起床、洗漱、出門。既然答應了父親要幫他打理醫院，就不能再這樣頹廢下去，最起碼，有那麼一天他再次見到筱筱，能夠理直氣壯地帶她出現在家人面前，對他們說，這是我女朋友，夏筱筱！

　　當許久未露面的蘇辰逸出現在醫院的時候，引來了無數人好奇的圍觀，漂亮的女護理師在他身後竊竊私語：「是蘇少爺！難道走出情傷了？看來我有機會了！」蘇辰逸回頭，依然是揚起嘴角有點邪氣的笑容，曾經的陰霾似乎不曾有過，他高大的身軀健碩陽剛，性感的眼睛輕微瞇著，流露出神祕和不羈，只是一個回眸，便可顛倒眾生！

　　大家都以為，那個冷酷高傲、刀槍不入的蘇辰逸又回來了。只有當事人知道，要做到如此，他幾乎用盡了上天賦予他的全部演技。

　　路過何祕書的辦公室，蘇辰逸的腳步停了下來，他猶豫再三，最終還是推門而入，像往常見到何祕書一樣，張口詢問：「最近還是沒有筱筱的消息嗎？」

　　「沒有，少爺。」看見蘇辰逸的那一刻，何祕書就知道他要說什麼，這麼長時間以來，他們見面的對話無非就是這兩句。

　　蘇辰逸的眼睛一下就黯淡了下去，但臉上的表情卻沒有改變，也許他已習慣了，或者說，他明明知道會是這個答案，可還是不想錯過每一次的機會。

　　口腔科的門外已經排滿了長長的隊伍，蘇安和早早就將蘇辰逸回歸的消息放給媒體，大批的患者慕名而來，晨海綜合醫院生機勃勃的景象又回來了。蘇辰逸從更衣室出來，口罩、合身的白袍，雙手習慣性地放在衣服兩側的口袋裡，走路帶風，目不斜視。周圍的人紛紛發出驚呼，雖然看不見他的臉，但他逼人的氣場讓所有人都為之心動。

　　接診，開始一天的忙碌，一個又一個的患者讓蘇辰逸暫時忘記了那些傷痛，他手下熟練地操作著各種器械，面對搭訕和暗示也只是一笑而過，一切看上去都是那樣正常，正常到似乎什麼都不曾改變，那些刻骨銘心的回憶，像是一場夢，轉瞬即逝，不留痕跡。

　　整整一天的時間，除了吃午飯，蘇辰逸一直待在診療室，傍晚六點，送走了最後一個病人，他坐在伸縮凳上疲憊地揉著眼睛，護理助手見狀過來關切地詢問：「蘇醫生，你還好吧？」

　　連說話都覺得累，蘇辰逸便擺擺手，示意她沒事，助手深知他的個性，也不再過多言語，轉身去更衣室換好衣服出來，和他打了個招呼，便匆匆下了班。

　　診療室裡只剩下蘇辰逸一個人了，退去了一天的嘈雜，當一切都安靜下來時，無數的失落便湧上心頭，蘇辰逸想起那一天，筱筱腫脹著臉頰來到醫院，就是在這裡，他幫她治療。回憶裡那些畫面和言語都是那樣清晰，清晰到像是發生在昨天的事情。

　　看來，我們想要忘記一個人，或者忘記他帶給我們的傷痛，就要不留一絲縫隙，否則，它會尋找任何一個機會，見縫插針，讓你痛不欲生。

　　蘇辰逸慢慢地站起身，一回頭，看見了門口站著的蘇安和，看樣子他已經來很久了，蘇辰逸想說什麼，卻被蘇安和搶先一步：「還沒她的消息嗎？」

　　果然是父子連心，就算蘇辰逸什麼都不說，蘇安和照樣能猜到一切，他本來是想喊他一起回家吃飯的，結果看見他黯然神傷的樣子，便不忍心去打擾他。

　　「還沒有。」蘇辰逸擠出一個難看的笑容，他其實是想告訴蘇安和，我還好。

　　蘇安和點點頭，思索了一會，到嘴邊的話最終變成：「累了一天了，早點回去休息吧，別忘了吃飯。」

　　囑咐完後蘇安和轉身離去，他知道，此時此刻，某些情緒，蘇辰逸

是想自己消化掉的，既然如此，他也不想再給他添麻煩，畢竟如今的他們，關係能緩和到如此，已非常不易。

蘇安和的決定順應了蘇辰逸的心意，他的確不想以這樣的狀態面對家人，他希望有一天全家人團聚在一起時是開心快樂的，沒有陰鬱、沒有痛苦，當然，前提是得再增加一個人。

蘇辰逸在診療室裡休息了一會才換了衣服去地下車庫牽車，剛一出醫院大門，便看見漫天都是黑壓壓的烏雲，狂風暴雨即將來臨，他將車子啟動，不緊不慢地往回開。

如果說命運是折磨人的東西，那它勢必將每一個下載在你身上的遊戲玩到極致，哪怕你已虛脫至極，無暇應對！

車子開出不到五百公尺，豆大的雨滴便拍打到了車窗上，只幾十秒的時間，水滴變成水柱，在車窗上流動著，蘇辰逸眼前的事物變得扭曲，他趕緊打開雨刷，一下一下清理著障礙物。

不知是那滑動的雨刷讓他產生了幻覺，還是車窗上的雨水模糊了他的視線，總之，在恍惚間，他看見前方不遠處的巷子口站著一個女孩，她穿著黑色裙子，打著傘，一邊發抖著單手抱緊身體，一邊焦急地張望著什麼。他的車開近了，她忽然轉過頭來，那似乎已經隔了一個世紀那麼久遠的面容，讓他的心跳驟然加速。

「筱筱！」蘇辰逸顫抖著喊出了她的名字，一切都是那樣不真實，讓他彷彿回到了每晚都會重複的夢魘當中。

而女孩也好像聽到了他的呼喊，她的目光剛好落到他的車上，但唯獨和想像當中不一樣的是，她並沒有笑著朝他狂奔過來，而是臉色蒼白，滿目哀思，眼角還掛著晶瑩剔透的淚珠。

蘇辰逸想要開車過去，可川流不息的車輛堵住了他的去路，他只好

打開車門，卻在剛剛下車的時候，看見一個高大的身影從側面走向女孩，女孩回過頭去，眼睛定格在迎面而來的男人身上，她將手中的傘交給男人，然後緊緊貼在他身旁，男人的手自然而然地攬住了女孩的腰。

那個男人，是沐澤。

身後是群情激奮的喇叭聲，蘇辰逸像是耳聾了一般，呆呆地站在那裡，任由雨水澆透全身，待他反應過來時，那一雙身影已經消失在了巷口盡頭。

不是！那個女孩一定不是妳，是我眼花了，對不對？蘇辰逸發瘋一般追了出去，只要看見一起撐傘的男女就將他們分開來，然後拉過女孩仔細看。

謾罵和推搡都沒能阻止他的瘋狂行為，然而他從暴雨找到天晴，從傍晚找到深夜，依然一無所獲。

他的耳邊響起一個聲音：「蘇辰逸，我再也不愛你了。」

他想起筱筱說過，沐澤才是她喜歡的類型。

混亂的思緒讓蘇辰逸頭痛欲裂，當他筋疲力盡地靠在街道邊的石牆上休息時，腦海中只有一個問題反覆盤旋：筱筱，為什麼妳和他在一起？

第 54 章
愛或不愛

　　雨後的空氣清新涼爽，但寒意愈加明顯，蘇辰逸手裡抓著外套，溼透的白襯衫緊緊貼在身體上，顯示出若隱若現的肌肉，他的髮梢在滴水，順著眼角滑落下來，讓人分不清是雨是淚。

　　街上沒有幾個行人了，蘇辰逸眼神空洞，跟蹌前行，完全沒有目標和方向。他是真的要撐不下去了，那些遠離的，靠近的，恍恍惚惚，真假難辨。

　　每每大腦不自覺地跳轉到夏筱筱和沐澤出現在街頭的那一幕時，他都覺得渾身的骨骼在疼痛，他只好停下腳步，在原地休息好一會，才能繼續往前走。

　　別人都說，愛是相互包容與信任，雖然妳悄無聲息地離開，但我知道妳有苦衷，所以我一直都在默默地等妳回來，可為什麼現在有那麼多的暗示告訴我，你正在慢慢離我而去？

　　夏筱筱，妳可不可以回來？回來告訴我一聲，街頭的那個女孩，到底是不是妳？或者妳，是否還愛著我？

　　一種叫做動搖的情緒正在蘇辰逸的內心湧動著，當一方陷入未知的狀態，另一方則不停地臆想、猜測，那麼這段感情就岌岌可危，隨時都有可能徹底崩塌。

　　蘇辰逸一個人搖搖晃晃回到家，躺在沙發上，滿目凌亂的畫面折磨得他痛苦不堪，許久沒有好睡眠的他索性爬起來走進浴室，放了一缸溫水，將整個身體浸入，細膩的觸碰，安全的包裹，蘇辰逸彷彿去到另一個世界，他終於可以安靜地閉上眼睛，將所有的一切交給安恬的夢境，不再有痛苦的吶喊、追逐，不再被夢魘壓制得無法呼吸。

　　當我們被某樣東西牽制住，便會本能地尋求方法掙脫束縛，然而暫時的解脫過後，所有的情緒還是會回歸。

　　一晃又一個月過去了。

　　到了深秋，蘇辰逸已經穿上了藏藍色的風衣，他拎著公事包去蘇安和的辦公室，早在幾天前，蘇安和就已經說過要將晨海綜合醫院的董事長職位讓給他，今天不用多想，肯定也是因為這件事情。但蘇辰逸多少還是有些猶豫，因為在他心裡，總是有一個結，是死結，他嘗試過好多次將它打開，都沒有成功。

　　敲門，獲得准許後進入，蘇安和正低頭查閱手頭的一系列文件，他知道來者是蘇辰逸，便沒有停止手裡的工作，只是打了個招呼道：「來了。」

　　「嗯。」蘇辰逸應和一聲，等待著蘇安和接下來的動作。

　　十幾秒過去，蘇安和看完了文件，將它們一一擺好，然後起身走到蘇辰逸面前，遞給他道：「看看吧，這是一些注意事項，我讓何祕書幫你整理的，等你上任後方便工作。」

　　蘇辰逸看著那一疊紙，卻沒有伸手去接，他總是記得當初答應幫忙打理醫院的原因：第一，父親接受了筱筱，第二，只有她陪在身邊，這份枯燥的工作才有可能堅持下去。可是如今，時間如流水一般逝去，那個消失的人卻杳無音訊。

　　蘇安和看出了蘇辰逸的心思，但到了這種節骨眼上，他不能再縱容蘇辰逸的任性，所以將手裡的東西又抬高了些，放在了蘇辰逸的眼前。

　　僵持了一小會，蘇辰逸還是拿過了文件，其實在他的內心深處，不是不願意接手醫院，他和父親早已和解，把家族唯一的企業發揚光大是他的責任，他只是有點難過，難過所有的事情都被陰差陽錯地安排著。

　　蘇安和見蘇辰逸接過了文件，頓時安下心來，蘇辰逸是個說一不二的人，這一點他是非常了解的。只是關於他心裡的那塊疙瘩，雖然遺憾，但也沒有更好的辦法彌補，只能暗地裡託人加大力度去尋找了。

　　也許事情在極端發展之後就會轉彎，沒有什麼事情是一成不變的。

　　正當蘇辰逸準備查看文件的時候，急促的敲門聲響了起來，嚇得蘇辰逸一跳，手裡的紙張便洋洋灑灑地鋪了一地，他立刻俯身去撿，與此同時，敲門的人也進來了，他沒來得及抬頭去看，只聽短暫的停頓過後，一個夾雜著驚喜的男音說道：「董事長，少爺，夏小姐找到了！」

　　手一鬆，那些剛剛拾起的紙片又掉落下去，蘇辰逸覺得一陣眩暈，整個人差點癱軟下去。

　　過了好一會，他才緩緩起身，看著眼前的何祕書，不可置信地問：「你說什麼？」

　　他要確定他沒有聽錯，確定這是真實的場景，而不是夢裡出現的畫面。

　　「我是說，夏小姐找到了，不，準確地說，是她自己出現了──」何祕書還想繼續說下去，卻被蘇辰逸一把抓住肩膀打斷：「告訴我！她在哪裡？」

　　何祕書顯然被這樣的陣勢嚇到了，他的身子向後傾斜，企圖掙脫蘇辰逸的雙手，卻發現眼前的男子快要發狂，使出的力道能將他一把提起

來，於是不再做無謂的掙扎，支吾著回道：「電……電視裡。」

「電視裡？」蘇辰逸先是露出不解的眼神，緊接著是憤怒，一秒過後他似乎恍然大悟，衝到茶几旁拿了遙控器打開電視，滿螢幕的閃光燈和攝影機，畫面在不停地切換，蘇辰逸俯身湊近螢幕，輕瞇起眼睛仔細搜尋著。

「晨海電臺主持人故意殺人案經過四個月的取證和調查，終於破獲，嫌疑人夏筱筱確認無罪，消失的計程車司機心感愧疚，主動現身說出實情，還原整個事件真相。」旁白不鹹不淡地解說著，鏡頭幾經周轉，終於定格在那張早已刻入心底的臉頰上。

黑衣，素顏，眼睛微腫，眼神呆滯，她愣愣地盯著眼前湧動的人們，並沒有因為獲得清白而激動異常，就連身旁的計程車司機聲淚俱下自我譴責的時候，她都無動於衷。

「那一晚，我們被那喝醉的四個人劫持毆打，他們拿出了刀，是夏小姐拿隨身攜帶的防狼噴霧救了我，事後我們離開去報警，夏小姐身體不適先回家了，託我打110，可我在半路碰見了追來的其中三人，他們說他們中間有人死了，和我們有關係，要我主動消失，否則連我一起送進監獄，我想到無人照顧的妻女，就藏了起來，結果所有的詆毀都落到夏小姐一個人身上……」

「那你為什麼又出現了？」

「那個人是怎麼死的？」

……

混亂的提問中冒出了兩個最核心的聲音，警察見狀接過麥克風繼續解釋道：「首先，他不出現我們也會找到他的。其次，我們經過驗屍、調取指紋、尋找物證、詢問同行者等發現，死者是心臟病患者，當晚又大

量飲酒，酒後駕駛撞車，拿刀欲行凶沒有成功，整個過程中過於激動，突發心臟病死亡，完全是個人原因，和夏筱筱無關。還有，夏筱筱在對方有故意傷害的動機下挺身而出，是正當防衛行為，是無罪的！最後強調一點，死者的同夥撿到夏筱筱的工作證，得知她是晨海電臺主持人，利用網路輿論將罪名嫁禍到夏筱筱身上，引來無數網友的攻擊，要受到法律的制裁！」

臺下的記者發出驚嘆聲和唏噓聲，而在辦公室裡看著這一切的三個人，也同樣百感交集。

蘇安和的臉上有一絲燒燙，因為曾經的他和那些坐在電腦前敲字發洩的人們一樣，沒有經過任何判斷就對一個人妄下評論。

何祕書雖然不發表觀點，但目前所有的一切都朝著好的方向發展，身為一個忠誠的管家，他無比欣慰。

最後，就剩下蘇辰逸了，誰也沒有注意到，他的眼眶早已泛紅。

終於，妳不用在世人質疑的目光下生活了，妳可以放肆地笑，難過地哭，不用再擔心被人放大扭曲。妳一直期盼的陽光，正一點點照射進來，遮蓋住了那些委屈、無奈和不甘。

只是，這麼具有紀念意義的一件事情，我卻無法和妳一同經歷。

電視畫面開始拉遠，給了現場一個全景，蘇辰逸重燃希望的心忽然冷卻了下去，因為他看見夏筱筱左側坐著的男子，是沐澤，他和筱筱的身體緊緊靠在一起，猶如那一晚在街頭的情景。

蘇辰逸的胸口像被鈍器所傷，蔓延著無邊的疼痛。

良久，他才顫抖著聲音問：「何祕書，這記者會是什麼時候的事情？」

「就在剛剛！」

「那就是說，她還沒走？」

「是的，為了以防萬一，我們已經派人先過去 ──」

何祕書話還沒說完，一個人影便風一般地消失在了門口。

再相遇，不知是喜是悲，太多的未知和誤會，需要我站在妳的面前，聽妳親口對我說，還愛，或者，不愛。

這一次，妳一定要等我！

第 55 章
私心

　　蘇辰逸匆忙趕到記者招待會現場，他衝進飯店，一路狂奔上樓，卻在推開會議室大門的時候，發現裡面只剩下亂七八糟的桌椅，會議臺上擺放著名牌以及散落的新聞稿件。

　　他還是來晚了一步，她已經走了，蘇辰逸覺得眼前的一切都幻化成了扭曲的影像，它們在他眼前晃動著，招搖著，讓他頭暈眼花，腿腳痠軟。

　　於是他就靠在了身後的牆壁上，身體不聽使喚地向下滑動，即便他已經用盡全身力氣想要站穩。

　　為什麼？為什麼妳不等我？妳明明知道我能看見電視，然後會來這裡找妳，可妳還是將這滿室的孤寂留給我一人，妳為何如此狠心？

　　蘇辰逸的心臟承擔了太多負荷，此時已經由疼痛變為麻木，他甚至感覺不到它在跳動。只有那眼角滲出的水珠，讓他能夠知曉，原來他的身上還殘存著一絲溫度。

　　「筱筱……」近乎絕望的呼喊從嗓子裡發出，不可抑止的悲傷讓蘇辰逸的情緒徹底崩塌，他終於癱坐在冰涼的地板上，毫無顧忌地痛哭失聲。

男性嘶啞的嗓音，斷續不平的呼吸，讓空曠的房間更添悲涼。

曾經以為，她只是暫時離開，總有一天她會回來，然而此刻，他卻覺得，他已經永遠失去她了。

也許是太難受，蘇辰逸根本沒有聽見衣服口袋裡手機震動的聲音，直到他停止了發洩，才察覺腰部傳來的輕微的癢，他忽然想到了什麼，一個激靈站起身拿出手機。

是何祕書派出的人，他們提前就到了，蘇辰逸像個被糖左右住心情的孩子，悲喜分明，一會天堂，一會地獄，此時他又燃起了一絲希望，聲音裡透露著不安和緊張道：「喂……」

「少爺，您在哪裡？夏小姐在飯店後門，但人太多了，我們快要攔不住她了！少爺？少爺？」

……

電話那端的人想要得到一點回應，可他卻不知，時間來不及了，蘇辰逸只能將手機握在手中，瘋狂地跑向目的地。

一句話的時間，也許就會讓他們再次錯過。

遠遠就看見了不停擁擠的混亂人群和扛著長槍短炮的記者，他們都在試圖進入最中間的位置，搶到今天的頭版。透過小小的縫隙，蘇辰逸看見了那個穿著黑衣的女子，她被幾個警察護著往外走，還有何祕書派出的人，他們正努力地將整個人群擋住，讓向外挪動的速度減到最緩。

她就在他的眼前，離他不到五百公尺的距離，她的每一個輪廓、側影、表情，都是那樣熟悉，彷彿他們從未分離，只是從一場長長的噩夢中醒來了。

「筱筱！」蘇辰逸揚起了嘴角，朝著她的方向快步走去，一種守得雲開見月明的豁達在心裡泛開來，等待的時間長又如何？只要結局如意，

一切付出都值得！

　　就在他馬上要擠進人群，下一秒就可以抓住夏筱筱手的時候，一個高大的身影從另一側衝入，他迅速攬過女孩的肩膀，用健碩的身軀抵住了其他人的衝撞，帶著女孩一路遠去。

　　又是沐澤。

　　這個世界上最遙遠的距離，不是我在妳的面前，妳卻不知道我愛妳，而是我們明明近在咫尺，卻始終無法相認。

　　但，蘇辰逸怎麼可能輕易放棄？他尋了她那麼久，等了她那麼久，好不容易才有機會重逢，怎能讓她再次消失？他繞開擋住路的人群，一邊追著夏筱筱，一邊傾盡全身之力呼喊：「筱筱！」

　　天知道，那呼喊的聲音到底有多大，連記者們都紛紛停下腳步看他。而夏筱筱，卻沒有回頭，她跟著沐澤一路向前，直到坐進了車裡。

　　僅兩秒鐘的時間，車子啟動，絕塵而去，蘇辰逸跟在車後揮著手，汗水從他的額頭滑到臉頰上，他忘記了形象，忘記了尊嚴，忘記了有那麼多的鏡頭轉而對準了他，他只想著前面的車子能夠停下來，或者，那個越來越遙遠的背影能夠回過頭來看他一眼。

　　就一眼。

　　然而，一切都是卑微的幻想。

　　當我們的愛變成了單一的追趕，便會不停地去妥協、退讓、自我安慰，直到殘酷的現實將我們僅存的一點信任全部挖空，我們才能體會到什麼叫做心如死灰。

　　車子已經消失在路的盡頭，蘇辰逸的腳步也終於停了下來，他看著眼前的車水馬龍，忽然覺得眼睛酸澀疼痛，他用力眨了眨眼睛，卻再也流不出一滴眼淚來了。

……

「別回頭！」沐澤衝上去一把攬過夏筱筱，推開人群便往車裡衝。

「怎麼了？」已經猜到一二的筱筱抬頭問沐澤，語氣裡帶著不可掩飾的期待。

沐澤沒有回答，只是帶著她往前跑，夏筱筱幾次想要掙脫他的手，但理智讓她停住了動作，直到她聽見身後熟悉的聲音。

筱筱！

是他，真的是他！他來了，夏筱筱的腳步明顯緩了下來，她想轉身，她想上去抱住他，告訴他，她想他。可是沐澤卻用力扳住她的肩膀，在她耳邊輕聲說道：「妳要前功盡棄嗎？這麼多記者在，妳和他相認，明天各大頭版都會是你們兩個，誰知道他們又會寫出什麼樣的新聞來！」

夏筱筱狠狠地咬住了嘴唇，嘴巴裡瞬間泛出腥甜的味道，她的眼淚如泉湧般冒出眼眶，沒有人知道，她用了多麼大的勇氣和毅力，才重新跟上了沐澤的步伐。

那一刻，她心痛得連呼吸都要停止了。

車子走遠了，筱筱才轉頭趴在車窗上，可是那個日思夜想的人啊，早就不見了蹤影，她終於將連日來忍受的生離死別的痛楚全部傾瀉而出。

一旁的沐澤見狀伸手將她的頭放在自己肩上，安慰的話語不知從何說起，只能任由她的眼淚打溼肩膀。女孩右手臂上的那枚小小的孝牌輕微地硌了一下他的身體，讓他本來就慌亂的心更加翻騰不安。

其實他剛剛所有的動作和行為，都是一份私心使然。從一開始決定開記者會的時候，他就擔心蘇辰逸會突然出現，但越怕什麼越來什麼，

蘇辰逸果然來了！沐澤知道，只要他和筱筱一相見，之前所有隱忍克制的情感便會喚回，那麼這段時間他所做的努力全都會付諸東流。

他本打算，等一切事件都平息，就帶筱筱遠走高飛，徹底離開！

所以，當蘇辰逸出現的那一刻，沐澤飛速地帶著夏筱筱逃離了。那個所謂的上頭版的理由牽強到連他自己都覺得好笑，夏筱筱已經在眾人面前澄清事實，現在完全可以正大光明地和蘇辰逸在一起了，還怕什麼頭版呢？

但那一刻的混亂情形讓夏筱筱很難去思考和反應，她只要聽到一點對蘇辰逸不好的事情，就絕對不能容忍。

想到這裡，沐澤不禁苦笑了一下，她所考慮的任何事情，都是為了蘇辰逸，即使和對方殘忍相向，也是因為愛得太深。

沐澤的手從筱筱的肩膀上滑落下來，孝牌還在劃著他的身體，似乎是警告，也是提醒，沐澤想起那一晚，他們從山上下來後接到護工的電話，說奶奶不行了，他們趕回去時奶奶陷入了昏迷狀態，筱筱的情緒徹底崩潰，一直守在床邊痛哭，終於在天明之前喚醒了奶奶，老人看著眼前疼愛的孫女一時熱淚盈眶，留下了最後的遺言：

「筱筱，別委屈了自己，去找妳想見的人，過妳想過的生活吧，奶奶拖累妳太久了。」

直到筱筱點頭答應，老人才安詳地閉上了眼睛。

原來，一切都是上天安排好的，並不是個人意願就能夠改變的，當沐澤起身和夏筱筱拉開了距離，身體上那痛癢的摩擦也消失了，這些看似不明顯的預兆，讓沐澤忽然明白，他和夏筱筱之間，只能以這樣的方式相處，他不能離她太近，否則就會帶給她傷害。

就好比此刻，她撕心裂肺的哭聲，不僅僅是因為離開了蘇辰逸，還因為，他的欺騙和自私。

第 56 章
對妳最後的疼愛是放手

　　沐澤將頭仰靠在座椅上，其實那一晚，發生了太多太多的事情，多到讓人措手不及。

　　在奶奶去世之前，他在山頂擁住筱筱，希望幫她許願立誓忘記蘇辰逸，他替她說：「蘇辰逸，我再也不愛你了。」得到的答案卻是：「對不起，我還是忘不了他。」

　　聲音不大，可在沐澤聽來，卻是那樣尖銳刺耳，他往後退了一步，離開她的身體，雙手無力地垂了下去。

　　夏筱筱回身，看見淚光閃爍的沐澤眼底盡是失望，她想上前去安慰他，可他的腳卻不自覺往後退，於是她便停住了。

　　原來，他們之間，永遠都隔了一個人的距離。

　　「沐澤哥 ──」

　　「噓……」筱筱剛想說什麼，沐澤便將食指放在了雙唇間，示意她不要出聲。言語是多餘的，沒有任何止痛的效果，反而會在已經撕裂的傷口上撒鹽，所以他制止了所有解釋和勸慰，他只覺得，這一切，都是自己太過天真造成的。

　　沐澤你這個大傻瓜，即便夏筱筱離開了蘇辰逸，可她也沒有說過一句愛你。

　　將現實看得太清楚往往讓人難以接受，那一刻沐澤再次感受到徹骨的寒冷。他轉過身，一個人往山下走，沒有像往常一樣帶著夏筱筱。他是真的傷心了，以前無論如何，他都不會和筱筱鬧脾氣，但這一次，他真的很想一走了之，然後讓她知道，他也有一顆會痛的心，他也會難過、會流淚，只是從來都不讓她知道而已。

　　夏筱筱看著沐澤的背影一下子慌了神，趕緊小追兩步跟在他身後，沐澤聽著後面的聲音不為所動，依然自顧自地加快了步伐，夏筱筱不說話，只是根據他的頻率調整著自己的腳步。

　　在這荒無人煙的地方，她若不跟緊他，也許連回去的路都尋不著。

　　沐澤想像著瘦小的女孩獨自行走在黑夜裡的模樣，心一下子就軟了，腳步放慢了下來，他就是這樣，從小到大，從來見不得她受一點傷害，即便自己心裡生氣，一想到她難過或無助的樣子，那些火氣就煙消雲散了，只一心想著讓她高興起來。

　　你看，現在，不又成了這個樣子嗎？

　　每個人都會遇到一個劫，有人說，當你上輩子虧欠一個人太多的時候，這輩子他就會向你討回來，沐澤想，夏筱筱，就是我的劫吧？上輩子，妳是否和我一樣，無時無刻不在追趕著一個人的腳步，但換來的卻是一片虛無？上帝是公平的對嗎？所以這輩子，我成了妳上輩子的模樣。

　　也許只有這麼去想，才能讓那顆千瘡百孔的心寬慰一點。

　　沐澤停下腳步轉過身，看著一臉無辜的夏筱筱，她正有點膽怯地躲避著他的眼睛，牙齒輕輕咬住嘴唇。

　　「走吧，帶妳回家。」既然在劫難逃，何不坦然面對？就像飛蛾，明知道撲向炙熱的火焰會化成灰，卻依然毫不退縮。

夏筱筱的表情終於輕鬆了一些,她上前和沐澤並了肩,他們在微弱的星光下探尋著下山的路,卻在走了一半的時候,突然接到了護工打來的電話。

然後,便是夏筱筱人生最為灰暗的時刻。

雖然知道遲早會有這麼一天,可筱筱還是無法面對失去親人的悲痛,她在奶奶閉上眼睛以後執拗地伏在床邊不肯離開,任由醫生和護工怎麼勸說都於事無補,她抱著奶奶漸漸冰涼的身體,眼淚不停地滑落下來,打溼了潔白的被單。

「奶奶,您說過的,等您好了,要和我一起去海邊散步,要做炸醬麵給我吃,要聽我為您讀報紙,奶奶,您別睡過去,您快點起來好不好?奶奶……」

護工人員拉開了筱筱,可她一次又一次地掙脫束縛,一次又一次地撲向擔架,將頭埋在奶奶懷裡哭得肝腸寸斷!

沐澤看在眼裡,疼在心裡。

第 57 章
終於等到妳

　　漆黑的房間裡瀰漫著濃厚的菸草味道，吸入鼻孔的煙霧讓人有點喘不上來氣，藉著微弱的光，沐澤按下了燈的開關，繚繞的煙霧讓他睜不開眼睛，過了一會，他才看清坐在沙發上的蘇辰逸，他正微低著頭，若無其事地抽著菸，茶几上的菸灰缸裡滿是菸蒂。

　　他好像沒有看見眼前的來人，視他為空氣一般，直到沐澤走到他跟前，他才停下了手裡的動作，抬頭與他對視，語氣裡充滿了火藥味。

　　「幹嘛？來炫耀的嗎？」

　　沐澤雙手插進口袋，嘴角微微上揚道：「下午我帶筱筱離開的時候不就是最大的炫耀嗎……」

　　「你！」尾音還沒落下，蘇辰逸已經起身抓住沐澤的衣領，他的呼吸沉重劇烈，身體因為喘息的頻率上下起伏著。

　　而沐澤卻不動聲色，他淡然地看著蘇辰逸，眼裡還透著一絲笑意，這無疑就是火上澆油，讓本來就生氣的蘇辰逸怒火中燒，終於，他抬起手臂狠狠地揮向了沐澤。

　　嘴角的鮮紅緩緩流下，沐澤有種前所未有的快感，是時候做個了結了，他起身抹去嘴角的血跡，用更大的力道還了回去。

　　房間裡似乎只有回音，蘇辰逸跌倒在沙發上還沒反應過來，沐澤已經再次將他拉起來，反手又是一拳。

　　「這一拳，是警告你，以後如果敢對筱筱不好，下場比這還要慘！」

　　左手一拳。

　　「這個，是給我自己的，我放棄了筱筱，不是我無能，而是我願意成全你們，所以以後你要加倍珍惜！」

　　身體上的疼痛也掩蓋不了對那幾句極為敏感話語的重視，蘇辰逸掙扎著爬起來，滿嘴的血腥味讓他有些反胃，於是側頭吐掉血水，喘著粗氣問沐澤：「你剛剛說什麼？」

　　「聽不懂？那算了！」沐澤說著便要離開，蘇辰逸一個箭步衝上去擋在沐澤前面，他其實已經有點明白了，但他不敢肯定，經歷了太多大悲大喜，他已經麻木得不敢抱任何希望。

　　但此刻，他還是想試一試。

　　「你是說，你願意告訴我筱筱在哪裡？」

　　沐澤的表情有一剎那的凝固，雖然他已經做好了準備，可這一刻真的來了，他還是覺得像有無數的尖刀刺進心窩，讓他痛得難以自持。幾秒鐘後，他從口袋裡拿出一張紙條遞給蘇辰逸，然後轉過身去緩緩說道：「趁我還沒改變主意，趕緊從我眼前消失！」

　　蘇辰逸接過紙條，上面寫著一串地址，他心情複雜地看了一眼沐澤的背影，然後奪門而出。

　　雖然他還有很多疑問，比如，沐澤為什麼會突然來家裡給他筱筱的地址；再比如，筱筱離開的這段時間到底發生了些什麼，為什麼她不願主動回來找他。但他知道他沒時間去問了，如果這一次錯過了，就將是永遠的錯過。所以那些問題，等找到筱筱再去探尋吧！他本以為下午沐

澤拉著筱筱離開的那一刻，便是他們的徹底終結。可現在，他看到了希望，比之前任何一次都要強烈堅定，他開著車飛速趕往紙條上寫著的那個地方。

而沐澤，卻在蘇辰逸離開後整個人都跌進了沙發裡，他仰起頭閉上眼睛，腦海中回放著下午在車上的場景，他對筱筱說，妳去找他吧！她卻淚眼朦朧地回答：「我不去！」

語氣堅定而決絕！

沐澤以為自己聽錯了，他轉過頭驚訝地看著筱筱，她的眼角還掛著淚滴，蒼白的臉頰淡然無光，這些分明都是因為蘇辰逸，可她為什麼又要這樣為難自己？

筱筱似乎看出了沐澤的疑問，她深吸一口氣，終於抽泣著說出了緣由：「蘇伯伯不喜歡我，我回去只會讓他們父子間的矛盾更深，那樣的話，蘇辰逸很有可能會放棄醫院的工作，我不能做他事業上的絆腳石，我們本來就是不同世界的人，就讓他重新開始他的生活吧，就當我們從來沒有遇見過。」

「所以，我決定要走了，離開晨海市。」

原來，她最終不願意和蘇辰逸相認的原因，並不是害怕所謂的頭版，她是害怕成為蘇辰逸的累贅。

沐澤一路掙扎著將筱筱帶回租屋處，然後看著她整理行李，終於，他在夏筱筱將幾大包行李打包好的時候，對她撒了一個謊，說要出去買東西，其實是直奔了蘇辰逸的家。

他知道，筱筱不想走，但為了蘇辰逸，她願意放棄心愛的工作、熟悉的城市，一個人流浪他鄉。他也知道，如果自己執意陪她一起離開，她是沒辦法阻攔的，也就實現了他計劃已久的事情。

　　但，這些都不是他最想要的結局。

　　他不能看著她獨自承擔起所有的重負，他要為她做最後一件事，於是，他趕去了蘇辰逸那裡，告訴了他筱筱的地址。

　　他比任何人都清楚，只要他們一見面，所有的誤會都會解開，所有的情感都會重燃，雖然這是他這一個多月一直阻止的事情。

　　沐澤忽然覺得呼吸困難，胸口的脹痛蔓延到全身，他伸手捂住臉，可還是抑制不住哽咽的聲音，指縫間的眼淚滴答落下，像一顆顆透明的珍珠。

　　「筱筱，我愛妳。」

　　對著空氣向她做最後的告別，偌大的房間如那份一直沒有回應的感情一般，寂靜無聲。

　　另一邊，城西，蘇辰逸將車停在一棟大樓下面，然後乘著電梯直奔樓上，他的心跳加速，腦海裡反覆幻想著見面後的各種情景，他甚至都等不到電梯完全停好，就急不可耐地扒著電梯門衝了出去。

　　透過紙條上的房號找到了對應的房間，蘇辰逸用微微顫抖的手按下了門鈴。一聲，兩聲。怎麼沒人來開門？蘇辰逸焦急地等待著，抬手又按了一遍。

　　「來了，怎麼出去這麼久啊？」一個熟悉的聲音由遠而近，還有因為著急而小跑的腳步聲，當房門打開的那一刻，全世界都靜止了。

　　淚眼相望，恍若隔世。

　　夏筱筱呆呆地看著眼前的蘇辰逸，他的嘴角腫脹，潔白的襯衫領子上有一絲血跡，額頭上的汗已經快要順著眼睛滑下了。筱筱不知道發生了什麼，她只知道他的模樣讓她心疼，她伸手撫摸蘇辰逸的臉頰，那一瞬間，她甚至忘了那個關於離開的決定。

「你的臉怎麼了？」不知過了多久，久違的話語才從嗓子裡擠出來，混合著壓抑已久的眼淚，眼前男人的臉立刻變得模糊。

蘇辰逸沒有回答女孩的問題，他的呼吸由輕變重，由緩變急，終於，他再也無法克制內心湧動的激動和欣喜，一伸手將筱筱狠狠抱進懷中。

「筱筱，真的是妳嗎？」蘇辰逸從來不在人前哭，可這一次，他破例了。

他不敢相信這一切是真的，他以為，他再也無法像以前那樣擁抱她了，好在，女孩身體的溫度和輕微的顫抖告訴他，這不是夢。

他一遍一遍地用力抱緊她，生怕一鬆手她就會飛掉，以至於夏筱筱連呼吸都有些困難了，但他還是不肯放鬆力道，他太想念她了，那些分離後的埋怨、痛苦、委屈，在此刻全部傾瀉而出。

我們在愛著的人面前，就像個卸下面具的孩子，不顧現實的困頓，不懂未來的艱險，那些之前準備了千百遍的決心，在那個人出現之後，全部都會轟然倒塌。

還好，她還在這裡；還好，他一直沒放棄。

這一次，哪怕用盡此生所有力氣，他也不會再鬆開她的手。

第 58 章

牽手到白頭

　　海邊，夏筱筱依偎在蘇辰逸懷裡，不停襲來的海浪發出嘩嘩的聲音，海風吹拂起兩人的頭髮，一切都是那樣安靜而美好。

　　就在剛剛，兩個人經歷了重逢的喜悅，而在短暫的頭腦發昏過後，夏筱筱想到了自己的決定，便用力地推開了他。

　　他不知道發生了什麼，還沒來得及上前拉住她，就被關在了門外。上一秒還無比心疼地詢問他傷勢的女孩，下一秒就絕情到讓人冰冷。

　　這到底是為什麼？

　　蘇辰逸不肯就這樣不明不白的離開，於是一遍又一遍地拍打著房門，呼喊著夏筱筱的名字，直到隔著門板的女孩痛哭著坐到冰涼的地板上。

　　「筱筱，妳為什麼不肯見我？」

　　「妳到底還愛我嗎？」

　　「妳真的不要我了嗎？」

　　那聲音由大變小，相隔的頻率越來越長，終於，門外只剩下一片寂靜，筱筱等了很久，那個想念的聲音都沒有再響起。

　　他已經走了嗎？他肯定走了吧！她打開房門，卻不想被一雙大手拉

入懷裡，兩片乾澀的唇風馳電掣般壓了下來，筱筱差一點背過氣去。

　　他用手托住她的頭，高大的身軀用力地禁錮住她掙扎的身體，如雨點一般的吻落下，眼睛上，鼻子上，嘴巴上。

　　……

　　「筱筱，妳是我的，我不要再和妳分開。」

　　雙唇間溢出迷亂的囈語，模糊卻深刻。

　　為什麼我一直躲，你還要一直追？你知不知道你這個樣子，我根本就沒有任何力量再去反抗？

　　夏筱筱逐漸放鬆了緊繃的神經，由推搡變為了回應。

　　然後，兩人終於心平氣和地坐了下來，筱筱對蘇辰逸講述了離開的過程，包括梁函韻的威脅、沐澤的幫助以及奶奶的離世。

　　那麼灰暗的人生，唯一值得高興的事情，就是被汙蔑已久的案情，終於大白於天下吧？可筱筱卻沒有任何驚喜，因為她覺得，那是唯一可以和蘇辰逸有點關聯的事情，自那以後，他們就要徹底分道揚鑣了。

　　於是電視畫面中，一身黑衣的她臉上沒有任何表情。

　　「既然一切都過去了，妳為什麼還要躲著我？」

　　「我給你帶來了太多麻煩，不能再給你添亂了，你要肩負起整個醫院的責任，蘇伯伯肯定也不希望我再回來找你。」

　　「妳錯了，我爸爸早就接納妳了，我就是等著再見妳的一天，然後告訴妳這個好消息。」

　　有的時候，是我們把事情想像得過於複雜，我們總是陷入自我營造的情境當中自我糾結，至於外界的變化，我們一概不知。

　　夏筱筱雙目閃爍地看著蘇辰逸，她不敢相信，幸福就這麼大搖大擺的來了，絲毫沒有因為阻礙而停下腳步，前一個小時，她還深陷在離別

的悲傷中無法自拔，這一刻，她就被一雙大手從深淵裡拉了出來，如晨起的陽光，在心裡一點一點照耀開來，趕走了蓄積一整晚的黑暗。

我們不要再相互傷害了好不好？

跟我走，好不好？

好！

有太多的話要說，有太多的承諾要兌現，他們一路走啊走啊，不知不覺間就來到了海邊。他們都不約而同地想起了分別那一晚，就是在這裡，他們懷著不同的心緒，一個是完全享受約會時間的幸福男人，一個是鐵了心要一刀兩斷的無奈女人。

好在，命運兜兜轉轉，終於不忍心看著兩個相愛的人再次擦肩而過，決定將那根錯離的線連接上。

兩人席地而坐，筱筱像上次一樣，緊緊窩在蘇辰逸懷裡，不同的是，她再也不用擔心未知的明天會發生什麼，在她眼前展現的，都是大片大片的美好。

「那個時候因為函韻，讓妳受了那麼多委屈，對不起啊筱筱。」蘇辰逸將下巴抵在筱筱的額頭上，擁著她的手臂更加用力。

夏筱筱雖然身體活動的空間很小，可她還是用力地搖頭，眼眶裡的水珠滴答落下。

那不再是傷心的眼淚，而是高興，是喜極而泣，失而復得。

「以後，妳再也不許隱瞞我任何事情，再也不可以離開我這麼久。」蘇辰逸說完這句話，忽然覺得哪裡不太對勁，於是趕緊改口，「不，我是說，妳再也不能和我失去聯繫超過一小時，妳要時時刻刻告訴我妳的行蹤：妳在哪裡！在幹嘛！」

好不容易找到她，他再也不能大意地弄丟她了，尤其當蘇辰逸知

道，筱筱當初的離開是為了保護他不受傷害，他更加愧疚得不能自已。

「妳快答應我！」

夏筱筱抬起頭，正欲回答的時候，遠處的海浪泛起了大片大片的藍光，像是跌入海中的螢火蟲，筱筱站起身來停頓片刻，忽然眼前一亮，雀躍地跳了起來：「藍眼淚！是藍眼淚，辰逸，你快看！」

蘇辰逸也跟著起身，他拉過筱筱面對著自己，兩人的臉頰都映照著淺淺的藍，他再次強調：「快！答！應！我！」

筱筱嘴角上揚，俏皮一笑：「哎，雖然不想過那種被緊盯沒有自由的日子，但鑑於那個人是你，我就勉強答應了吧！」

「喂，夏筱筱，妳說什麼？沒自由？勉強？妳什麼意思？妳給我回來，回來！」

久違的歡聲笑語，伴隨著滿天星辰和相呼應的藍眼淚，整個世界都退去嘈雜，安靜地聆聽著幸福的聲音。

從此以後，不管遇到再大的苦難、阻撓，我們都要一直牽著對方的手，一路到白頭。

時鐘滴答前行，轉眼間到了冬天，蘇辰逸正式接手了晨海綜合醫院董事長的職位，筱筱也回到了電臺。一切看似完美的結局，卻總是留有遺憾。

比如沐澤。

那一晚他從蘇辰逸家離開，便傳了一條簡訊給筱筱，只有簡單的幾個字：祝安好！再見！從此人間蒸發。

蘇辰逸和夏筱筱試圖找到他，但都沒有成功，只是後來聽說沐氏企業發生了巨大變化，原董事長沐振川因為不作為被董事會集體投票下臺，沐氏企業更名為許氏企業。

許氏，許幻姍，就是沐澤的媽媽。

原來，沐澤離開後，幫助媽媽奪回了企業所有權，並且找律師幫媽媽成功地和沐振川離了婚，然後將整個企業遷去了日本。

他在臨走時，沒有見任何朋友，不是絕情，只是怕見了，就走不掉了。

東京的冬天很少像今年這麼冷，沐澤裹著厚厚的圍巾，坐在公園的長椅上，望著不遠處大片的白色波斯菊發呆，晨海也這麼冷嗎？那個丫頭還適應嗎？她現在過得怎麼樣？

半晌，他回過神來，自嘲地笑了笑，這已經不是他該操心的事情了，已經有另一個男人在她身邊噓寒問暖，體貼照料。

所以，這種牽掛的習慣，該改改了。

他起身往回走，鞋和地面碰撞發出清脆的聲音。不一會，一個尖細鞋跟敲擊地面的聲音從身後傳來，由遠而近，節奏急促。沐澤還沒來得及反應，就被一個長髮披肩的女孩狠狠撞了一下手臂，女孩因為慣性沒能停下來，向前又跑了幾步，喀嚓一聲，扭了腳。

沐澤本能地想要上前查看，卻聽見身後嘈雜的人聲襲來，他轉身，看見一群人追了過來，再轉身，女孩已經一瘸一拐地跑掉了。

在公園門口的轉角處，她回頭看了他一眼，沐澤看清了她的樣子，皮膚白皙，大眼睛忽閃忽閃的，臉蛋小巧精緻，化著完美的妝。

沐澤好像在哪見過她，但又想不起來。

他深吸一口氣，將雙手放進風衣口袋，直接往外走，腦海裡又不由自主地冒出女孩的臉，他皺眉，心想，到底在哪裡見過呢？

公園對面的大螢幕上播放著廣告，美麗的女主角長著一張小巧精緻的臉，大眼睛明亮靈動。

　　沐澤從螢幕下緩緩走過，一路思索著，堅挺高大的背影在人流中漸行漸遠。

　　全文完

遇見你是最美的意外：
宿命的紅線，緊緊繫住兩個陌生的心靈

作　　者：葛菲

發 行 人：黃振庭

出 版 者：崧燁文化事業有限公司

發 行 者：崧燁文化事業有限公司

E-mail：sonbookservice@gmail.com

粉 絲 頁：https://www.facebook.com/sonbookss/

網　　址：https://sonbook.net/

地　　址：台北市中正區重慶南路一段六十一號八樓 815
　　　　　室

Rm. 815, 8F., No.61, Sec. 1, Chongqing S. Rd., Zhongzheng
Dist., Taipei City 100, Taiwan

電　　話：(02)2370-3310

傳　　真：(02)2388-1990

印　　刷：京峯數位服務有限公司

律師顧問：廣華律師事務所 張珮琦律師

─版權聲明─

定　　價：375 元

發行日期：2024 年 05 月第一版

◎本書以 POD 印製

Design Assets from Freepik.com

國家圖書館出版品預行編目資料

遇見你是最美的意外：宿命的紅
線，緊緊繫住兩個陌生的心靈 / 葛
菲 著 . -- 第一版 . -- 臺北市：崧燁
文化事業有限公司 , 2024.05
面； 公分
POD 版
ISBN 978-626-394-265-3(平裝)
857.7　　113005351

電子書購買

臉書

爽讀 APP

獨家贈品

親愛的讀者歡迎您選購到您喜愛的書，為了感謝您，我們提供了一份禮品，爽讀 app 的電子書無償使用三個月，近萬本書免費提供您享受閱讀的樂趣。

ios 系統	安卓系統	讀者贈品

請先依照自己的手機型號掃描安裝 APP 註冊，再掃描「讀者贈品」，複製優惠碼至 APP 內兌換

優惠碼（兌換期限2025/12/30）
READERKUTRA86NWK

爽讀 APP

- 多元書種、萬卷書籍，電子書飽讀服務引領閱讀新浪潮！
- AI 語音助您閱讀，萬本好書任您挑選
- 領取限時優惠碼，三個月沉浸在書海中
- 固定月費無限暢讀，輕鬆打造專屬閱讀時光

不用留下個人資料，只需行動電話認證，不會有任何騷擾或詐騙電話。